Cornell Woolrich

Rendezvous in Black

祭日之约

〔美〕康奈尔·伍尔里奇 著

谢一 译

“现在，你知道这种滋味了吧。”

人民文学出版社
PEOPLE'S LITERATURE PUBLISHING HOUSE

著作权合同登记号　图字 01-2015-8330

RENDEZVOUS IN BLACK by CORNELL WOOLRICH

图书在版编目(CIP)数据

祭日之约/(美)伍尔里奇著；谢一译．—北京：人民文学出版社，2016
(伍尔里奇作品)
ISBN 978-7-02-011517-4

Ⅰ．①祭…　Ⅱ．①伍…　②谢…　Ⅲ．①长篇小说—美国—现代　Ⅳ．①I712.45

中国版本图书馆 CIP 数据核字(2016)第 066635 号

责任编辑：翟　灿
特约策划：陶媛媛
封面插画：马岱姝
装帧设计：钱　珺

出版发行　**人民文学出版社**
社　　址　**北京市朝内大街 166 号**
邮政编码　**100705**
网　　址　**http://www.rw-cn.com**

印　　制　**山东德州新华印务有限责任公司**
经　　销　**全国新华书店等**

字　　数　**185 千字**
开　　本　**890 毫米×1240 毫米　1/32**
印　　张　**9.375**
版　　次　**2016 年 9 月北京第 1 版**
印　　次　**2016 年 9 月第 1 次印刷**

书　　号　**978-7-02-011517-4**
定　　价　**39.00 元**

……盖因末日将至，

我奔向死神，而死神也飞快地拥我入怀。

——约翰·多恩

目　录

第一章　离

每晚八点，他们都约会。无论风雨雷电，无论阴晴圆缺。他们已经交往了很长一段时间。去年、前年、大前年，日复一日——八点见面，午夜告别。不过，很快，可能也就一两个星期之后，他们就能长相厮守，一天二十四小时都能约会。很快，就在六月。天哪，他们不约而同地觉得：今年的六月来得格外晚，好像永远不会到来。

有时，他们会觉得，他们这一生都在等待中度过。好吧，事实上的确如此。这么说毫不夸张，丝毫不掺杂任何修辞成分。因为他们初遇之时，她七岁，而他也只有八岁。有时，命运就是这么降临的。

他们其实早该结婚的——去年六月、前年六月，甚至他们长大成人后的第一个六月。为什么拖到现在？到底是什么总在影响他们的婚期？钱！先是失业，后来虽说找到工作，但微薄的薪水连一个人都很难养活，更别说负担两个人的生活。

再后来，他的父亲去世。就在十月，某个被再度错过的六月之后。他的父亲是附近铁路上的一位司闸员。一个有质量问题的开关带走了他父亲的生命。然而，他没张口讨要过什么。铁路方面挺怕他对簿公堂，所以他们急不可待地付给他一笔小钱，以省下更大的开销。事实上，如果他张口索赔，获得的赔款要比这笔钱多得多。

不过对他和她来说，这笔钱已经是一笔巨款。他从律师手上一共拿到八千美元多一点。而铁路方面的赔款总共是一万五，据他的律师说，要是换作别的律师，他连一半的钱都拿不到。而他，作为一名负责任的律师是在凭良心收费。不过，无论怎样，他们都能够在下一个六月里结婚了。在他们心中，没有比这更重要的了。必须是六月，她希望是六月。婚礼办在五月或七月可不像样。只要是她希望的，就是他希望的。而且，在他们眼里，超过五百的数字都不具有现实意义。一千和八千是很大的数字，八千和一万五更没什么区别。就算手拿一张写满数字的支票，对他们来说，数字仅仅是数字而已。

不过，这笔钱都是他的，都是他们的。当他还是个孩子的时候，他的母亲就去世了。所以，没人会来跟他们分这笔钱。天哪！他们的六月就要来了！而在这之前，所有六月都害羞似的躲在其他月份身后不肯出来见人。

他叫强尼·迈尔，长得也像强尼·迈尔——普普通通的强尼，他像世界上所有的“强尼”那样普通。就算见过他上百次，你也很难准确地形容他到底长什么样。他的长相太过平凡，平凡就是强尼·迈尔的全部。而她却能说清楚他的长相，那是因为她看待他的眼光独特。他是这个世界上千千万万个年轻人之一。你每天都会看到这样的年轻人，和他们擦身而过，对他们视而不见，事后回想起来，觉得难以描述他们的长相。“大概是那种栗色的头发，”多半会这么说，“眼睛好像是棕色的吧。”一旦问起那些更为细致的外貌特征，就不太说得下去了，只能说些诸如此类的套话，例如：“他看上去是个挺好挺干净的小伙子，但不太爱说话，所以我对他的了解也就这么多了。”接下去也许再也无话可说。不过，从这个六月开始，她会让他的人生逐渐绚烂起来。他虽然不愿意改变，却期待一个完整的人生。

她叫多萝西。她很可爱。你无法形容她长什么样，不过，跟无法形容他的样子不同，而是因为你无法轻易形容一束光线。你心里清楚，那边有一道光，却说不出光线的具体形状。她就是光一般的存在。世界上肯定会有比她漂亮的姑娘，但谁也没她可爱。那是一种由内而外散发出的可爱，浑然一体，光芒四射。她就是所有人的初恋。男人们回首往事的时候，一定能看到她的影子。每个姑娘刚开始恋爱的时候，都是她这个样子。不过，没有人能把这副样子坚持到最后，从来没有。

刻薄的人看到她从身边走过时会说：“这有什么呢？不过又是个漂亮姑娘。她们看起来全都一个样。”不过，很多东西他们看不到：她走路的姿态，她的言谈举止；约会前、走向他时，她脸上慢慢泛起的微笑；约会后、倒退着离去时，她脸上慢慢消失的微笑。这些，只有强尼·迈尔才能看到。和她一样，他总能看到她身上与众不同的地方。

他们总在同一个地方约会——广场边的药店外面，就在灯光橱窗那边，有一个小角落属于他们。他们站在橱窗前面，橱窗里陈列的爽身粉和香水在他们身后。橱窗里既没有摆放红银双色缎带包装的盒装巧克力，也没有那些装在蜂窝盒子里活像复活节彩蛋似的香皂。他们约会的角落远离橱窗，那里只陈列爽身粉和香水。药店和隔壁商店之间，用高出墙面的砖块砌了一圈，围出一个小小的壁龛，看起来就像是墙壁上的一块凹陷。这儿是他们的地盘，就在这个地方。橱窗后的镜子使灯光在各种瓶瓶罐罐之间折射，又反射，不断幻化成琥珀色、金色和黄绿色的光芒。于是，这些装满彩色液体的玻璃罐子似乎为了产生这种效果而刻意摆放在这药房的橱窗里。这面橱窗、这个墙角、药店前面的这片广场，都属于他们。有无数次，还没到八点，他已经站在这里，无视周遭一切，对着星空吹口哨。他还会和着拍子，用脚轻轻拍打地面。他从不厌烦等待，他用脚唱情歌。

这里，这家吉缇药店的边上，是他们的聚点，也是他们每天约会的起点。选这个地方没什么特别的理由，而是顺其自然。无论是去看电影、跳舞、喝东西，或是简简单单地散散步，无论去哪里，他们都会从这里出发。

现在你知道了。

这个晚上。对，就是今晚，这个月最后一天的晚上，他迟到了一小会儿。可能最多也就晚了一两分钟而已。他匆匆赶到那个属于他们的地方，不想让她站在那儿等太久。往常，他总是比她到得早，他觉得理应比她先到。但今晚，他敢肯定，她应该已经在那里等他了。

今晚有些初春的味道。今年以来，第一次有这样的夜晚，虽然从日历上看，还远不是日子。夜空如同患上麻疹似的，繁星密布。他事后回想起来，依稀记得，差不多就在那个时候，有一架飞机掠过他头顶。飞机嗡嗡的轰鸣声在头顶持续了一两分钟才消失，之后便陷入一片死寂。但他没有抬头，他没有多余的精力去留意其他东西。除她之外，他眼里什么都装不下。只要走到药店前的那片广场，他就能一眼看到她站在那里了。

转过最后那个街角的时候，他突然发现广场上有很多人。这下他可没办法从密集的人群中一眼看到她了，这些人就像一群蜜蜂一样挤在一起，药店看起来不是遭到了抢劫就是发生了火灾，反正就是诸如此类的事情。这群人挤在一起，勉强留出了一条小路供人通过。所有人都安静得有些奇怪，一点声音都没有，完全没人说话，鸦雀无声。整个场面相当诡异——这么一大群人站在一起，站在一片死寂之中。他们好像是被眼前的场面深深震撼，说不出话来。

无论发生了什么，也都结束了。剩下的都只是惨剧过后的余波。

他在人群中穿梭前进，硬生生挤出一条路来。他先是来到本该是他们约会的地方——那扇陈列爽身粉和香水的橱窗前面，那个属于他们的地方。她不在。这个地方站着许多人，但其中没有她。

也许，她从橱窗前面离开，游荡到人群中看这没来由的热闹去了，只是为了打发这段等待他的时间。他踮起脚，试图将视线越过众人的头顶，把她找出来。结果仍是一无所获。于是，他再次走进人群去找她，用手肘顶开周围的人，左右张望，四下寻找。

不过，他的视线被这密集的人群遮得严严实实。他走上街沿，来到人群尽头，视野一下子开阔许多。面前的街巷，空无一人，围观的人群被一个警察拦在警戒圈外，围出一片巨大的空地。警察边上还有个热心市民在主动帮着维持秩序。

那片空地上躺着个什么东西。看起来像是玩具娃娃，或是其他什么类似的东西，反正都是同样地毫无生气。那东西就躺在路中间。那是一个真人大小的娃娃。只能看见两条腿和扭曲的身体，头脸则被几张报纸盖住，而这些报纸上浸透了一些黏稠的深色液体，像是汽油，更像是……

满地都是尖锐的玻璃碎片，看上去像是一个深色玻璃瓶的碎片，而瓶颈则完整地躺在几英尺之外。

周围的楼房里，有人从窗户里伸长脖子俯瞰楼下的现场，有人扭头寻找屋檐，循着刚才飞机发动机的声响向上看。

强尼·迈尔终于能够稍微移动身体了。他步履蹒跚地走下街沿，在众目睽睽之下，独自一人走向那片空地，走向空地中的躺着的那堆……东西。

警察一下子来到强尼·迈尔身边，伸手搭上他的肩膀，不许他继续往前走，把他整个人转过来。

强尼·迈尔喃喃道：“把报纸掀点起来吧。我……我就是想看看是不是认识……”

警察弯腰俯身，飞快地卷起湿透的报纸的一角，再迅速盖上。

"怎么样，认识吗?"警察嗓音低沉地问道，"认识吗?"

"不，"强尼忍住恶心，"不，不认识。"

他没说谎。

那堆东西的确不是他要娶的人。他不可能会想要娶那堆东西。他想要娶的姑娘绝不会长成那个样子。不会有人长成那个样子!

他的帽子掉了下来。边上的人帮他捡起来，交到他手上。他似乎完全不知道该拿这顶帽子怎么办。最后还是一个好心人帮他把帽子重新戴上。

戴上帽子之后，他就像根本不认识她似的，转身就走。走进人群时，人们纷纷主动给他让出一条路。他走后，人群又重新聚拢。他被汹涌的人潮吞噬。

他重新回到药店橱窗边上，重新回到爽身粉和琥珀色香水瓶前面，这里才是他们约会的地方，这里才是属于他们的小地方。他整个人斜靠在玻璃橱窗上，颤抖不已。

没人再多看他一眼，所有人都看着另一边，看着街巷的方向。

一辆来自地狱的灵车闪着红色顶灯来到现场。一堆东西被推进车厢，那是百无一用的东西，是不会被任何人宠爱的东西，是除了垃圾场之外无处可去的东西。地狱灵车的后门重重关上，顶灯闪烁，把围观的人群染成骇人的绯红色。灵车就像七月四日独立日发射失败的礼花弹，没能成功升空，嘶嘶作响地在半空盘旋，随后便发出一声哀鸣，拖着尾烟飞向远处。

他仍站在那儿，他不知道要去哪里。他没任何地方可去。全世界，除了这里，他无处可去。

起初，整件事情带给他的震撼并不特别强烈。他更多地只是感到麻木，并没有什么其他的异样。他静静地站在那里，身子不时有些摇晃，如同在无法察觉的微风中摇摆不定的风向标。他站在橱窗和旁边砖墙凸起处的中间，这样，他才能站直身子，不至于倒在地上。虽然表面上看不出来，他心中的伤痛却极深，埋藏在无论如何也无法挖出来的地方。那是没有人能触及的地方，即使最高明的医生也对此处的病痛束手无策。他就让那伤痛埋藏在内心深处，难以平复。

他慢慢抬起头，看着天空，思绪仿佛萦绕着那架掠过夜空的飞机，和那场突如其来的死亡。

他攥起拳头，高高举起，对着天空用力挥动，一下接着一下，似乎是想甩掉心中的愤懑。

就在这一刻，他整个人被黑暗笼罩。

——

广场那边，高耸的钟楼打了十二下。人群早已散去，广场上空无一人。除了他以外，空无一人。现在的街道上，什么都没有，只有几张散落的报纸，污浊不堪，色泽发暗，看起来就像肉摊上的屠夫用来包肉的那种油腻腻的报纸。

今晚，她晚了几分钟，但她最终还是会回来的。女孩子都这样，可能在最后一分钟还在纠结穿什么丝袜，或是头发又出了什么问题，再重新弄过。无论是哪种约会，对于姑娘，你一定要给她们多留些时间。他随时都可能看到她从广场的另一边向他跑来，就跟每次约会一个样。对他们来说，今天晚上的灯光有些昏暗，可能是这广场上的电路有些问题。对于八点这个时间来说，这样的光线的确是有些昏暗了。不过，无论明亮还是昏暗，她随时都会出现。

这座钟楼是个骗子，明明坏了，怎么就没人来修一修，刚才这个钟点的时候明显多打了四下。他看了看自己的手表，发现手表也背叛了他。时间走得太快。是时间谋杀了她，也撕裂了他。他粗野地把手表从手腕上扯下来扔到地上，鞋跟重重地踩了上去。随后他又把手表捡起来，再把时针和分针拨回本该属于它们的位置——差一两分钟到八点的样子。

随后，他把手表凑近自己的耳朵仔细听着。什么声音都听不见，表停了。现在，她安全了。她还是会来见他，就在某个刚好看不见的街角。现在，没什么能伤害到她，她不会像刚才那个可怜的无名女孩一样惨遭横祸，他把一切都搞定了。现在，她整个晚上都会活下去。她永远都会活下去。

现在，在他的手表上，在他的心里，在他的脑海中，时间永远停在八点。

一位好心人过来同他搭话："你住哪儿？我送你回家吧。你不能再这么站下去了。”

强尼·迈尔环顾四周，发现已是白天。晨曦洒落在广场上。

“我大概是来早了，”他支支吾吾地说道，“要等到晚上呢。我——我把时间搞错了，真让人笑话。”

他任由那个人抓住他的胳膊，带他离开那里。他说话声音很低，喃喃自语，几乎无法分辨。他甚至还笑了笑。

“……五月的最后一天，一个月的第三十一天……”

“对，”好心人说道，以为他可能是多喝了几杯啤酒，“不过，那已经是昨天了。”

“一年一次，”强尼·迈尔低声呢喃，“一年一个轮回——对别人来说。”

他身边的男人没听见他在说什么，就算听见，也不知道他在说什么。

“……在他们的生命当中，迟早会有这么个女孩。每个男人的生命中注定会走进一个女孩。他们不会死，但他们的女孩会。死了以后，就什么都感觉不到。而他们会活下去，他们会活着体验这种失去心上人的滋味……”

“你这是怎么了？”这位正在帮助他的男人心存善意但语气粗鲁地问道，“你这模样是在找啥呢？是不是丢什么东西了？”

强尼·迈尔只说了一句话。

“每个人都有一个姑娘，”他痛苦地呼喊道，“为什么只有我没有？”

一

从那天起，每天晚上都会有个孤独的身影站在药店那扇陈列爽身粉和香水的橱窗边的墙角里默默等待。孤独而充满困惑的双眼一直在耐心地找寻着什么。他每晚都在等待八点，等待那个永远不会到来的八点。一生伫立，永远伫立。从六月的芳草茵茵，七月的电闪雷鸣，一直到八月九月的澄澈星空，他一直在等待。经过十月的落叶秋风，他竖起衣领裹着脖子，在十一月刺骨的寒冷中继续等待。

守望着，等待着那个再也不会出现的人。他一次次抬起手腕去看那块停下的手表，借此来安慰自己。而那块表上的时间永远停留在八点左右。八点，代表永恒的希望，也意味着他们之间的爱情早已生死两隔。

每天，他一直等到背后橱窗里的灯光熄灭；每天，他一直等到药店里的人锁门离开；每天，他一直等到手表上永恒的八点变成现实里的午夜一点。

然后，这个可悲的小伙拖着沉重的步子，慢慢消失在黑暗之中。“明晚，她一定会来。明晚八点。她大概是故意躲着我；你知道，姑娘们都这样，她一定是想逗逗我，让我等得着急。”随着脚步声渐渐远去，他的身影也在深夜的暗影中消失不见。

没人知道他从哪里来。没人知道他要到哪里去。没人太过关心这事。一条人命而已，这世界上最不缺的就是人。他早就从原先的住处搬了出去，他们已经不让他住在那儿了。他们摸摸脑袋点头示意。他也从他原先工作的地方辞工，也是因为他们不让他继续干下去。

但你总能见到他，就在药店边上，就在广场周围。他一直在等待一个永远也不会到来的约会。

好多从前不认识他的人，天天在同样的地方见到他，慢慢地对他也开始有所了解。但所有人只是在他身边默默地走过而已。他们能帮他些什么呢？“别朝他看。可怜的强尼·迈尔又在那儿等他死去的女朋友了。”

为数不多的这么几个人对他出奇地友好，其实，多半也就是一时兴致而已。人性就是如此奇怪。某天晚上，有位年轻人在经过他身边的时候，一言不发地往强尼手里塞了包烟，然后又一言不发地离开，大概是想让他的等待不再那么寂寥、孤单吧。

一个阴冷的夜晚，药店老板从里面出来，塞给他一大杯冒着热气的咖啡，同样也是一言不发。等他喝完之后再从他手上拿回杯子。也就这么一次而已。之后就再也没有过第二次，再也没有。

人性就是如此奇怪。他们如此残酷而又如此友善，如此无情而又如此温柔。

久而久之，他成了一个地标、一台装置、一个烟纸店的印第安人广告。只是，他这个“印第安人广告”的血管里流淌着温热的鲜血，嘴里呼吸着坚忍而刚毅的空气。

又一个晚上，一名身着入时的中年女士从药店附近的电影院里出来。她不认识谁是强尼·迈尔，更没有听过他的故事。她向他走过来，开始跟他搭话。

“不好意思，打扰了，年轻人。麻烦你能告诉我现在几点了吗？我怕自己在这个地方花的时间超过预想了。”

他庄重地抬腕看表：“差三分到八点。”

“什么？不会吧？你一定搞错了！”她开始嘴唇上下翻飞地抗议道，“不可能。我刚进去看戏的时候就差不多是八点。我在电影院里差不多待了两个半小时。要是你嫌麻烦，不愿好好回——”

突然，她收住了话头，下巴都快掉下来了。看上去是他脸上的某种神情吓到了她。她不断后退，一步接着一步后退。当后撤到足以让她感觉安全的距离时，她猛地转身，摇摇晃晃地撒腿就跑，能跑多快就跑多快。一边跑，还一边反复回头，看他有没有追来。

她很聪明，提前意识到了危险，所以她跑得很及时。

之后的某个晚上，一名新警察开始在这个广场执勤。可能是老警察年纪大了，也有可能只是正常的工作调动，或者是他自己不干了。新来的这位有些认真过头，让人觉得他爱多管闲事。其实，哪个警察新官上任不是这个样子呢？

那晚，他在广场巡逻的时候，强尼恰巧也在那里。等他一圈走回来，强尼还在那里。到他第三次经过那里看到强尼时，他停下来，向他走去。这是他下班前巡视的最后一圈。

“怎么回事？”他说，“你很烦人知道吗？在这儿整整站三个小时，你是这广场的装饰品吗？我可不管西蒙斯为什么要对你这么宽容，你要搞清楚，现在这里归我管。”说着，就用手中的警棍去戳他的腰，好让他走起来，离开这里。

“我在等我的姑娘。”强尼说。

“你的姑娘死了，”警察野蛮地说道，“他们都跟我说过。她的葬礼都办过了，现在，就在我说话的当口，她就躺在地底下，就躺在山丘那边的公墓里。我上去亲眼看过她的那块墓地。我都能背得出那块墓碑上写的是些什么——”

强尼·迈尔突然用双手捂住自己的耳朵，由于极度绝望，他这个动作看起来非常剧烈。

“她再也不会到这儿来了，”警察说道，“你脑子放清楚点。我对你说话的时候别捂住耳朵，明白吗？快走，别再让我在这个地方看到你。”

强尼·迈尔的身体晃了一下，仿佛刚从恍惚的梦境中走出来似的。警察又拿警棍戳戳他，他迈出一条腿。警察再戳，他再迈另一条腿。于是，警棍不停地戳在他身上，渐渐地，他的腿也就顺势迈开，慢慢走起来。那个警察在原地站着，目送他走出视线之外。

从那晚起，他突然从那个地方消失了。再也没人见过他。

一开始，还有些人提起他，他们还想知道他去了哪里，变成了什么样子。过了一阵子，就连提都没人提了。

曾有一两个人声称：就在那个警察把他赶走的第二天，他们在火车站的月台上见过他，身边还放着个收拾妥当的旅行包。但没人知道这说法是真是假。

后来想想，这警察真不该搭理他，应该让他继续站在那里。那样的话，他就不会去伤害别人了。

——

三州航空公司对他们的员工约瑟夫·穆瑞的工作很满意。他入职到现在已经有三个月了。他负责的工作是文档管理。这份工作让他有机会接触到类似航班时刻表、订票名单以及这种大公司累积起来的所有种类繁多的档案。看起来，他对这份工作有巨大的兴趣。他时常把自己埋在文档堆里仔细钻研，查阅过去的订单，扫描过往乘客的名单。他甚至还为此加班，用业余时间来干这些事。他不断翻阅那些历史久远甚至是数年前的资料。突然有一天，他对这一切不再感兴趣。

他本可以小幅加薪。按照公司政策规定，入职六个月后可以加薪，可公司在这个时候根本找不到他这个人来给他加薪。他没有辞职，连张简单的离职信都没留下。他只是走出公司之后就再也没有回来。某一天的上午，他还在公司上班，到了下午人就不见了。

公司里的人本还想等他一段时间，但他却始终没有回来。他们还去查看了他的住处，发现他已经搬了家。没人知道他去了哪里。

他们百思不得其解，但也不可能把时间都耗在这件事情上。他们很快就雇了个新人来顶替他，他们不得不这么做。但他的继任者在对待工作的态度上却远不如他来得勤奋和谨慎。他只会在他觉得必要的时候去翻看那些文档。

自由航空公司对他们的员工杰罗姆·迈克尔斯的工作很满意。同样，他也经常和文档打交道，细细筛选这些文档，记下日期，仔细研究起飞时间和到达时间，在地图上标出航线。同样，他也是突然离开。前一天还在上班，第二天人就消失了。

大陆交通也遇到了同样的情形。类似的还有大东方航空和水星航空。每家公司都发生了同样的事情，这样的事情都发生在类似的地勤人员身上。

接着，那些更小规模的航空公司也开始遭遇类似的事件，一家接着一家，无一例外，甚至连那种只拥有六架飞机、运营不定期航班的公司也碰上了。所谓不定期航班就是那种没有固定时刻表、有业务就飞的航班。所以，这种航空公司只有一种业务，那就是个人以及小团体的包机。不过，法律规定，这些公司也一定要有航班和客户记录，否则他们就拿不到运营许可，无法报税，还会有一系列的麻烦。

彗星之旅就是这么一家运营不定期航班的小公司，这家公司除了名字听起来还不错之外，其他都很糟。公司总部只有两个小隔间而已，所有员工加在一起只有两个人，公司名下只有几家破旧不堪的飞机。两位忧心忡忡的合伙人勉力经营着这家公司，早已疲惫不堪。不过，这公司还是保存了飞行档案记录。

一天，仅有的两名员工中，那个叫杰西·米勒的在整理文档的时候发出了一声奇怪的动静。另一名员工坐在肮脏破败的办公室里，是个姑娘，听到声响后四下看了看说："杰西，你没事吧？不是生病了吧？"

他没说话。他从不说话。

他从档案夹里撕下一张黄色档案卡。

“啊，你这么干，老板们要骂的！”她见状惊呼。

档案抽屉开着，办公室门也开着，而办公室里只剩下了她一个人。

他连自己的帽子都没拿。这顶帽子一直挂在架子上，直到几天后才被人扔出去。他还有半个星期的工资没拿，一共六块两毛五。信不信由你，这笔钱对于彗星之旅公司来说，不啻是一笔雪中送炭的巨款。

她向其中一个老板告发了他的所作所为。于是老板过来看了看，想查出他撕掉的是哪张档案卡。不过根本查不出来。整份档案的年代实在太久远，又乱作一团，他的确有心无力。

不过，除了袖口上沾到的大量灰尘，他还是有些收获的。他想出了个绝妙的主意。他把整份文件取出来扔进垃圾桶。

“几年前就该这么干了，”他说道，“我都不知道这份档案居然还在这个地方。还好他提醒了我。”

卡片上打出来的字迹已经变得模糊不清，上面这么写道：

号码（现在，这串数字已经没有任何意义）。

包机单位：钓竿渔线俱乐部，业余运动组织。

目的地：森之星湖。

价格：500 美金。

起飞时间：一九××年五月三十一日晚上六点。

飞行员：蒂尔尼·J. L.

下面则写着这些乘客的名字，每个名字旁边都标注了当时此人的住址：

格雷厄姆·加里森

休·斯特里克兰

布基·佩奇

理查德·德鲁

艾伦·沃德

隐秘的灯光下，他手拿着卡片，作为参考，仔细地用铅笔和尺在地图上用一条直线连起那座大城市（起飞地）和那片星形湖面（目的地）。这是两点之间最短的距离。无论是轨道上的火车，还是公路上的汽车，都没有办法沿着乌鸦飞过的路线前进，但飞机可以，因为天空中没有丝毫阻碍。

在城与湖之间用铅笔画出的这条直线，笔直穿过一个小地方，那地方的名字叫作——

笔芯折断了，笔杆落在地图上，然后弹开。只见他一把抓起这张地图，用力揉捏。很快，地图在指缝间变为一团废纸。

“他死了，”门口那个看起来很疲倦的女人面无表情地说道，“到现在都两年了。他是我姐姐的大儿子。不过死了也好。这真不是人过的日子啊，冒着这么大的风险，就为了赚这么几个微不足道的小钱。载着那些醉鬼去开个会钓个鱼什么的。不，他本人不喝酒。但那些乘客一个个都带着酒瓶子登机，他总跟我们这么说。他们其实不能把酒带上去，但他却只能睁只眼闭只眼。否则他还能怎么办？他得靠这活儿挣钱糊口。他们偷偷把酒瓶带上来，喝完之后便扔到一边。他从来没有真正逮到过现行，但他们肯定都这么干。他们上去之后就醉醺醺地大喊大叫，高声唱歌。但飞机上却连一个酒瓶的影子都看不见。”

“他怎么死的?”

“和他们这类人的死法一个样，”她说得很简单，“死在地底下，就在离他家只有三个街区的地方。被人从地铁站台上挤下去，地铁开过来把他轧成两截。”

——

现在名单改为：

乘客：格雷厄姆·加里森

休·斯特里克兰

布基·佩奇

理查德·德鲁

艾伦·沃德

第二章　初约

所有窗户都用窗帘遮挡起来。门上挂着花环。天上飘着绵绵细雨，那幢红砖墙镶白边的乔治风格别墅在雨中显得阴冷而孤寂。雨水从别墅周围的树上滴落，水滴经过层层树叶滚下来，变大颗了不少，比在空旷处直接从天上落下的雨滴要大得多。看起来就像这些树同时在流泪。

一辆窗帘同样拉得严严实实的加长轿车转弯开上被雨水冲刷得干干净净的车道。轿车减速，停在别墅门口的台阶下。司机先下车，走到后面拉开门等人下车。

后座下来一个男人，面色凝重。下来之后面对车里，伸出手臂，准备搀扶车里的另一个人。

第二个男人出现了。他的脸上写满悲伤，面色看起来较前者更为凝重。他扶着第一个男人的手臂，痛苦地走上台阶。大门已然打开，两人走进了别墅。一位衣着得体的管家站在门后，目光低垂。

这幢刚死了人的别墅里气氛寂静，压抑而阴沉。两人步入正厅边上的书房。管家随即识趣地关上书房门，让他们独处一室。

他扶着他坐下。坐下之后，他抬头看着他，眼中充满了某种悲伤的渴求。

“她看起来还行吧?”

“她看上去依然非常美丽，加里。”他的朋友肯定地说道，紧紧抓住他的肩膀，同时把自己的头转向一边。过了一会儿，他的手无助地从他肩上滑落，发现自己其实能做的也就这么多。

“你想上楼躺一会儿吗?”他问道。

“不用了，我还行。我——我会挺过来的。”他努力让自己露出微笑，“每个人都会有这么一天，哭哭啼啼也不会让人好受多少。不管怎么样，她都不想看到我这个样子。我还是想做她喜欢的那个我。”

“来口白兰地?”他的朋友柔声说道，“这天气潮湿得很。”

“不用了，谢谢。”

“那么咖啡怎么样? 你今天一口东西都没吃，昨天也几乎什么都没吃。”

“不用了，谢谢！现在不需要。有的是时间，我还有整整半辈子用来吃喝。”

“今晚要我在这儿陪你吗? 摩根可以安排我住客房。”

加里森抬了抬手表示反对。“没必要这么做，埃德。我真的没事。我这里离你家太远了，而且明天你还要赶回办公室。你也应该回家睡一会儿。你已经做得很到位了。如果没有你，我都不知道该怎么办。谢谢你所做的一切。”

他的朋友抓住他的手："我明天一早会给你电话，看看你觉得怎么样。"

"我会上床躺一小会儿，"加里森保证道，"先在这里坐一下，看几封摩根给我整理好的悼念信。这样大概能让我平复一下思绪。"

"晚安，加里。"他朋友轻声说道。

"晚安，埃德。"

门关上了。

他在房里等着听他离开的声音。随后，他又多等了一会儿，等摩根来敲门向他道晚安。他知道摩根肯定会来。

当摩根打开门、把头探进房间时，他对摩根重复了一遍他对朋友说过的话："你上楼去吧，摩根。不用等我。我再多坐一会儿，看看这些信。不，不用了。我什么都不需要。晚安。"

正如他所期待的，现在只剩下他一个人了。即便在充满哀伤时，独处也好过与人共处。

他先是哭了一小会儿。同那些平时不太哭泣、可能甚至从来不哭泣的男人哭起来一样，他把头埋在自己的双臂中，哭得压抑而又克制。哭泣片刻即结束，他抬起头，眼眶很快就变得干涩。他坐在那里，又开始思念她——她在门厅的笑声、她的声音——特别是她回家时问摩根"加里森回来了吗?"那一声、站在门口的身影。这一切犹如过电影一般在他脑海中浮现。"噢，你在这儿呐！你好啊！你是觉得我迷路了吗?"

如此突然。如此犀利。如此迅速。

这些回忆给他带来的痛苦远比哭泣更深刻。而且这种痛苦将永无止境地折磨着他，因为他将永远放不下对她的思念。

很快，他把注意力转向那些悼念信，想借此缓解此刻内心的痛楚。他开始一封一封拆看这些信笺。“致以我们最深切的慰问。”“致以我们发自内心深处的慰问。”“请节哀。”这些信的语气都相当单调乏味。然而，他转念一想：他们能说什么？他们应该怎么说？

他继续拆信。第四封信的一开头写道——

他有些吃惊地睁大双眼。

他坐在椅子上盯着这封信看了许久。然后把目光移开，双眼放空，手上仍牢牢地攥着那封信。等回过神来，他继续盯着信看。

他从椅子里站了起来，目光却仍然无法离开那封信。他把信纸放在桌上，双手撑在信纸两端，从上方低头凝视。

接着，他似乎做出了决断，大步走向门口，甩开房门，来到门厅。他来到电话机边上，抓起电话，紧张而犹豫地开始拨号。然后他站在那里，等待着。

他开口说话的时候，声音变得无比急促。

“是警察局吗？我是格雷厄姆·加里森，住在钢笔玫瑰街十六号。你能派个人过来吗？派个调查员什么的？是的，就是现在。越快越好。是关于谋杀的。我会和你们派来的那个人细说的。我不想在电话里说。”

他挂断电话，走回书房，回到放着那封信的桌边，又多看了几眼那封信。

信没有署名，只有简简单单的一句话：

现在，你知道这种滋味了吧。

——

他们派来了卡梅伦。这案子打从一开始就让他牵肠挂肚。

卡梅伦不是那种让人充满信心的警察。也许是因为在这个当口，他们除了卡梅伦也无人可派。也许在他们看来，这种报警电话只需要派卡梅伦这种程度的警察上门就够了。也许他们开始执行新的选拔任用方案，用人标准降低了不少。

卡梅伦名叫麦克莱恩，从名到姓都是他祖上某个怪人想出来的。不过他的名字再奇怪也跟别人没什么关系，只是他自己感觉不太好而已。他这人极瘦，可能正因为如此，他常年一脸憔悴，颧骨突出，面颊凹陷。他的行为举止总是犹豫和急躁的混合体：一会儿犹疑不决，一会儿又急躁冒进，然后对自己的急躁懊悔不已，之后更加犹豫不决。

现在，他穿着一件好多天没有换过的衬衫，不用眼睛看就能觉察这个事实。

“加里森先生？”卡梅伦问道。然后他做了一下简单的自我介绍。

而加里森却认真地恳求：“我很抱歉打了那通电话。我想那会儿我一定是傻了。”

卡梅伦充满疑惑地看着他。

“事实上，我打完电话不久。”加里森坦陈道，“我想最好还是再给您办公室打个电话说不用派人来了。但我又怕那让我看上去更像个傻子。我很抱歉让你白跑一趟……”

“那么，你觉得发生了什么事呢，加里森先生？不介意跟我说说吧？”

“其实什么事都没有。刚才只是奇怪地一闪念，现在没事了。我整晚都这样。我其实是有点过度紧张，你应该能看出来。我心力交瘁。当我提起电话的时候，我曾一度有种可怕的感觉，就是……”

卡梅伦等着他把话说完，他却说到一半又咽了回去。

“知道吗？今天是我妻子下葬的日子。”他解释道。

卡梅伦同情地点了点头：“我进来的时候看见门上的花环了。你在电话里说你找到了什么？”

“就是这个。和悼念信一起来的。”

卡梅伦接过来，仔细研读。

过了一会儿，他抬起头，坚定地看着加里森。

“当然了，这其实没什么大不了的。”加里森最后说道，“这种恶作剧的确非常残忍，或许写这信的人也是沉浸在丧偶之痛中久久不能自拔，不过——”

卡梅伦突然自说自话地坐下来，看起来，他准备在这里多待一会儿。

“刚才说了一半没说下去，”他问道，“你说刚拿起这封信的时候‘曾一度有种可怕的感觉’，什么叫‘可怕的感觉’？”

加里森似乎不太愿意回答这个问题：“这个……呃……我妻子当然是自然死亡的。不过，当我读到这封信的一刹那，我觉得……可能有人做了手脚设局杀了她，这信给我的感觉就是这样的。不过事后想来，肯定是我想多了。这种可怕而荒谬的念头只在我脑中一闪而过而已。”说罢，他面露愧色地笑了笑。

卡梅伦没笑。“一个念头，”他冷冷地重复道，“这是个挺可怕的念头。不过我们要立刻着手调查，才能知道这个念头是否真的‘荒谬’。”

他再次拿起那封信，打开，放在指尖上，像在掂量这封信的分量，当然，他感兴趣的并不是物理意义上的分量。

“我想，你给我们打电话是打对了。”他说。

二

“我不是来看病的，”卡梅伦对洛伦茨医生的前台说道，“我不介意等到医生空下来的时候跟他坐下来好好谈谈。事实上，要是等不到他，我还会再来的。”

“有位警察局的先生说要和您谈谈加里森太太……”然后她把卡梅伦的话重复说了一遍。

医生似乎满怀普通人常有的那种好奇心。“你现在就进去吧。”她转述道。候诊室里几个衣着时髦的女子比卡梅伦来得早，纷纷向他投去厌恶的眼神。

这位医生看起来好像很喜欢跟健康人聊天，甚至更喜欢和警方聊天，算是偶尔换换口味。他点起一支雪茄，递给卡梅伦一支，换了个舒服的姿势往后一靠。

“警官，至少我不用握着你的手，也不用闻那股子药水的味道，”医生对他说道，“我倒真想做个警察，因为你们大多数时间都和健康人在一起。”

“只是健康的罪犯而已，”卡梅伦不动声色地纠正道，“那样的话，你就会变成个穷光蛋。”

“但你们的工作多刺激啊。”

寒暄之后，两人很快进入正题。这位坦率而真诚的医生在一开始就给卡梅伦留下了不错的印象。

“您是加里森太太的主治医生吧？”

“我给他们家做家庭医生已经有些年头了。他是我以前的同学。他们那天打电话给我……”他抬头思考了一下，“……大约是在三十一号凌晨。我去了之后发现情况不太好，但当时无法立即给出诊断意见。于是我在同一天又去了一次。那一次，我立刻将她送去医院。”这时，他的声音低了下来，“我一点时间都没耽误，但确实回天乏术，到傍晚时分，她就过世了。”

“死因呢？”

医生的脸上阴云密布，眼神游离了一会儿，看上去似乎刻意在回避这个话题。“破伤风。”他低声说道。卡梅伦注意到，医生说话时把雪茄放到一边，似乎在那一刻，这雪茄不那么好抽。“就算跟我有深仇大恨的人，我也不愿看到他染上这毛病。”

“你刚才说，你第一次去的时候‘无法立即给出诊断意见’？”

“不是每个医生都有这种运气。而且，就算我当时看出来病因也无济于事。我第二次出诊的时候开始怀疑是这个病因，于是就一刻都不敢耽误，当时就带她去了医院。医院的化验结果证实了我的猜测，”他深吸一口气，继续说道，“结果出来时，打疫苗已经太迟了，不会有任何效果。最佳治疗时机错过了。你知道，注射疫苗是有一定的时间限制的。如果过了那个时间点，就算神仙下凡也救不了你。”

卡梅伦不由得感到阵阵寒意。

“她是怎么碰巧感染了破伤风的？”

“她的腿被家门口的一枚钉子剐破了。问题的关键在于，她确实得了破伤风，而不在于她是怎么感染的。”

卡梅伦点头表示理解：“我想，这就是你我之间的主要差别所在。侦探探究起因，医生解决事后。”

“但这不是犯罪案件，所以说，你这个比较不太恰当。”

卡梅伦目光低垂，仿佛在问：“你确定？”

“医生，能跟我说说这种病吗？我不是医学专家，所以还请使用最简单的语言。坦白地说，我之前甚至连听都没有听说过这种病。”

“不可能，你一定听过。你们有时会把这病叫作‘锁口病’。病菌通过皮肤上的破口进入人体，皮肤上一个浅浅的破口或针眼都会成为病毒入侵的途径。① 幸运的是，不是每个破口都会感染到这种病菌，否则人类早就死得差不多了。就算你手上有根肉刺或仅仅是个旧伤口，只要接触到感染源，就有可能得破伤风。”

“还有其他感染途径吗？与患者接触时有可能感染吗？”

“不，不会以这种方式传染。人与人的接触不可能成为传染途径。”

---

① 破伤风应该是细菌感染。

会的，卡梅伦起身告辞时心想，但我所想的和你所说的应该不是一个意思。

——

加里森穿着浴袍走下楼梯，浴袍底下穿着睡裤。

“很抱歉把你吵醒了，加里森先生，”卡梅伦站在楼梯下说道，“我知道现在已经凌晨三点，但我整晚都在忙，没办法早点过来。”

“没关系，”加里森面无表情地说道，“反正睡得再多对我来说也没有什么意义。”

“我想问你几个问题，”卡梅伦说，“是关于那枚钉子的，就是那枚导致您太太去世的钉子。”

加里森有点吃惊，似乎惊讶于警方为什么会突然问起这个东西：“就是个钉子而已。”

“能给我看看吗?”

“早就没了。钉子被我拔出来扔掉了。”

“那你能指给我看看钉子原来在哪里吗?”

“当然可以。”他领他走到门口，“就在这下面，”他用手向下指着说道，“看到木头上的那个小洞了吗？钉子原来就插在门框上面。那天晚上，我们到家时已经很晚了，我打开门让她先进屋。她进门的时候就被那该死的东西剐伤了腿。我们想不通那个地方怎么会有个钉子，完全不知道是派什么用处的。门框上也没有开裂的地方需要钉起来。看起来这钉子就像是被人随意钉在门框上的。”

“随意?”卡梅伦冷冷说道，眉眼之间仿佛流露出一丝疑问，“你知道这钉子插在门框上有多长时间了吗?”

“可能有几年了吧。我们之前也从来没有注意到这东西的存在。”

“在那晚之前，这钉子有没有剐伤过你或你太太的腿呢?”

“没有，从来没有。在这之前我们俩从没被这钉子剐到过。”

“也就是说，在那晚之前，门框上根本没有钉子。假如这钉子一直钉在门框上的话，她的腿早就被剐伤了。这钉子就是派这次的用场的。”他的声音听上去相当阴郁，没有丝毫愉悦。

深度弯腰查看门框让他们感到相当吃力，于是两人都直起了身子。

“有人听见榔头敲击的声音吗?”

“没人听见。我们周末都不在家。我们星期五出门，直到周日晚上才回来。那两天里，这房子都是上锁的。我们不在家的时候，佣人也离开了。他们要等我们回来之后的第二天，也就是星期一才回来。”

卡梅伦试着把门推上，关严，再一把拉开。

“钉子是被钉在门框外侧的，所以就算大门紧锁也不要紧。而且，这扇门是往里开的，钉子不会妨碍开门。现在让我们测试一下。你现在是那个要去开门的人，你的手握住门把手，把门往里推，让她进去。你一定会侧向她身子这一边，那么她只能从另一边侧身进门，而那一边门框上的钉子就擦伤了她的腿。如果她直接从门的正中间进屋，就可以避免这一切。如何进门其实是一种习惯。”接着，他仿佛是在对自己补充道，“我不知道除了我，还有谁想到了这一点。”

“你就这么把钉子拔出来，”他说，“然后就这么扔掉了？”

“你觉得呢？换作你，会不会把这钉子继续留在门上？”加里森反驳道，“我当场就把钉子拔出来，我不想让这事再发生。她的腿很疼，我的心很痛。那时摩根又不在，于是我就找了把钳子自己动手拔。你想知道我发现了什么怪事吗？”

卡梅伦急切地问道：“是的，我很想知道。”

“钉子是反着钉在门框上的。钉子的平头嵌在木头里，尖头戳在外面。”

“这么说来，钉子不是用榔头敲进去的。榔头不可能把钉子这么敲进木头里。榔头砸在尖头上的话，钉子要么弯掉，要么断掉。只有尖头才能被钉进木头，平头是钉不进去的。”

“但是，这钉子就是反过来插在木头里的，还插得很深。这东西很长，跟我的手掌差不多。”

“那可能是先钻了个洞，然后再把钉子插进去。如果正如你所说，这钉子很深，就会插得很紧。你拔钉子的时候感觉轻松吗？”

“拔了好一会儿。”

“拔出来后注意到钉子的状况了吗？”卡梅伦问道，“看起来新吗？还是已经生锈了？”

“钉子没在我手上留太长时间，所以也没仔细看。都说了，我拔了好一会儿，胳膊酸得很。钉子是猛地一下拔出来的，由于惯性的缘故，我拿着老虎钳的手一下子甩过了肩膀，钉子就这么顺势飞出去了。不过拔出来的一瞬间，我似乎瞥到一眼，钉头下面似乎裹着块脏布，就是裹在凸起的钉子外面的某种东西。但我不太确定，那东西从我眼前飞过的速度太快了。”

“凸起的钉子。”卡梅伦干巴巴地重复道，一如他平日的声调。

加里森等着他的下文，但他却没有继续说下去。

“这些对你有什么帮助吗?”最后他问道。

“到现在为止，一点都没有。钉子找不到了，”卡梅伦的回答令人难以捉摸，“你妻子死了。”

“我不明白你到底想要怎么样。”加里森面无表情地对他说道。

“你其实自己已经发现，答案就在这里。”卡梅伦冷冷地向他确认，“答案一直在这里。”

——

卡梅伦的上司递给他一叠薄薄的文件。“现在你去跟这个案子。”他说得不怎么客气。

翻看着这叠文件，卡梅伦嘴巴越张越大。“但这是另一个案子，”他说，“不是珍妮特·加里森——”

“别管那个案子了。”长官打断了他的话，“其实打从一开始根本就没有立案。把你那些越轨的调查工作都停下来。哦，对了，你干的那些我都知道。我可不喜欢手下不务正业。你既然是凶杀科的人，那就老老实实去查谋杀案。我可以给你多派点活让你忙起来。”

“但长官，这个女人——”

他的长官双手重重地拍在桌子上，手肘弯曲靠在身体两侧，似乎想撑着桌子站起来，但最终还是没站起来。

“那女人死于破伤风。她的家庭医生这么说。他请来的专家，那个全国著名的专家也这么说。我们警医开出的死亡证明也说是这么回事。你觉得还不够，好，你申请挖出尸体，我也批了。尸检结果再一次验证了之前已经确认了的结果。这里一定有什么问题，我向你保证，一定有。但这问题是生物学上的，这是卫生部的事，轮不到我们来操心。你干的这些事情都应该由卫生部派人来调查。我觉得到现在为止，这个问题完全无解。就算你耗上这辈子的时间，卡梅伦，你也永远无法知道细菌是怎么进到她的血液里去的。你要操心的不是细菌，而是两条腿走路的杀人犯。假如你想研究细菌，你干吗不考医科?”

卡梅伦试图辩驳，可这回他连个“但是”都说不出来。长官似乎能看透他的心思，不耐烦地挥着手臂。

“喔，别再对我说那些字条了！每当我们接到凶杀案的时候，差不多总会有八九十个人写信来说是他们干的，这些你应该都清楚。真正犯事的那些人才不会写下什么东西宣称是自己干的呢。我告诉你，她死于破伤风。还有什么可说的呢？现在，去报告给——”

“是，长官。但她可能就是被人用破伤风谋杀的。世界上有两种破伤风，一种是意外感染，而另一种就是蓄意感染。破伤风可能被用作一种武器，就像一把枪、一把刀或是一把斧子那样的武器。”

长官的声音变得很低沉，每一个字都透着警告的意味，他一字一顿地对卡梅伦说道：

“我——要——你——停——止——调——查。这是命令。”

为了保住自己的饭碗，卡梅伦对于这句话，只能报以一个答案。“是，长官。”他轻声说道。

——

加里森脚步沉重地走下楼梯，身上所有的活力似乎都被抽得干干净净。他在早餐桌边坐下。摩根端来半只冰镇葡萄柚，放在他面前，把早晨收到的信件也放在他手边。

过了一会儿，加里森便无精打采地把信一封一封拆开看。

这是他拆看的第三封信。信上写着：“现在，你感觉如何，加里森先生?”

没有签名。

片刻，仅仅只是片刻，他从困倦中清醒过来。他转头向门口看去，电话就在那个方向。他似乎想要从椅子上起身去打电话。

随即，他眼中流露出一丝疲惫的智慧。他坐着没动，噘起嘴，对自己轻轻地摇了摇头，似乎在说：“这东西已经让我丢过一次人了。我可不要再丢人现眼。”

于是他把这封信捏成一团，扔到桌子下面看不到的地方，继续吃他的葡萄柚。

第三章　再约

电话铃响得极其不合时宜。

两个人都在房间里。

佛洛伦丝比他率先穿戴整齐。说起穿戴，女主人总是比男主人要快些。现在这个时候，她本该下楼去处理一些突发状况。不过，她至今还在房里，因为她的手镯出了点问题。手镯搭扣卡住了，她颇花了些时间才把这东西搞好。

他们在卧室里安了一台电话分机。此时，他的血液仿佛凝固了似的，心里盘算着她伸手接电话的可能性有多大。她此时离电话机要比他近，简直触手可及。不过幸好，她两手正忙于修理手镯的搭扣……

“休，”她冲着电话点头示意道，“希望这电话不是来告诉我谁又不来了。我可都安排好了。”

他正忙着打领结，“让他们在楼下接吧。”他说。

电话铃再次响起。“你只能从下面叫一个人上来。今晚楼下离不开人。”她要是把手松开，手镯就会从她的手臂滑落掉到地上，因此她没法去接电话。

电话安静下来。

一名女佣敲了敲门："有电话找斯特里克兰先生。"

这手镯似乎正挖掘出佛洛伦丝身上那种执拗的潜质。她坐在自己的梳妆台前，像钟表匠似的，用一只发卡在修理搭扣。

"我可不管聚会不聚会的。修不好我就一直在这里坐下去。我打算修好了要戴这个镯子，没这个镯子我肯定不会下楼的。休，你真该把这镯子送回店里让他们帮我修好的。上次也是同样的毛病。"

他已经抓起了电话听筒。

"喂?"他的声音听起来有些鲁莽。

"喂。"电话那头的女高音嘲弄地重复着他的话。

"格兰杰，你好。"他说。

"格兰杰?"女高音揶揄地说道，"什么时候我改叫这个名字了？好吧，那就你说你的，我说我的。反正你能听我说就行了。"

如果他现在就挂掉电话，整个状况就会变得更糟。佛洛伦丝一定会对他的这种无礼之举产生怀疑。

"我现在有点忙。"他说。

"我要说的就是你接下来要忙的事。你忘了这个月要做些什么了吧？有些账目到期了哦，不是吗？这都过了十五号，我等得够久的了。但我的开销还是和从前一样，这你都知道。"

"关于这个问题我跟你已经谈清楚了，"他简短地说道，"从现在开始你要自己想办法解决问题。"

"我可不吃你那套。别想就这么轻易摆脱我。"

“这样吧，明天你打到我办公室。”

“不，你不会接的。这个礼拜整整七天，我一直在往你办公室打电话。还有上个礼拜、上上个礼拜都在给你打，就是不接。所以我今晚打来你家，这才找到你，不是吗？我早就应该想到这么干了。”

佛洛伦丝终于修好了她的手镯，站起身来，准备离开房间。她在门口转身，不耐烦地对他挥动手臂。“休，看在上帝的分上，别理他了，管他是谁呢！你要到楼下和我在一起，他们马上就要到了。”

说完，她关门下楼。但眼下的情况却更加紧急，她随时会从楼下拿起电话，听见他们之间的对话。

他必须迅速做一个了结。

“听着，你这个婊子，”他粗野地说道，“我跟你一点关系都没有了。我帮你帮得够多的了。”

“哦，她离开房间了吧？你还欠我这个月的一千五百美元，外加上个月没付的一千五百美元。你会带着钱下楼来吗？”

“滚到大街上摇你的尾巴去吧。”

“要不你下来，要不我上来。反正我等一下就这么走进来，当着你老婆的面，当着你所有贵宾的面。让全世界都知道我们俩的事情。我等你到九点钟。”

“我要杀了你！”他发狂般地号叫着，“只要让我看到你在附近任何地方出现，我就亲手杀了你！”

她的嘲笑声如同银铃一般清脆，笑声中，她挂断了电话。笑声戛然而止。

—

大约九点钟，晚宴结束，舞会开始。这是佛洛伦丝记忆中最棒的晚宴之一。第二波收到舞会邀请赶来的客人轻轻松松就把现场人数翻了个三四倍。无论用什么标准来衡量，这都是一场“武装到牙齿”的舞会，邀请著名乐队，甚至还穿插着卡巴莱歌舞表演。① 佛洛伦丝一高兴，就更要全力以赴把舞会办得体面。

此时，他正忙于应付佛洛伦丝那些其貌不扬的女性朋友。一看就知道，主人特意让她们这类人聚在一起。这倒不是出于对她们的照顾，而是为了让这场舞会能顺利开下去。她自己却涂着鲜红的唇膏，浑身珠光宝气，满脸笑容地跳着那种上世纪初风格的快二步，慢慢转着身，从舞厅门口一直跳到他的面前。

突然间，他看见了她，身着亮闪闪的白色礼服，亭亭玉立。即使站得很远，他也能准确无误地认出她来。她把石貂披肩递给管家，这条石貂披肩是他送给她的，那是很久以前的事了，那时他们还彼此相爱。他无数次见过她进屋前的样子，对她的身形体态了如指掌——优雅地向一侧转过身子，双膝微微并拢。他对她脸上的这种微笑也再熟悉不过了——眼睑低垂，笑容足以在不经意间激怒她周围的所有女人，不过反正她也不是冲着她们笑的。而现在，她的脸上就是这副笑容。他也熟悉她抬起前臂轻抚手镯的那个动作，而现在，她手上就是这个动作。

① Cabaret acts 是一种歌厅夜总会中的歌舞表演。

自从他开始躲着她以后，她改变了自己的发型。跟他在一起的时候，有那么一段时间，她根本没时间去做头发。现在她有的是时间。

糟糕的是，无论改变还是不改变，她都不再让他感到丝毫愉悦。他不再喜欢她了。

这种情绪甚至盖过了恐惧，他的愤怒和憎恨让他冷静下来，不至于在焦虑中崩溃。

他环顾四周，发现佛洛伦丝正在大厅的远端（他们办舞会的房间真是超级大，而这巨大的房间第一次让他感到很高兴）。在她慢慢地跳着舞转到他现在这个位置之前，佛洛伦丝是不会发现她的存在的。但等她过来以后——就算她们之前从来没有见过对方，而她也只是大量宾客中的一个——在招呼客人这件事上，佛洛伦丝绝对堪称一丝不苟。所以他必须赶在佛洛伦丝的前面到她身边去。

他猛地转向一边，顺势把他的舞伴带离舞池，好让她不至于孤零零一个人尴尬地站在舞池当中。随后他便一言不发地放开了他这位舞伴，稍停了一会儿，大步走向门口。他脸色凝重，稍稍有些发灰，心中泛起阵阵厌恶。

“晚上好啊，斯特里克兰先生，”她和善地对他说道，“你能邀请我真是太好了。”

“我请你了吗?”他死气沉沉地低声说道。说话间，他嘴唇几乎没有动。

她一脸空洞的微笑，眯起双眼。“多棒的舞会啊。这首曲子是我最喜欢的。我们卜场跳舞吧。”

他再次嘴唇微动地说道："我告诉过你我的决定。"管家从他们身后走过。"等一下，这个先别拿走。"

她一如既往地沉着冷静。今晚，沉着与否，决定成败。这种时候，冷静的头脑是成功的关键。她看起来毫不在意地向后挥了挥手说道："很好，那就这样吧。我保证你不会在舞池里听到我再说起那些事情。"她伸手勾住他的臂弯，"你是想和我跳舞，对吗，斯特里克兰先生?"

"你糊弄不过去的。"他激动得呼吸急促。

她却充耳不闻。她的视线越过他的肩膀，看向大厅远端。"她真的很可爱，"她入神地喃喃自语道，"你怎么就不能好好对她呢？你的眼睛真是瞎了。你怎么会——"她话说了一半，欲言又止。那一刹那，她显得那么地真诚。

他向四周扫视了一圈，发现佛洛伦丝正慢慢地拥着舞伴一起跳着舞穿过舞厅。这时，她没有抬眼看他们。不过谁知道她之前有没有往这里看，或者之后会不会往这里看。他没有一直盯着她看，也就不得而知了。

他的前额渗出涔涔汗珠。

"钱能解决问题吗?"他飞快地问道。

而她的回答却非常奇怪。只见她举起那条纤薄而弥漫着胭脂香味的手绢，轻轻地拂过他的眉头。

"到边上站一会儿，"他说，"不要跟任何人说话。"

"我参加这种舞会的时候可从来没有被冷落过，"她对他说道，"告诉我几个名字，以防万一……"

"你就说自己是鲍勃·马洛里的朋友。他差不多喝醉了，就算他现在来到你身边，也说不清是怎么回事。”

他飞快地离开舞厅，来到书房，正锁门的时候他才发现，书房里的灯光下有两个人影。他们窝在那里，向后仰着头看着他。

“你们两个能离开一下吗?”他匆匆说道。

“哦，没关系，”那个年轻人对他说道，“你进来也没关系，我们不介意。”说罢，两人又准备重新躺下。

“我的意思是说，我要用这个房间。”

女孩轻轻推了推她朋友的肋部，低声对他说道：“他大概是男主人。”说着，他们两个手拉手往外走，边走边发出阵阵笑声。

“我们又不知道不能来这里，”男孩回过头粗鲁地说，“干吗不早点说?”

斯特里克兰锁上门。打开藏在墙壁里的保险箱，取出钱箱。箱子里大概有一千多美元。他抓起钱，用颤抖着的双手草草写了一张五百美元的支票，写得过于潦草，持票人名字需要费点力气才能辨认出来。他知道，写成这样的支票，她是不会收的。他现在情绪极度不稳定，时间对他来说又如此紧张，于是，他撕掉第一张支票，重新写了一张。

随后，他打开房门向她走去。

她还在刚才的地方，只是现在坐了下来。她努力保持低调，尽量不被人注意到。

“把包给我。”他低声说道，说话时连嘴唇都没怎么动。

他把钱放进去，把包还给她。

“现在……”他刻意看着门口。

她优雅从容地站起身来，轻动手指，唤来管家帮她披上貂皮披肩。

“这本该是个很棒的舞会，”她楚楚可怜但语气愉悦地对斯特里克兰说道，“你看我穿戴得多体面。”

“哈里斯，”他说，“给这位女士叫一辆出租车。”

在等车的当口，他们两人单独站在门口。

“再敢这么干你就死定了。”他阴郁地给她警告。

——

随着罗杰一家的离去，厅里只剩下怀廷和德弗罗夫妇。就在这两对夫妇也想随罗杰一家告辞离去的当口，佛洛伦丝却劝他们再留一会儿。经过类似今天这种累人的场面之后，她总是迫不及待地想要迎接聚会的尾声。

“你们知道，所有聚会最后那段时间，就像那首老歌唱的那样：‘……是真实的一刻，最美好的时光。’我们去书房喝点睡前酒吧。”

他们走进书房喝酒，只有他们六个人。

“来，我来告诉你这到底是什么意思。”她四仰八叉地躺靠在沙发上，特意松开了她的凉鞋，赤脚踩在地板上。

“我们到底为什么要办舞会？”她问道，“那是因为舞会结束时的感觉实在太好了。”

“这就是我们办舞会的目的，”有人附和地说道，“就像用榔头砸自己的脑袋。”

“斯特里克兰看上去有点累了。”其中一位女客同情地说道。

她连看都没朝他看。“休一直看起来很累。”她尖刻地说道。

他们不准备走吗？他很想俯身用拳头一下接着一下重重地砸向桌子，他想把桌子砸成两半。这样一来，他们就能惊愕地站起身来，飞快地冲出门去。

但他忍住了。他想，你根本没办法去做那些你真正想做的事情。

他低头看着如镜的桌面，摘下眼镜，一把扔到桌子上。

出人意料的是，这么做的效果胜过刚才在他脑中演练的动作。

其中一个女人立刻站起身来，另一个也紧随其后。女人对这类情绪上的细微变化总是很敏感。

“那么，我们真的要告辞了，佛洛——”

“对，趁还没被赶出去之前。”

没有人看他，但他知道，房间里除他以外的五个人都觉得他想赶他们离开。

去他妈的社交礼仪。

就在她送客的时候，他独自上楼进了卧室。

他进房间的第一件事情就是脱下外套挂起来。

然后，他来到梳妆台前，打开一个抽屉，取出一把左轮手枪。这把手枪自从六年前起就一直被放在这里，那时候他们在自己家里遭到了抢劫。之后，他们将所有东西都恢复了原状，但他们面对枪的时候仍会心有余悸。

他把枪放进上衣内侧口袋。

她走进房间，冷静而迷人，好像现在才八点而不是凌晨三点，好像从没有聚会这件事，好像根本不存在那些不请自来的客人

(好吧，也许对她来说，真的没有)。

她关上卧室房门，亲切地微笑着。

“那么，亲爱的——”她说话的声音如此甜美。她把手伸向自己脖子后面，去解开那条钻石项链。她边解边走到房间另一头。“——你觉得怎么样？我觉得这算得上是一次比较成功的聚会，你不觉得吗？”

“什么怎么样？”他试图赶上她的思路。

她笑得花枝乱颤。“舞会呀，亲爱的。”看起来，今晚没什么事能惹怒她。

喔，上帝啊，那个舞会！他不由一阵颤抖。

“你到最后看起来情绪不太高啊。”

“我头痛，”他说，“感觉要炸开了似的。”

“阿司匹林都不——”他正准备说下去。

“你干吗不吃片阿司匹林？”她问道。

紧接着，她又抢在他前头帮他把话说完：“阿司匹林都不管用，是吧？”

他面露不悦地看着她。她这是什么意思？她知道些什么？

很明显，她这话其实没什么特别的意思。她什么都不知道，所有的一切都只是他自己的错觉。此时，她走出去脱下晚礼服，换上蚕丝睡衣，显得如此平静，仿佛一切困扰都与她无关。

突然，他猛地意识到，她刚才就在梳妆台边上，而且她还打开过那个放手枪的抽屉。不过，她现在已经从梳妆台边上离开，走了出去。他心中开始对这件事耿耿于怀。

“你刚才去那边拿什么东西？”他对着她高声问道。

“怎么了？我去放点东西。”她模棱两可地说道，说话时咯咯笑着，就像个孩子，“我连自己的梳妆台都不能用了？”

她可能根本没意识到抽屉里的枪已经不见了！要是她已经发现，她肯定会说些什么。但她没有，一句话都没有说。

她压根没有注意到他西装下面还穿着睡裤，以及裤子上那对比强烈的条纹。现在的她，脑子里全是自己的事情，完全沉浸在自己的世界里，沉浸在刚才聚会的余波中。他知道，女人都有这毛病。

他把手放在卧室的门把手后，说：“我要出去透口气冷静冷静。”

她没有阻止他。

“记得带钥匙，亲爱的，”她就说了这些，“佣人们对这世界上的任何事都毫不关心，他们都是些可怜虫。”

“我不会吵到你的。”他阴郁地向她保证。

她转头看着他，冷淡地说道：“那我现在就向你道个晚安喽。”说着，她轻描淡写地亲了亲他的脸颊。

他的身体不由一阵僵硬。太迟了。

他的指尖轻轻滑过藏着手枪的地方。这个动作相当隐蔽，就像是在抽屉表面轻轻一扫而过，仅此而已。

她表情如常。她一定觉得藏在那儿的应该是他带回来的那个大雪茄盒。他的目光悄悄地从她身上掠过，向房间的另一头看去。雪茄盒正好端端地和往常一样放在那里。不过还好，她没有朝雪茄盒那个方向看。

她向自己的床走去，轻轻把床罩掀到一边。她面露微笑，光彩照人，她永远魅力四射。她会让人觉得这场舞会远未结束，宾客还没散去。

她用两根手指碰碰自己的嘴唇，送给他一个飞吻，然后最后一次向他道晚安。

他也在关门的时候瞥了她最后一眼，看见她靠着枕头坐在床上，准备找本书来睡前阅读。床头灯那玫瑰色的光晕在她的脸上和肩上抹了一抹粉色。她如雪的秀发就像年轻姑娘般柔顺，大波浪垂在肩上。

她看起来就像一位十八世纪的侯爵夫人，躺在卧室里，准备召见男宠。

他顺着螺旋形楼梯拾级而下（他一直对这楼梯感到很厌恶，下个楼也要走好久）。楼下大厅里的灯光把他的影子映在象牙白的墙上，影子形状狰狞地在他身边亦步亦趋，看上去就像个恶魔正在催着他签订契约似的。

经过大厅的时候，他想起一些怪事。舞会上有些琐碎而怪异的小事，现在回想起来像是千年之前的残留。有一只高脚杯放在靠墙的一张桌子边沿，杯里浅浅地留着点香槟，而这张桌子边上放着一把空椅子。现在看来，那杯酒一定是她留下的。在那一小会儿，她就坐在这张椅子上等他。虽然，他现在已经不知道她是在喝酒还是仅仅端着酒杯，但他非常肯定这杯香槟就是她的，不是她自己拿的，就是管家端来给她的。

他心中猛然闪过一股怒气，便满怀恶意地把酒杯举起，与肩齐平，再放回刚才的地方。他用这杯她自己的香槟，向她敬了杯死亡之酒。

夜间的寒意如同针尖一般刺进大厅，大门重重地关上。他离开了家。

二

他没按门铃，也没敲门，他觉得完全没这个必要。他拿着那把她好久以前给他的钥匙，悄无声息地打开了门锁。

他拔出钥匙，走了进去，关上了身后的房门，这一连串动作就如同他开门时一样悄无声息。

他非常清楚开关的位置，根本不用看就摸到了。他打开开关，一小圈艳丽而俗气的桃红色灯光从天花板上洒落下来，是她喜欢的颜色。

他对这个地方实在太过熟悉，对屋内的一切都了然于胸。这里曾经可以算是他的第二个家。不，有一段时间，这里就是他的家，而他刚才离开的那个地方才是他第二个家。人改变起来真是件很滑稽的事情。

这里的每件家具、每个物件、每把椅子，都在他的记忆中占有一席之地，一直能追溯到他们早先共同度过的那些岁月。他晚上微微喝醉的时候就坐在那边那把椅子上，赌咒发誓说再也不会回到佛洛伦丝身边；他说他一定会跟她做个清楚的了断，

就在那个晚上，就在那个时刻，她就坐在他身边的沙发上，甜言蜜语地劝他不要这么做，最终温柔地把他手中紧握着的电话拿了下来。她安抚着他暴怒的情绪，体贴地冲他眨着眼睛，说："我们现在这样不是挺好吗？干吗要去找麻烦呢？来，再喝上一

杯，假装你现在还是单身。”这招一直挺管用的。

就在总统大选那天晚上，他们两人各自把钱放在收音机上。他赌民主党会赢，而她别无选择，只能把赌注押在共和党身上，因为除了民主党和共和党，别无第三个党可选。不过，她毕竟不至于傻到这种程度。事实上，他这是在试试她的脾气，看她到底会不会发火。她还是挺开得起玩笑的，既不恼怒，也没有抱怨。她甚至逼他收下所有打赌赢下的钱。第二天，她就收到了一条貂皮披肩，这条披肩里有她所输掉的那份钱。她怎么会料到这个结果呢？这就好比你借给别人五百美元（其实这笔钱本来就是这个人的），结果，只过了一晚，第二天你就收到一件毛皮大衣作为利息。这生意真是太好做了。

他从钢琴边上走过的时候，发现谱架上有一页乐谱。他扫了一眼乐谱，撇撇嘴，念出了上面的歌词：“无论迟早，你终将醒来——”

错了，你再也醒不过来了。他一把抓起这页乐谱，揉作一团，恶狠狠地把这团纸扔到房间另一边。

卧室门半掩着，门上还装着面镜子。他把门拉开，站在门口朝里面看着她。客厅里的灯光足以让他把卧室里的一切看得一清二楚。天蓝色的阴影使卧室里的一切都显得非常柔和。

她背朝他，躺在自己那边，睡得如此沉静，丝毫不为她自己的所作所为而感到困扰。眼前的这一切又让他开始感到愤恨不已。

那条石貂披肩扔在一把椅子上，挂在椅背上的样子仿佛搭起了帐篷。白色晚礼服已经挂上了衣架，但衣架并没有挂进衣橱，而是随意地挂在房门上沿，礼服顺势贴在门上。

空气中弥漫着她的香水味。她曾告诉过他，这种香水叫作“冥河”①（他还记得那时候他给这个名字加了个“n”上去，惹得两人笑声不断）。她根本不用告诉他这香水的价钱，他应该在自己的支付账户明细上见过太多次了，这些支付账户早就停用了，在那些真正的压力和真正的讹诈开始之前就停了。

他满心愤怒地站在床边，看着她。

然后，他无声而从容地解开外套胸前的扣子。外套由于装着手枪的缘故显得沉甸甸的。他脱下外套，把它顺着领子叠成长条形，随手挂在椅背上。

他走到窗台边上，锁紧所有的窗户，几乎没有发出任何声响。之后继续回到床边，站在她曲线起伏的背后。随后，他解开皮带，把整条皮带抽了出来，一只手牢牢抓着皮带扣。

他俯下身子，一把掀掉她身上盖着的丝绸毯子。如此一来，她的身体便曲线毕露地呈现在他面前。薄如蝉翼的黑色阴影笼罩在她身上。

由于迫切的报复心理驱使，他的面容已然扭曲。他把皮带高高挥过头顶，手中的皮带像条被捏住七寸的毒蛇，在他头边不断扭动。对付这种女人就该这样！都是这个女人咎由自取！这就是下场！只有这样，她们才能搞清楚状况！

皮带发出的声响听起来就像是速度缓慢的拍手声。一下，一下，又一下；而声响的频率却越来越快，越来越快，越来越快。抽在她披着波浪长发的肩胛骨上，抽在她的屁股上，抽在她大腿

---

① Styx。

的后面。黑色阴影仿佛被扯碎，出现了一些白色的裂口。好像他只不过是在拍掉堆在此处的灰尘而已，每拍一下，灰尘被抖起来，然后再慢慢落下。

憎恨迷住了他的双眼。然而，他猛地清醒过来，他发现她没有尖叫，没有从床上跳起来跟他拼命，更没有滚到一边企图逃跑。从一开始，她就没有丝毫反应。

他扔掉手中的皮带，皮带顺势在地上打了个卷。他在床边俯身查看，抓着她的头发把脑袋提起来。他一下子觉得手上的分量不对，太轻了，完全不费吹灰之力。他发现她的脖子已然被折断。

那么，他刚才抽打了半天的——只是一具尸体而已。

——

他一路跑上家里那座螺旋形楼梯，墙上的阴影在身边紧追不放，转个弯之后，他好像摆脱了自己的影子。不过没一会儿，当楼梯转到另一边的时候，影子一下又跑到他前面。待他走到楼梯尽头，影子好像已经在那边等他了。他眯起眼睛，一只手遮住脸，一路冲到卧室。影子没有追进来，但他相信暗影还在门外默默等待着他。

他颤抖着深吸一口气，用钥匙打开卧室房门。

她睡着了，也许只是看起来睡着了。屋内，玫瑰色的灯光已经熄灭。和他离开时相比，她的头在枕头里似乎陷得更深了一点。毫无疑问，她的眼睛闭得很紧。铅灰色的晨光透过威尼斯百叶窗的缝隙照进卧室。

他把枪放好，小心地回头看了看她。她仍睡得很沉，眼皮纹丝不动。

由于过于紧张，他走进浴室时哆嗦了一阵子，甚至还低声哭泣了一小会儿。接着他用毛巾擦拭眼镜，在浴缸边上坐了一会儿，情绪低落，心如死灰。最后，他坐在浴缸边上慢慢脱去衣服——先脱掉外套，再摘下领带，衬衫扣子一直解到皮带的位置，便停下来不再继续。

睡觉，睡觉，他一定要睡觉。只有一种方法能让他摆脱现实的困扰：睡觉。他用掌心轻轻地敲了敲头，看起来就像在帮助自己入睡似的。不过，这样做根本无法产生睡意，反而如噩梦降临般地让他越来越清醒。

他打开镜柜，从里面拿出一瓶安眠药，往手上倒了两片，随即又加到三片。正要往嘴里送，拿着药片的手却停在了半路。突然，他哭得面容扭曲，猛地把手中的药片扔了出去。真吃了这片药，那种程度的睡眠会把他脑海中的可怕记忆永久锁定，再也无法忘却。

他没办法一个人挺过去。他也实在没有办法独自把这事藏在心里。他必须找个人说说。他必须找她说说。

反正他们迟早会找上门来。而她必须得帮他渡过难关。

他重新回到卧室里。这时候，铅灰色的晨光已经慢慢变成银色。很快，照进卧室的光线就会变成金色，但不是现在。

还没走到床边，他就发现她已经醒来。她一定是刚刚才醒。

“佛洛伦丝——”他屏息说道，“佛洛伦丝——”

“你有事要跟我说？”这句话的疑问口气轻微得难以分辨。这根本就不是个问句，而是个陈述句。但他现在没时间去考虑这些语法上的细微差别。

“是的，是的。好好听我说。”

他来到床上坐下，坐在她身边。过了一会儿，他又从床上起身，走到床的另一边坐下，坐在靠近她心脏跳动的地方。

“你现在清醒吗？能听明白我说的话吗？”

“我很清醒。”这话说得似乎有所保留。

“那个女人——”他欲言又止，寻思着该怎么继续说下去，“今晚的舞会上来了个女人。不知道你是不是注意到——”

她面带微笑，不过这微笑中带着些许讽刺：“让我想想。海蒂卡内基的晚礼服，白色，差不多一百五十美元的那种档次。不过我想她应该是买的过季打折款，然后按照正价去跟某人报销。脚上穿着佩鲁贾出产的鞋子，码数可能是5A，不会比这码数更大。她身上的一切都很有品位，可以说极有品位。不过——”她摇了摇头，皱起鼻子继续说道，“就是底子太次，这她可没办法掩饰，不经意间就暴露了。她实际上应该三十五岁，但会被人当作二十八岁。”

“她的确二十八岁。”他差点就脱口而出，但最终还是忍住没说。也许她的确是三十五岁，而他只是被蒙在鼓里而已。

“她的香水闻起来像是‘冥河’牌的，又黏又稠。”

他听得双目圆睁，无言以对。

“是的，休，没错，我觉得我知道你要说的是哪个女人。”

她点了支烟，似乎在给他留出点时间好让他缓过劲来。她甚至还给他递了支烟。他没接。

“我——这个，我不知道从何说起，佛洛伦丝。这件事复杂到你根本想象——”

又是那种带着讥讽的微笑：“休，是要我来帮你的忙吗?”

她把第一撮烟灰弹进摆在架子上的景泰蓝浅盘里，尽情享受缭绕的烟雾，若有所思地抬眼看着天花板，似乎她罗列出以下这些事实就已经帮了他大忙。

“她叫埃丝特·霍利迪，家住法拉格特道1604号D7室，每月房租一百五十美元。电话是warfield-7176①。到现在为止，她跟你——我是不是该说你的体毛——在一起差不多有四年多一点的时间。休，我可没有千里眼。我可说不上来你到底是哪天遇见她的，也不记得是在几月。这些事都是慢慢发展起来的。但我知道确切的年份和季节，那是一九四三年的春天。‘春天，一个老男人的幻想——’我本不该如此执着于这些事。”她这话说得相当得体，用手指着他，充满魅力而又略带责备地继续说道，“你爱了她整整三年。从一年半以前开始，你不再爱她。但你也没胆量做个了断。”

他听得几乎都要瘫倒在地。现在的他就像个断了线的木偶，随时摇摇欲坠。“你都知道。这一切你都知道。”

“我知道这事很多年了。”她漫不经心地说道。她自觉烟已经抽得差不多了，便把烟头掐灭。其实，点烟的目的也就是为了让

① 实为92734353-7176，对于英语国家人士来说，记住一个英语单词远比记住一串号码来得容易。于是就想出来利用电话机数字按键或拨盘上对应的字母来组成单词。

他们的对话能顺利地进行下去，都是为了他的面子。

“那么现在这又算什么？究竟是什么让你决定在这个时候说出一切？我可没说我很高兴，只不过，说了总比什么都不说要好。”

“佛洛伦丝，我到她家去——去——”

这次，她静静地等着他自己挣扎着把话说出来。

“去杀她。”

“我知道你去了。”

“喔，佛洛伦丝。”他说完后瘫软在地，他说的一切她都知道，这么一来，他的“坦白”也就毫无意义，根本不能挽回什么。

“你做得太明显了，”她居高临下地说道，“西装下面配条晚礼服长裤，上衣明显鼓起来一块。抽屉里的左轮手枪也不见了。你这事做得不太高明。”紧接着，她又不咸不淡地来了这么一句：“那么，你杀了她了吗？”

他惊恐地看着她。

“我只是根据你留下的线索查清楚这些事情的。你每一步动作的意图都那么明显，而你现在又这么大惊失色地看着我——”

“你有必要做得这么绝吗？”他差不多是在悲恸欲绝地哀号。

“请原谅，我很抱歉。”她的语气听上去挺懊悔，“你知道，我无法生活在暴力的阴影下。我必须把身段放低，去查这些破事。”

他的头深深低垂，她眼前能看到的只有他的头发。他双手捂着脸，说话声在手指间轻得难以分辨。

“她已经死了。我到她那里时发现她已经死在床上了。有人——我不知道是谁——我只知道我没杀她。”

她伸手握住他的手，几乎像个母亲那样轻轻拍着他的手背。

“你当然没有。当然没有。”

他抬起头来，开始变得有点警觉。突然，他猛地想起些什么：“我能证明，我能证明我没杀她。等一下，让我找找——”就在这当口，他发现上衣没穿在身上，不由又是一阵惊慌失措。随后，他从床上跳起来，冲进浴室，拿回上衣。“看，就是这个。我在她房间里发现了这个。”他把那张纸条递给她。

她接过纸条，读出声来：“现在你感觉如何，斯特里克兰先生?”

她的脑子总是转得比他快许多。“你应该把这字条留在现场的，”她立即说道，“这字条应该留在事发现场，而不应该带回家。你把字条拿回来，他们就看不见了。”

“但我不想让他们把我说成是——”

听他这么一说，她的思路立即随之改变：“可能这样更好。是的，也许你是对的。不过，把这东西收起来，无论你做什么，都要把这字条带在身边。必要时可以给他们看。不过你要知道，这字条放在你身上的价值远不如把它留在她家里。你既然把字条带出来，就说不清楚是在哪里找到的了。当然，你能证明这字不是你写的，这点他们也能看出来。但你怎么证明是从她家里拿出来的?这种字条随便哪里都能找到。不过现在说这些也太晚了。”说完这些，她从他眼中读出了沮丧之情，随即又补充道，“当然，就算没有这张字条，你也很安全。如果你真的没干，他们就没法硬安在你身上，否则就真的没有正义可言了。这种事情不会发生的。”

“但他们会找上门来。他们一定会。他们会盘问我……”

她遗憾地点点头：“他们会来了解她的过去。这种调查会……会很漫长。”

“佛洛伦丝，你一定要救我！无论他们挖出怎样的过去都不重要，只要我们瞒住今晚的事情就行了。你还不明白吗？今晚你办的这个盛大舞会多棒啊！整个晚上，好多人都在舞会上见到过我，一直到舞会结束。佛洛伦丝，今晚客人散去后，我没有离开过家！我根本没有出去过！你明白吗？佛洛伦丝，你不会出卖我的，对吗？你会支持我吗？你现在是我唯一的希望了。”

“我是你的妻子，休。”她没再多说别的，就这么一句，“你不记得了吗？我是你的妻子。”她与他四目相对，眼中无他，有的只是充满温柔的爱意。

他的头倒向她的胸口，心中的大石已然放下，此时他已筋疲力尽，大口喘气，几乎就快哽咽。

她用手温柔而令人安心地抚摸着他的头发。这一抚摸，仿佛带着全世界所有妻子身上共有的那种宽容和体谅。

—

她死在周二到周三之间的那个晚上。星期三，什么事都没有。星期四，什么事都没有。这段时间是如此平淡，如此冷漠，一切就好像是用活字印刷术印在纸上的铅字一样。他屏住呼吸。终于，星期五总算从黑白报纸中跳了出来，活灵活现地跳进现实生活，变成一个人，站了起来。

“带他进来。”他对哈里斯说。

说完，他查看了一下屋内的摆设。“不，等一会儿。”他在写字台边上坐下，扫了一眼报纸。不，这样看起来不对劲，这里不是办公室。他又坐上一把皮椅，往后靠了靠，跷起二郎腿。然后又站起身来，从书架上挑了本书，从干燥箱里拿了根雪茄，这才坐回那把椅子。

“好了，可以让他进来了。”

进来的这个家伙面颊凹陷，又高又瘦，貌不惊人。他看起来初出茅庐，神情犹豫不定。他的衬衫也有日子没换了，袖口磨损，线头都漏了出来。

他说：“打扰了您，很抱歉，斯特里克兰先生。我是警察局派来的。可以问您几个问题吗？”

斯特里克兰说：“请坐。当然可以。”

来人坐下后，身子用力向前倾。只见他的袖口被衣服拽上去，露出一大段手腕。他充满敬畏地环视了一下屋内，然后又充满敬畏地看着斯特里克兰。看起来，他没怎么跟住这种房子的人物打过交道。

“抽根烟，”为了舒缓他紧张的情绪，斯特里克兰说，“打火机就在那儿。”

他先是把墨水盒当作打火机拿了起来。

“不，是你边上那个。”

找到之后，他也不知道该怎么用。

“只要按下去就可以了，轻轻按一下就好。”

不过，弄了半天他还是放弃了，最终用上了自己带来的火柴。

点完烟之后，他又不知道拿手上烧过的火柴怎么办，只好一直在指间捏着。

“我的上帝啊，我都在怕些什么啊?”斯特里克兰见状，心中暗想。

“你的问题是?”他提示道。

于是，他开始提问，但问出的问题让人觉得他早就不记得自己要问什么了：“哦——啊，对了，呃——你认不认识一个女人——一位女士——叫作埃丝特·霍利迪?”

“是的，我认识。”斯特里克兰立即回答道。

“然后呢?”

“然后就是男人和女人的关系了，”他先把这事说了出来，随后又说，“我不会对这种事情有所隐瞒的，你明白吗?”他又继续说道，“不过这事结束了也就结束了。我跟她一年半以前就结束了。”

来人局促不安地拨弄着手上的香烟。在旁人看来，一定会觉得他才是被问话的，而斯特里克兰才是发问人。

“她死了，你知道吗?”

“是被人谋杀的，”斯特里克兰更正道，“我看了报纸，上面都写了。”

“你最近没见过她吗，斯特里克兰先生?”

“没有。”

“你们俩上次见面是什么时候?”

“我想想，大概是六个月前吧。”

“哦，”他接着又说，“那么——”语气听起来就像是瓶敞口放了一星期的干姜汽水那样寡淡。“这么说来——”接下去他就不知道要说什么了。他站起身来。

斯特里克兰也随即起身，顺手把书放在两人旁边的一张桌子上。

来人现在非常尴尬，他完全不知道如何结束这场谈话。于是，他拿起这本书翻看起来，当一个人想把自己从尴尬中抽离出来的时候，往往就会去摆弄摆弄手边的东西。

“新书?”

“正相反，”斯特里克兰居高临下地说道，“这书有些年头了。”

“哦。我只是在想，还有些书页没有裁开呢……”

“我还没看到那里。”回答这种问题一定要干净利落，提问与回答之间绝不能有任何拖泥带水。

警察卡梅伦心不在焉地以大拇指滑过其中一页的边沿。这一页是这本书的第一页，这一页和接下去的三四页都连在一起。

他把书合上，不再多想，转身告辞。

——

当天晚上，他们正准备上床睡觉。他穿着睡衣坐在自己的床边，但就是不愿躺下休息。也许他根本无法躺下。他弓着背，垂着肩，十指轻轻交叉，郁郁寡欢地低头盯着地板。

而她坐在梳妆台前，也是微微低着头。但她此时正专心做着自己的事情，根本没去想他的案子。她正拿着把锉刀修指甲。

终于，她开口说话了。

“她的手怎么样？她的，你知道我说的是谁。”

他当然知道。他面容苦涩，用手掌的边缘抹抹嘴巴，就像要抹去什么难闻的味道一样。

“我这么提没让你不舒服吧？”她圆滑地问道。

“没有，”他叹息一声，然后说道，“你不问，我也满脑子都是这桩事情。整天都在想，没停过。她那双手——哦，我觉得和其他女人的手没什么两样；比男人的手更软、更白一些——”

“我不是这个意思。我是说，当时，她的两只手都放在什么位置？摆出怎样的姿势？你说过，是放在脖子这里。”

“哦，”这次他总算明白了她的意思，“她的双手就是这么放着。”他比画给她看，“看起来是想保护自己的喉咙，想扯掉掐住自己脖子的东西。知道吗，她的两只手最后僵得像爪子一样。谁碰到这事都是这种反应。”

她用自己的手模仿了一下这个姿势，对着镜子仔细研究起来。

“如果是这样的话，她一定会抓伤那个加害她的人。那人身上一定会留下伤痕。”

“可能吧。她能做到的大概也就仅限于此了。”

在她再次开口之前，他抬头问道：“你怎么会想到问我这件事呢？”

“我想把一些想法串起来。刚才我修指甲的时候，看着自己的手就突然想到她的手了。我很抱歉，要是我——”

“没事。”他说，说完又低下了头。

梳妆台上有两盏装着丝织灯罩的台灯，她拉下开关，把两盏灯都关上了。随后，她站起身来走到第二张床前，脱下睡袍时，丝质的料子在她身上发出窸窣低语。脱到手肘这个高度的时候，她停了下来，转过身，关切地看着他。

“能睡着吗?”

“尽量吧。”

“能不能睡着才是关键，尽不尽量倒是次要。”

“不用担心我，你把灯关上就行了。”

“好的，可你也不能在床边一坐就是一夜啊。”

“我怕只要一上床躺下，噩梦就会重新出现，甚至每次打个盹醒来之后都浑身是汗。毕竟我看到的是一幕非常可怕的场景。之前从来没见识过，猛地一下子见到这种场面的时候，完全没有心理准备……”不过，他还有关键性的一点没有告诉她：当晚他是怎么用皮带对付那女人的。

她用食指指甲轻轻地刮了下自己的嘴角。

“今晚你可不能再做噩梦了，”她说，“要是还这样，你就要找个医生看看。我想我知道咱们该怎么办。”

她重新穿好睡衣，走进浴室。过了一会儿，她从浴室出来，手上拿着瓶安眠药。

“试试这个，”她说，“坚持吃到你缓过来为止。来，把手伸出来。”

他就像个孩子似的，听话地把手伸出来。

她轻拍药瓶，把两粒药片倒入手心。然后举起药瓶看着说明：“通常剂量是一次两片，上面这样写着。我觉得按照你的情况来看，吃三片也没问题。”说着就又倒了一粒药片出来。随后又有点犹豫不决地拿着药瓶问他：“吃四片怎么样？你会怕吗？”

“不会，”他说，“怎样都好过——”

她倒出第四颗药片后才拧上瓶盖。“我去帮你倒点水。”她说。

她倒完水回来的时候，他已经把药放在嘴里。他接过水，喝了一口，把药顺下去。

“好，现在躺下吧，”她说，“别太紧张，要我把手放在你头上吗？”

他害羞地笑了。“不用了，谢谢你，”他说。随后，他飞快地看了看她，面露愧疚：“你对我真好，佛洛伦丝。”

“你想要我做什么？”她的话中闪烁着爱意。

“毕竟，她曾经是——”

“一切都已经过去了，”她说，“其实，我很遗憾这件事的结局如此可怕。不过，你我都清楚，这事已经是过眼云烟，不用再提。”

她帮他把枕头弄好，甚至还把被子往他肩膀上拉了拉。然后她把卧室里的灯都关上。

“谢谢你，佛洛伦丝。”他微微带着哭腔说道。

“嘘——”黑暗中，她温柔地回答道，“睡吧，快睡吧。”

药效过了一段时间才显现出来。

好几次，他几乎要沉沉睡去，但紧绷的神经就像弹簧一样，把他的意识拉回来。直到最后，他的神志湮没在一团黑水之中，不再挣扎于半梦半醒之间。

梦境，就像是黑水表面上一片明亮的油膜，从他上方飘过，朦胧的光线把他照亮，一会儿工夫，油膜便从他头上飘走了。

——

一大早，他在浴室中爆发出一阵尖叫。她听见后立即进来看个究竟。

他两手垂直相握，两眼紧盯自己的手背。

“看，我现在满身都是。我都对自己做了些什么？怎么会变成这样？我是刚才伸手打开水龙头的时候才发现的。”

她赶紧到他身边，握起他颤抖的双手仔细观察。他的手背上密集交错着一道道红色的痕迹，有些短，有些长，有些痕迹就在皮肤表面，看起来是淡粉红色，有些则深入肌理，变成暗红色。

“别害怕，”她劝慰道，“一定是睡着的时候你自己弄的。”说着，她握着他另一只手观察起来，边看边咂咂舌头，怜悯地说道：“这大概是由于你吃了安眠药过敏导致的。药里大概有些什么成分让你的血液或是皮肤产生了变化，让你奇痒无比。身上其他地方还有吗？”

他挽起袖子说：“没了，腕骨以上一点都没有。手腕上还有一点，但往上就一点都没有了。”现在，他内心的那点恐惧几乎强烈到了迷信的程度：“现在我想起来了，我做的那个梦。她就在梦里。噩梦终究又回来了，而且变本加厉。哦，真是可怕——”他浑身颤抖得厉害，一只手撑在镜柜上，使自己不至于倒在地上。“她要我——她不停地要求去杀死她（你知道是用什么手段）。她抓住我的双手，硬把我的手拉向她的脖子。她越用力拉，我就越用力往回抽。在梦里，我反而成了那个尖叫救命的人，而不是她。她的双手如同铁钳般有力，指甲都抠进我手上的肉里。我无法摆脱她双手的纠缠。最后我用力掰开她的手，她的面容随即渐渐淡去，就像那种灯泡坏了、慢慢变暗的感觉。”他伸手擦擦额头上冒出的汗，接着说，“她——她穿着你的睡袍！梦里的人是她没错，但她穿着你的——”

“嘘，”她边说话，边把手指放上她的嘴唇，让他安静下来，“不要再回忆那些噩梦了。看看你都成什么样了。等一下，让我帮你整理一下。”

她找出一些棉花，用金缕梅液①蘸湿，轻轻拍打在他手背的伤痕上。

“还这么痛，”他惊道，“都这么长时间了。”

“会消掉的，”她信心满满地说道，“一个礼拜以后就看不见了。”

—

有人想要见他。走下楼梯的时候，他碰见了佛洛伦丝。他们交换了一下眼神——她的眼中充满了关切，他的眼神里却流露出不安。

他们一句话都没有说，但他默默地向她举起两根手指，意在

① 收敛毛孔用的面部保养水。

告诉她：这已经是第二次了。

最后，她抓住他的上臂，无声地鼓励着他。接着，她的目光看向他的手，手背上那些夜里出现的神秘抓痕依然历历在目，不过伤口已经结痂愈合，而且颜色也已然变成褐色。

她劝他留在原地，不要再往楼下走。然后她自己飞快地下楼，沿着门厅一路小跑，来到他挂外套的地方。他发现她伸手去掏他上衣的口袋。

她回来时，手里多了一副他的手套。

“把手套戴上。”她气喘吁吁地说。

“但他们不觉得怪吗？这可是在家里。”

“但你手上的伤痕……他们可能会觉得这是……最好别让他们看见。”

听到这话，他不禁倒抽一口冷气。“我居然没想到！”他呼吸急促，显得惊慌失措，“天哪，他们一定会——”

“只要他们看不见，就什么都不会发现。一定要想办法遮掩起来。”

“但这可是在室内！怎么遮？”

“这样，我们假装你刚回来。看，就像这样。”她又跑下楼去，这次，她手上拿着一顶帽子和一件大衣。她把帽子放在他手上，把大衣挂在他胳膊上，看起来就像他刚把大衣和帽子脱下来似的。

“但他们来的时候就知道我在家里。仆人已经告诉他们了。”

“那就跟他们说你正准备出门。无论如何，手套千万不能脱。”

书房的门突然打开，门口出现了卡梅伦的面孔，张望着，想看看到底是什么耽搁了他这么久。

他们见状，立即将刚才的秘密策略付诸实施。她的反应尤其敏捷，不过心中还是有些发虚。两人立即分开，他往楼下走，她往楼上走。不过卡梅伦进来的时候已经发现他们正站在楼梯上一动不动，而且，他们的表演也不太完美。尤其是她，那种明显的转身动作一下子就被看穿了。

他走下楼来，把门打开。卡梅伦瞥了他一眼，随他走进房间，顺手带上房门。

“先生们?”他和蔼地打招呼。

他面前站着三个人，其中两个是新面孔，一个之前来过。他有种不妙的感觉。

他们立刻注意到斯特里克兰手上的帽子和大衣。

“要出去吗，斯特里克兰先生?”

“对，正要出门。”

“很抱歉，我们可能要让你耽搁一下了。”虽然说话的语气很含蓄，但很明显，这是命令。

“好啊，”他相当配合，“听你们的。”说着就把手上的大衣往椅子上一扔，帽子顺手也扔在衣服上。

“坐吧，自在点。”说话的是卡梅伦，说得同样含蓄，但同样是命令的口气。

他坐下来之后才发现，她一定要他戴的手套不但没有起到掩盖的作用，反而像聚光灯似的引起在场所有人的注意。现在他戴着也不是，脱了更不对，横竖都会引起对方更大的关注。

“我们只问几个问题。”卡梅伦继续说道，口气很轻松，你不得不承认，今天的卡梅伦说话很有魅力，一反之前那种笨嘴笨舌的形象。

他只能无可奈何地坐着，同时又想趁人不注意的时候把手套脱掉，省得引起不必要的注意。他先是把一只手夹在自己的大腿和沙发扶手之间，寻摸着大概可以顺势把另一只手从两粒上衣扣子之间伸进外套藏起来——

卡梅伦似乎根本没把注意力放在他的手上，甚至连他调整双手位置的时候也丝毫没注意到。这一点他很确定，因为他一直直勾勾地盯着卡梅伦的眼睛。他正准备蒙混过关时——

突然，他鼻子下面出现了一个白色的烟盒。“抽根烟吧，斯特里克兰先生。”

他先是下意识地伸出手，反应过来之后又缩了回去：“不了，谢谢。不——现在不抽。”

“哎呀，来嘛，一起抽一根吧。我们可都抽上了，别这么拘束。”

“不了，我现在不想抽。”

眼前那包白色的烟盒缩了回去，从他面前消失。这包烟没有达到目的，或者说，离成功就差一点。

“斯特里克兰先生，不知道你在房间里戴手套，有什么特别的原因吗？”

一听这话，他登时面无人色：“我——我这不是要出门吗？”

“但你不是把帽子和大衣都脱了吗？”

他故意轻慢地哼了一声，试图让自己显得傲慢一些：“我就想把手套戴着，你见我戴着手套心里不舒服吗？”

“我倒没什么不舒服，”卡梅伦礼貌地说道，“只是觉得你应该不太舒服。你把手套戴反了。”

他低头一看，每根手指的接缝都翻在外面。回想起来，一定是她给他戴上时就是反的。

他努力表现出的高傲一下子消失得无影无踪，一起消失的还有他脸上仅有的一点血色。

他们在等待。这时候，他觉得自己的手有四英尺长、两英尺宽，好像完全暴露在了特写镜头之下。

“你不想把手套脱了吗，斯特里克兰先生？”此时，卡梅伦问话的口气优雅至极。

“这里是我家，如果我不愿意，你们没有权利强迫我脱掉手套。”

“当然。不过你得有个说得过去的理由。”

“没有理由！什么理由都没有！”说话间，他已是满头大汗。

“那干吗还戴着手套呢？你看起来很热啊。跟我们几个比起来，你都热得不行了。”

卡梅伦话音刚落，他就猛地拉下手套，丢在地上。

在众人的沉默中，他的呼吸声听上去格外明显，粗重得就像是脚踩沙滩的声音。

“这就是你不愿意让我们看到的东西吧？怎么弄上的？”

“我——我不知道。一早起来就这样了。肯定是……半夜做梦自己弄的……”

他们听了这话，一句话都没说。和任何嘲讽的言语相比，无声的鄙夷更具有杀伤力。他面前这几个人的眼神中就充满着深深的鄙夷。

他在梦中见过这种眼神。

——

结果他们只问了两个问题。

“你是不是否认她来过这里，否认她在那晚早些时候来过你家、打算参加你妻子举办的舞会?”

“是的，我否认!”他暴跳如雷地说道。

“把管家叫来，”卡梅伦面无表情地说，“把那张从她家里找到的照片也拿出来。你的管家已经对照片进行了指认。让他当着你的面再指认一遍也好。”

他什么也没说，只是做了个“不必”的手势。随后，他的手臂无力地垂下，就像断了一样。

“她可能到门口来过。我——我没见到她。”

“我们无法证明你‘看见’或‘没看见’她。你的视力不在我们考虑范围之内。但我们能证明你跟某人说过话，就在你家门口：‘下次你不会活着对我干这事了。’我们还能证明这个‘某人’就是她。这样，我们就间接地得出了同样的结论。”

他们停顿了一会儿，等着突破他的防线。此时的他就像海滩上用沙子堆砌的城堡，在潮水面前摇摇欲坠。

第二个问题随之而来。第二个，也是最后一个。

“那么，还有一个问题。你是不是否认你在事发当晚去过她家，比如——你大概会说——再次造访？”

“我没有！舞会上好多人都见到过我。结束之后我就直接上床睡觉了！”

“我们没有精力去找你说的‘好多人’。有一个证人就足够了。”卡梅伦的话听起来很随意，他转头对他的同行说道，“那个出租车司机怎么样？他已经指认了照片中的那个人就是你。他也证明你在事发当晚从你家搭乘他的出租车到她家门口。把司机叫来，我们让他再指认一遍。”

斯特里克兰的手再次颤抖着举起来，又无力地垂落下来。他可是付了那司机整整一千美金让他闭嘴的！有什么东西还能比一千美金更有的赚？他麻木地自忖着，却根本没意识到这点。一千五怎么样？要不就两千。肯定有人事后又付了更大的一笔钱给他，让他开口指认。

“你们从哪里搞到了我的照片？”他茫然地问道。

他们没有回答这个问题。他觉得，他们的脸上隐藏着一种奇怪的表情。不过，他说不上来那到底是什么。

——

他们把佛洛伦丝带了进来。两个人一左一右地带着她走进房间，佛洛伦丝看起来楚楚可怜，眼神畏畏缩缩，万般不情愿。她夹在两个壮汉之间，显得如此瘦小，如此无助。

他几乎要站起身来。“先生们，我抗议——你们不能这么做——我要求你们别把我妻子牵扯进来！”

他们就像没听见似的，彬彬有礼地让她落座。她可不是那种可以任由他们随意哄骗、放个诱饵就能全盘托出的证人。她是真正的贵妇，是彬彬有礼地屈尊来敷衍这群肮脏不堪的男人们。

“斯特里克兰太太，您曾对我们说过，您的先生在五月三十一日凌晨时分，就在您举办的舞会之后，并没有离开家。”

“不太确切，”她说，“我当时说的是，‘据我所知’，在凌晨时分什么的，我丈夫没有离开这幢房子。”

“您为什么要坚持使用这样的表述呢？”卡梅伦问她。

“你为什么要坚持从一开始就要修改我的表述呢？”她反唇相讥时依然魅力十足。

“那么我们现在再问您一次：您是否想要纠正或更改刚才的表述？”

“不。”她的回答很是简单。

“您这是在回避我们的问题，”卡梅伦礼貌地指出，“您的智商远在我们之上。我明白您的意思。刚才我的问题是‘您是否想要’，您回答的‘不’应该只是在说‘不想’。”

“你问什么，我就回答什么。”她以一种胜利者的姿态说道，“假如我不从字面上回答你的问题，那么我该怎么回答？”

“斯特里克兰太太，这件案子非常严重。”

她抬眼，悲切地注视着他的双眼：“极其严重。”

“同第一次问话时相比，某些情况起了变化。所以，这次才会把您带过来做第二次问询。现在，有位名叫朱利叶斯·格莱泽的出租车司机指认您丈夫在事发当晚搭乘过他的出租车。”他取出一个信封，“这里面有一千美金，是那个司机交给我的。他说这钱是您丈夫给他的贿赂，目的就是让他保持缄默。我们非常理解您对丈夫的忠诚，斯特里克兰太太。但这种夫妻之间的忠诚到此为止。我再问您一次：您的丈夫是否在舞会结束后的凌晨离开过这房子?”

“我有义务提供对我丈夫不利的证言吗?”

“不，您没有。”

她长长地叹了口气，低下头，不再回答问题。

但这么一来，她却无声地做出了对她丈夫最为不利的证言!

他再次从他们脸上看见胜利的喜悦。一时间，他陷入深深的恐惧之中。是亮出王牌的时候了。现在除了这个，什么都救不了他。

“佛洛伦丝，快给他们看字条!”他爆发了，“字条，佛洛伦丝！我给你的那张!”

她看着他，似乎不明白他在说什么。

“佛洛伦丝，字条!”他几乎是声嘶力竭。

而她却困惑地摇着头，恳切而又不知所措地看着他，用那种极力想要帮上忙而不知从何处下手的眼神。

“什么字条，休?”她温柔地问道。

“佛洛伦丝——佛洛伦丝——”他想站起来，他们不得不把他按回沙发上坐下。

而她却在用手绢擦拭眼角，仿佛在为帮不上他的忙而伤心落泪：“你只给了我一个东西——”

“是的！是的!”他和警察们异口同声地说道。

她看似不经意地瞥了一眼手袋，显得非常不愿意交出包里的东西。

卡梅伦见状，便伸手去拿她的手袋。她并没有主动递给他，但也没有动手阻止他。她的气质如此高贵，高贵到不会去动手阻止别人。他从她腿上拿过手袋，打开，查看里面到底有什么东西。

一会儿，他找到一张纸条。

“一张五百美元的支票，”他读纸条上的字，“支付给持票人。上面的日期是凶案发生的前一天……”

她烧错东西了。她犯了个可怕的错误。她把那根救命稻草给烧了，把那张本来能够救他的字条烧掉了。她本该把那张支票烧掉的。不过现在还没走到山穷水尽的地步，支票上毕竟只写了支付给“持票人”。所以，随你说这张支票是从哪里来的，不一定是在凶案现场找到的。目前没有任何证据能把这张支票和他联系起来——

卡梅伦又把支票翻过来，读上面的字迹。“给支票背书的，”他说，“正是埃丝特·霍利迪。”①

这个名字的出现犹如敲响丧钟一般，屋内一片死寂。随后，斯特里克兰的怒吼打破了这片刻的沉默。

“不！不对！上面根本没有签字，我拿回来的时候……反正这不是她的字迹！不可能是她的字迹！我拿到支票的时候她已经死了……这签名是伪造的！肯定有人……”

突然，他和佛洛伦丝眼神相汇。那眼神有些……冷酷，看不

① 支票在兑现之前必须先背书，也说，收到支票的个人或公司必须在支票的背面签字。

到丝毫感情。那眼神的深处，在某个地方，旁人无法察觉，而他看到了，那里，有一丝微笑在荡漾。他不再说话，仿佛开关被关上了，一个字也说不出来。

卡梅伦对他伸出手，随后又放了下来。“你刚才说‘我拿回来的时候，’还说什么‘我拿到支票的时候她已经死了’。那是一定的。你先杀了她，然后才拿到支票。”

他看了看身边那几个人，说道：“先生们，这就是我们的案子。事实清楚，证据确凿。”他边说边指着斯特里克兰的那双手，“被害的女士用自己的手指甲在他手上为我们留下了线索和证据。我们先要拍几张照片，否则这证据很快就会消失不见的。”

他打开房门，对走廊上的人叫道：“把斯特里克兰先生的车开过来，他要跟我们走一趟。”

几个警探把斯特里克兰从椅子上拉起来，站好。一时间，他有些站立不稳，要人在边上扶一把。然而，他的妻子虽然仍在椅子上端坐不动，他却看见，或者觉得自己看见了一些可怕的东西，旁人不会注意到的东西。他发现，她的眼睛是如此陌生，甚至这双眼睛仿佛不属于这个他熟识已久的女人。

他看到她低着头坐在椅子上，既像是因为悲伤而蜷起身子，又像是内心正承受着巨大的痛苦而无法宣泄。她把一条胳膊搁在身边的桌子上，一只手撑着脸，遮住眼睛，这样一来，站着的人就无法看到她上面半张脸。不过，从他站着的位置还是能看到她的嘴角，她其实是在偷偷地向外张望。在其他人眼中，她这个表情大概会被当作悲痛的写照，可他心里很清楚，这到底是怎么回事，他曾经见过这个表情。那是一种脱罪之后的喜悦，尽管这样的胜利实在有些痛苦，不过同样令人愉快。精妙地复仇之后，她的脸上露出了一抹鬼魅的微笑。

和埃丝特·霍利迪的死比起来，面前这场景更加冷酷，更加令人毛骨悚然。

他转过身来，恳切地看着卡梅伦。此时此刻，和他的妻子相比，卡梅伦对他还是抱有一些同情的，那张脸看起来更加有人性。他说道：“能让我和我的妻子说几句话吗？单独说几句，几分钟就好，就几分钟。然后我就跟你们走。”

“你不能离开我们的视线范围，斯特里克兰先生。现在你已经被捕了。”

“那么就在这间屋子里好了。不过能不能让我们到屋子的另一头说话……”

“女士，您的手袋。”为了保险起见，他们没收了她的手袋，生怕里面有什么能让他把自己干掉的东西。不过他们多虑了。把他干掉的不是别人，正是她本人。

她站起身来走到墙边，稍稍离他们远了些，默默地等他走过来。她看起来是如此镇定，她的笑容如此灿烂，如此迷人。她往日里的那种风采又回来了。

“为什么要这么做，佛洛伦丝？我根本没有杀那个女人，你知道的。”

她小心地调整了说话的音调，以保证除了他以外没人能听见。她说话时嘴唇几乎不动，不过每一个字他都听得清清楚楚（她说话的语调一直以来就是这么美妙）。

“我知道你没有，休。这大概才是你最大的失误。其实，要是你真杀了她，你欠我的就此还清，我就能全心全意在你身边支持你，帮你度过任何难关。而你却没有杀她，并不是你帮我把她解决掉的。你亏欠我的分毫未还。而我是个锱铢必较的人，只能让你自己去还债了，休。我在这三年里遭受的痛苦和耻辱太多了，实在太多了。”

背后传来金属撞击的声音，有人掏出了手铐。

她站在那里，微笑地看着他。如此冷静，如此迷人，如此坚定。

第四章　三约

现在是夜里，接近凌晨时分。她安静地躺在床上，异常清醒，心中不断做着无助的祈祷，好让这一刻长些，再长些。之前，她根本不会想到自己有一天会想让夜晚变得更长。她一直以来都喜欢白天，不喜欢夜晚；正如她爱光明，而非黑暗。

“请让黑暗变得再长些吧，让白天稍微晚一些到来。您能做到的。我知道白天迟早会来，但是主啊，求您让白天来得晚些吧。”

她祈祷着，仰面躺在床上，盯着昏暗的天花板。此时，火星就悬挂在她家房顶上方的天空，战神玛斯似乎随时都会冲下来把她撕成两半。①

她祈祷着，双手紧握着另一只手。对她来说，这只手无比珍贵。她永远都不舍得放开。

这只手不怎么好看。粗笨，线条也不清晰，手上的肌肉却很强健，手心的皮肤十分粗糙……不过，噢，这就是他的手！

---

① 火星英文名为Mars，战争之神。

她转过头，再一次用嘴唇碰了碰这只手，这大概已经是第十五次了。

闹钟设计精巧。有两种音调，一种响，一种轻。此时，闹钟轻轻地发出吱吱吱的闹铃声，打断了她的祈祷。这闹铃与其说是声音，还不如说是某种机械振动。一点钟，闹铃轻响；而当闹铃声大起来的时候，那就表示已经两点了。她迅速拍下开关，把闹铃关上。

她万般不情愿地松开那只手，放回那人的胸膛。就像所有借来的东西一样，总是要还的。她从床上起身，拿上连衣裙、内衣和丝袜，走进浴室。因为在浴室换衣服可以尽量少地打扰到他。她觉得浴室里的光线有些刺眼，但还是转身把门关上，把自己和卧室隔开。

关上浴室门之后，她哭了起来。她哭得稀里哗啦，因为她知道，这是她最后的机会。政府里的人说，你们要显得高兴；四十八个州都说，你们一定要显得积极而阳光。不过，对她来说，四十八个州只是地图上的一些色块而已，根本无关痛痒。

她在这小房子里进进出出忙了大约十五分钟，但声音轻到根本没把他吵醒。

不过现在，一切都已料理停当，一切都已准备就绪。眼下她面临最艰难的一刻。她深吸一口气，鼓起勇气拉开窗帘，让新鲜空气进到屋子里。

她来到床前，温柔地把手放在他身上。

“亲爱的，”她说，“战争在等待着你。”

他睁开双眼，慵懒地笑了。

“噢，”他似乎才想起来，“今天是出发的日子。”随后便飞快地从床上跳起来。

“剃须刀已经给你放在水池边了，”她说，“今天我装刀片的时候都没被割到。”她舔着自己的大拇指继续说道，“嗯，割破得不太多。我已经把你常用的那个试管一样的东西上的盖子拿掉了。这东西有一点点鼓出来，一定是我不小心捏到的。不过我也只会做这么多了。不，别穿那些。那张椅子上有套干净的。”

“穿什么都无所谓的，反正都要换掉。”他说。

“哦，一定要换吗？”她稍稍有些不同意他们的做法。毕竟，他们没必要如此介入她和他的私人生活吧？

“他们会还给你的。”他说。

说完，他去刮脸穿衣服。

“我弄了很久吗？”

“不够……嗯……”她脱口而出，随即便改口道，“不太久。”

“我从来没刮得这么快过，现在脸上像着了火一样。”

“干吗不涂点须后水呢？”

他笑了。“我觉得今天最好别用。这玩意儿闻上去甜甜的。”

他们共进早餐。

“你害怕吗？”他说。

“不，”她撒了个谎，面露灿烂的笑容，“你呢？”

他耸耸肩，说得比较坦诚：“说不上太害怕吧，稍微有一点而已。非常激动倒是真的。就像在学校等着公布期末考试成绩时的那种心情，不知道自己是挂了还是过了；也有点像我们结婚那天的感觉，当然我是说那天之前，不是之后。”

“今天我不想坐自己的椅子。和你……和你离得太远了。要是我和你坐一起……会不会觉得太挤了?”

“来吧，怕摔下去的话，我就用手抱着你。反正我吃饭一只手也够了。”

“那么抱得紧点。”她默默地说道。

“想听广播吗?”她问得有些迟疑。

他不太确定地看着收音机：“这么早能有什么东西可听？我们从来没有在这个时间听过广播。”停顿了一下，他继续说道，“就让我们静静地待一会儿吧。”

她叹了口气。她恰巧也是这么想的。

他把餐巾放回桌子上：“我想，我最好……”

“就再喝一杯咖啡吧。”没等他说完，她就飞快地打断了他。

“你呢?”

“我跟你喝同一杯就好了。”她说着站了起来。

再一次，她开始祈祷。她这次的祈祷是关于这杯咖啡的。她的声音很小，小到只有她自己能听见。“让这杯咖啡持续的时间长一些吧。别让它这么快就被喝完。最好杯子里的咖啡越喝越多。使用魔法也好，出现神迹也好，您可以办到的!”

她又失望了一回。

“喝完了。”他斩钉截铁地说道。随后便啪的一声，把杯子倒扣在杯碟上。

他用餐巾擦擦嘴，又用同一块餐巾帮她把嘴巴也擦了擦。

他把手从她身上拿开，这样一来，她就必须站起身来，否则就要从椅子上摔下去。等她站起来之后，他也从椅子上站起身。

早餐吃完了。永远，不会再有，不会——她不敢再想下去。

前一天晚上，他的行装就已经打点完毕。其实他也没什么要带的。

“现在，我们再来复习一下昨晚交代的那些事情，”他提醒道，“这样我们以后就不用再啰唆了。你有两本存折，千万别搞丢了。绿封面的这本有两分利息，而蓝封面的利息只有一分半。所以说，我寄给你的钱，不管剩下多少，都要存到绿存折里。”

“绿的，蓝的。我会记住的。”但是她内心的泪水早已决堤，两种颜色在水中融汇，无法分辨。

“这些支票你也看到我用过。每写一张支票，你就要花一角钱。所以，把支票用在重要的事情上，比如房租和煤气。毕竟支票比现金安全。”

他话中带着悲伤，声音渐渐地轻下来：“我在意支票和利息——”

“我也在意——”

突然，他们就像地铁里即将分开的两个人那样牢牢地贴在一起。

“好了，别哭，”他一边亲着她，一边提醒她，“你答应我的。”

“没有，我不哭。”

她帮他戴上帽子，穿上外套，然后递上他要带走的那个小包。

“我想送你上火车。”她说道。她一直忍到最后才把这个要求提出来，生怕说得太早会被拒绝。

“我不是直接去火车站。我要先去征兵站报到，然后集合。我们从征兵站集体出发。”他接着又补充道，似乎他们很慷慨似的，“他们会付车钱的。”

“那么，就让我跟你一起去征兵站吧。”一提到那个词，她的脑海中就不断出现一幅奇怪的画面：那些男人躺在一块巨大的松木板上，让别人用铅笔沿着他们的身体描下轮廓。当然，这些人当中排第一个的就是她最熟悉的那个人。

“别人会觉得……”

“让别人知道我爱你，不是件丢脸的事情。”

这话产生了效果。“好吧，但就送到街角，不要去征兵站门口。”

她关上门，头也不回。她不想再看到这个地方。

他们坐上公共汽车后发现，这么一大早，车上居然只剩下一个空位。“今天，”她对他耳语道，“我要你坐着，我站在你边上。”

“别，人家都看着我们呢——”他不同意。

“他们怎么看关我们什么事？”她坚定地说道。

一位先生站起身来，抬了抬他的帽子，把座位让出来。她见状摇摇头。“隔得太远了。”她低声对他说道。那个座位在过道的另一边。

下车之后，他说：“往这边走。”

她挽着他的胳膊，似乎是走向刑场，唯一的区别就是，身边没人押送，这段路是她自己在走。

来到街角这边，他说：“到了，那里就是了。”

那是一栋巨大的灰色公寓楼。她吃惊地发现，提前到的那些人就住在里面。而征兵站的一楼人来人往，显得非常忙碌。她甚至瞥见有个女人在二楼窗口挥舞着拖把。

“我真希望这地方被炸掉，”她祈祷着，“我希望整幢楼都塌下来，而我们就在一边看着。”她的这个愿望同样没有实现。于是，她自我安慰道：“就算这幢楼消失，他们也会换一幢房子来做征兵站的。”

这时，他们转过身子，面对面看着对方。他们似乎不知道这时该说些什么，但绝不是无话可说，而是要说的话太多，不知道从何说起。

“看，”她指着站在不远处的一对男女说，“和我们一样，她也是大老远陪他过来的。”

他借此机会提醒她道：“瞧见了吧？人家可没哭哦。”

“你没看出来，但是我看出来了，”她心中暗想，“因为我是女人。”

一个男人从街角那头独自飞奔过来，和他们擦身而过，他一眼就认出了布基。他们曾经一起来办过手续。他甚至还知道他的名字。

“佩奇，你最好别站在那儿，”他回头提醒道，“我的报到时间是五点五十八分。”

“你没迟到，”布基调侃地在他身后喊道，“让他们等着吧。”

“没人送他吗？”她好奇地问。

“可不是，他是条独狼，可怜的家伙。”

她心想，有些姑娘真是幸运，可她们自己却不知道。

“好了，我该——”他们吻了又吻，一次，一次，又一次。

直到最后，他们停下来，各自往后退了一步。

“好了，回家吧，别留在这里。”

“知道了，我不会留在这里。”

她倒退着走上人行道，倔强地摊开双手。她对他说的最后一句话是：“看，布基，我可没哭。我说我不会哭。瞧，我没哭吧。”

“等下你肯定会哭。”他说得有点勉强。

“不会的，你等着瞧——”

话音未落，她就被自己的话噎住了，面孔一时间有些扭曲。她转身走开，于是他就再也看不见她的脸了。她越走越快，一开始是快步走，接着便跑了起来。她几乎是在逃离刚才的那条街道。幸运的是，街角有家药店已经开门。她一头冲进药店，走向店内最深处的电话间。电话间里空无一人，她把自己关在里面，腿一软，跪在了地上。

她跪在地上号啕大哭，好像从来没有这么哭过似的。她把这几年来的眼泪，在这一刻全部释放了出来。她把战争给她带来的苦楚一次性地都哭了出来。

有个男人想进来，拉开门之后看见她在里面哭泣，于是便识趣地说了声“抱歉!”便关上门退出去。不过她还是不管不顾地放声痛哭。

十五分钟后，她站在药店门口张望，等待着他和他的朋友从这里经过。她知道他们迟早要从这里走过，公共汽车站就在这边的街角。

药店有两道玻璃门，而她就站在两道门中间。这对她来说是个有利地形，从这里她能清楚地看见他经过，而他却看不见她站在这里。

他们背着行囊，以两路纵队前进。他在靠里面的那一队，排在倒数第三个。

他边走边和身边的队友聊天。看上去，他已经交上了朋友。他正转过头来跟那人说着什么。

她只能看见他的侧面。但是，噢，这侧面是多么令人喜爱啊！

她的手撑在玻璃门上，试图让他停下来。然而他的身影一晃而过。因为，他不在她身边，在她的面前只有一扇玻璃门而已。

“再见了，布基，”她唏嘘道，“再见了，我的心肝。”

他的面孔已经消失不见，只剩下面前的玻璃。她要的不是玻璃，她要的是布基。

——

他拿着这件东西，视若珍宝。世上没人能从他身边夺走它，他亲自保管，除了他之外没人能碰。等他回到兵营时，里面空无一人。他整个人蜷缩在铺位上，是的，只有“蜷缩”这个词才能形容他当下的状态——侧躺在床上，蜷起双腿，膝盖顶着下巴，用身体围出一个半圆，来保护他手边的这件东西。这件东西在这样一个阴暗而恐怖的世界里熠熠发光——那是一封来自她的信。

我的爱，我的丈夫：

在这封信之前，我给你写过十一封信。但你肯定没收到过，因为我一封都没有寄出来。他们总在提醒我们：

“要激发他们的斗志，只能写高兴的事情，让他们微笑着迎接战斗。”我知道，这些我都知道。我努力去写一些开心的事，但一点用也没有。为什么一定要我对你说谎？我从没撒过谎。

这第十二封信的内容很真诚，就让那些审查官皱眉摇头，拿起剪刀把这封信剪掉吧，我根本不在乎。

我过不下去了。满脑子都是你。无论我转身看向何处，你都在那里。不管我去到哪里，你都在那里。上帝本不想让这种事在任何人身上发生，他不会让人的内心如此痛苦。他不会，否则他会把人造得更加坚强。

只要我坐下吃东西，你就一定坐在我对面，但一言不发，你一句话都不说。无论我怎么求你，你就是不说话。只要我在街上走，我总觉得自己的左边空荡荡的，倍感孤独而无力。冷风吹过街角，我能感到身体左边传来的凉意。而当我去 A&P 超市买东西的时候，我总想转身把买来的东西递给你，但总是发现你不在那里，我面前只有空荡荡的超市地板。

星期天，从家门口取回报纸之后你会发现，漫画永远在最上面……他们为什么一定要把漫画放在最上面？不过再也没有人会来碰我的报纸，所以这些报纸就和送来时一样，再没有人把它们翻得皱巴巴的。再没有人让我对着他的手打下去，像我往常总会做的那样打下去，然后说道：“急什么？等一下！你多大了？十二岁？”拿进屋子之后，它们仍是平平整整的。没人想要看漫画，我握着报纸坐一上午也没人来拿去看，没人会像个小男孩似的举着报纸咯咯乱笑。我只好把这些报纸胡乱塞进炉子烧掉，因为漫画不会把你送去前线，漫画应该能让你发笑，让你高兴。然而，烧完之后我便后悔不已（“他可能随时会从卧室里出来，他今天一定是睡过头了。”），可是报纸已拿不回来。我一路小跑着去地下室，不过已经太晚了，我根本没法从炉膛里把报纸取出来。

你无处不在。我过不下去了，过不下去了。我不想做个什么英雄的妻子，我只想做布基的妻子。但他们连这个也不让我做了。我该怎么办，我该怎么坚持下去？告诉我，噢，告诉我，我亲爱的布基。快告诉我，我一丁点也坚持不下去了。

莎伦

——

……我接受你的建议去找了份工作。他们问我会做什么，我对他们说：“我什么都不会。”他们问我想干什么，我对他们说：“我干什么都行。”我说我想去那种声音最嘈杂、闪光最刺眼、工人和机器最多的地方工作。他们没问为什么，只是充满理解地看着我……

……这里就像是个奇怪的新世界，但这地方能够让我不再那么想你。这里的声音如此嘈杂，这样我就听不见你的名字。这里的闪光是如此耀眼，这样我就看不到你的面庞。这就是我想要的一切。你，还有我，我们都在这种状况下等待着战争结束。我们会混过去的……

——

……我现在成了一台机器，没有感觉，没有思想。这样就不会感到伤痛。一整天的噪音让我整个人都变得麻木，麻木到没有痛苦。一整夜的疲倦也让我整个人变得麻木，麻木到没有痛苦。墨黑的护目镜使你看不见我的面孔；铝制头盔使你看不见我的头发；粗笨的长手套，使你看不见我的双手。从上到下，你根本看不出我是个女人。我第一天上班时是穿着连衣裙去的，他们都对着我哈哈大笑。男人们互相问对方："我以前见过这样的人吗?"然后有人就会回答道："记得吗，这玩意儿是个姑娘。战争爆发之前，你也拥有过这些温柔的东西。"接着他们又说："这东西怎么用的？我真忘了。"

至少，我感觉不到伤痛。

我有的是时间。我们有的是时间。每过完一天，战争就缩短一天。你感觉不到，不知不觉，这场战争已经过去一半了吗？快说，你感觉到了；快说，战争快结束了！也许就在昨天，甚至也有可能是在前天。

曾经，有个东西叫作和平。还记得吗？记得吗？很久很久以前，在那遥远的地方……

——

……我的工友同我一样，也成了一台机器。不过，她的内心还是个女孩，差不多就是这样的（我想，她应该不怕受到伤害）。她的爱情没有遭受到创伤。我不知道她是怎么做到的，不过她的确自有一套。“和过马路一样，”她说，“走路要快，躲避要及时，这样才不会被车撞到。”在回家的路上，我看见她的头发，暗红色的。所以人们管她叫“锈色”，久而久之，她反倒不记得自己的真名了。如果有人叫她真名，她会问：“这是在叫谁呢?”我帮她算过时间，她差不多每星期换个男人。“买来的东西七天之内都能退，”她说，“我干吗要拖过一个礼拜呢？时间太长的话这些人的缺点就全暴露了。”看起来，星期三是她“退货换新”的日子。别问我为什么。她每周三都会重新带个“包退包换”的男朋友出去约会。我和她一起吃三明治的时候，她会把每个男朋友的事情都讲给我听。

现在，她又有了新欢。他会在大门口等她随着下班的人群从工厂里出来……

她一从人群中看到他，手臂便像绳子一样紧紧缠上他。她就像根套索一样，等着他踏进圈套，再慢慢收紧绳子。

“你在想什么?”他问。这个问题不能仅从字面上去理解，因为他根本不关心她脑子里在想什么。

“你又在想什么?”她反问道。她同样也不关心他在想什么。

他抬了抬自己的帽子，向她致意。而她却被这过时的战前礼节逗乐了。这动作现在看起来和吻手礼一样过时。

她一路向前走，而他则要快走几步才能跟上，跟上了便寸步不离。

举止端庄在现在看起来比抬帽礼更加不合时宜，差不多就和屈膝礼一样成了老古董。

甚至连打情骂俏都省了，大家都没时间，一上来就直奔主题。

“你带我去哪儿?”她想知道。

“你说吧。”

“好，那就去广场那边的哈里饭店。”紧接着，为了不让钱成为约会的障碍，她继续说道，“别怕，要是你觉得贵，我们就对半开。我一个礼拜挣九十美元，这该死的钱放在家里太碍事了，晚上我都要把钱塞到地毯下面才舒服。”

“谁说我觉得贵了?”他说，“我只是在考虑去那儿该穿什么……”

“现在去那里吃饭的人都和我们差不多。要不我们怎么办? 换套衣服再去? 得了吧，现在是战争时期。”

他边走边问道:“今晚你那个朋友去哪儿?”

“哦，她呀。”她紧接着说道，“哦，你注意到她了，哈?”

他飞快地回应道:“没什么，我只是看到你们经常在一起。”

“她不会跟你出去的，”她说，“她就是那种所谓的战争寡妇。整晚都待在房间里。你真该去看看她。她在家里居然还会换上裙子。”

他们来到哈里饭店吃饭跳舞。花了半天才挤到一张桌子边上，而且不得不和另一对男女合拼一张饭桌，几个人的胳膊肘擦来擦去，呼出的香烟还会喷到别人脸上。尽管如此，也不妨碍这两对沉浸在各自的世界里，感觉周围的人都在千里之外，根本不会注意到身边还有别人存在。

他们先点了杯饮料，然后交换了一下名字。他告诉她，他的名字是乔·莫里斯。

“再来一杯。”一曲结束之后，他说。

“你想把我灌醉？还是想让我搞清楚状况？没关系啦，都一样，就算我搞得清状况，我也会跟喝醉了一样轻松随意。”

于是他们又来了一杯。随后她说道：“来，活动活动吧，好醒醒酒。”

他们站起身来下到舞池。人们脚下的舞池地板上，隐隐约约有些闪光，但不是太明显。

十八世纪的人跳小步舞曲。十九世纪的人跳华尔兹。到了十九世纪四十年代，人们都处在一种震颤性谵妄①的状态中，时不时就会发作一下，而且没有护理人员来给他们穿上约束服。

他分开双腿，一下子把她像个邮包一样甩到另一个方向，然后迅速把她拉回来。而她则奇迹般地在他面前重新站稳。随后，他又弯下腰，让她从左边往自己背上翻滚，滚到右边，然后再落到地板上。

---

① 震颤性谵妄是酒精中毒的一种形式，症状通常是震颤和产生幻觉。

舞池里没有人和别人纠缠在一起，就算偶然碰到，也就只当是多踏了一个步点。在这种情况下，说不清楚哪些步子是踏错的，哪些步子是故意跳成这样的。于是，跳对跳错也就没什么差别了。

他们跳完之后开始互相吹捧。

“你很厉害呀。”她说。

“你也不错啊。”他说。

他们又喝了两杯，然后各自吃了块三明治垫垫肚子。吃完东西后，他们又喝了最后一轮，接着便起身离开。他们这次约会又安静，又愉快，完全就是一次典型的战争时期的约会范本，节奏不紧不慢，也没有争吵。

他把她送到住所门口。

在她家门口，他把手从她挽着的胳膊中抽出来。“回头见。”他说。

她面无表情地看了他一眼。这眼神没有埋怨的意思，而是感觉有些不解。

“那么今晚费这么多劲到底算什么意思？出来培养一下姐妹般的友谊?”

他许久没有说话，坚定地看着她，似乎在思索自己接下来的要求会从她那里得到怎样的答案。他的笑容在她看来相当坦白，却又有些不好意思。

“我想见见你的那位朋友。”他说。

她听罢扭头就走，身后的房门被砰的一声重重关上，就像炮弹爆炸似的。

他稍稍向后撤了一步，一只脚跨到了大门外，不过也就只动了那么一下。因为他早已在她转身离去的一刹那，准确地看透了她的内心。

门又开了。他仍站在原地。她那种粗野的笑声在这样的夜晚听来格外刺耳，然后她大喇喇地向他伸出手来，他俩之间的君子协议已然达成。

——

第二天晚上，大约八点差一刻的时候，她跟莎伦提出来了。“到楼下客厅来，我跟你说点事。”她拉着她的胳膊，使劲在她耳边吹风。

莎伦问：“什么事?”

“我想让你见见我的一个朋友。”

“那你让那姑娘过来吧！没什么问题吧?”

“不是姑娘，是个男的。”

莎伦听罢，往后退了一步，心中暗想，这种事情她可不会让步，更不会妥协。

“哎，”锈色恳求道，“帮帮我嘛，就算帮我个忙，好不好?”她一边劝她，一边对着她兴奋地摊开双手。说完便从房间当中拖来一张扶手椅，把莎伦按在椅子上坐下，好像这么一来，莎伦就能听进她的话似的。随后，她又帮自己拿来一张扶手椅，和她面对面坐下。

她身子前倾，两手按着膝盖，双臂弯曲紧贴腰际，整个人的姿态显得既紧张又关切。

“莎伦，你挺喜欢我的，不是吗？”

“是啊，当然了。你这人挺不错的。”莎伦说这话的时候有些犹疑，仿佛在字斟句酌，生怕对方会错意。

“那么，如果我求你帮忙，你会不会帮我呢？能不能帮我摆脱眼下这尴尬的局面呢？”她说完，觉得还不够煽情，于是干脆把话挑明，“假如你碰到困难，我肯定会帮你的。”

“怎么个尴尬法？”

锈色沉下嗓子，她凑到莎伦耳边低哑地说话。似乎在这一刻，声音稍大就会有人来偷听似的。这么一来，整个场面就显得更具有戏剧性，更煽情。

“这段时间我在跟这家伙约会，”她嗓音低哑地说道，边说边用手比画着，“这家伙人还不错，他本身没什么问题。只是我今晚——好吧，我又约了别人。他现在就在楼下等我，我不想把场面弄得太难看。”她把莎伦的一只手拉过来牢牢抓住，哄小孩似的，拍拍她的手背。“帮我把他支走，就今天晚上。我真的约了别人，不能爽约。我但凡有点办法，就自己解决了，但这次真的没办法。”

“你就不能自己对他说吗？”

“我不想太直接，不想当面伤害他。你替我跟他出去走走。你会帮我吗？”

莎伦站起身来，走到椅子后面。“我是个已婚女人。我不能——”

锈色眯起眼睛，似乎对这样的忠贞不屑一顾。“这跟结不结婚没啥关系。又不是那种约会，否则我也不会请你帮忙了。这可怜的家伙今晚孤零零的，你只是去跟他交个朋友而已。只要花上半个小时，你就能甩掉他回家了。”说着，她把莎伦的手搭上自己的肩膀，极其煽情地结束了她们之间的对话。

“我不喜欢，”莎伦眼神空洞地看着远处说道，“布基离开的这段日子里，我从没做过这种事情。现在我也不想开这个头。我不知道你为什么要跟我提——”

“怎么，不相信自己吗?”锈色急切地打断她，“好吧。”还没等她反应过来，又接下去说道：“好吧，”她在额前胡乱挥手，像要甩掉什么东西似的，“不说了！不说了！这件事情我们不多说了，也没啥可说的。就当我根本没提过这事吧。”

说着，她把两张扶手椅拖回原处，看起来失望极了，但仍努力克制。“这充分说明，”她说，“人真是个奇怪的东西。你跟一个姑娘交上朋友。你教会她工厂里的一切。工头骂她的时候你替她出头。她无处可去时你把房间让一半给她。你想方设法帮她的忙，可到头来，你一开口提个要求就——”她听起来好像不愿意接受任何命运的安排似的，没有显露出任何妥协的迹象，最后她说：“好，到此为止，就当我根本没跟你说过。”

莎伦绝望地摇了摇头，长长地叹了一口气，带着点不可思议的表情看着她，最终她还是站到了她朋友的身后，搂住她的肩膀。

“噢，看在老天的分上，要是你真觉得这事对你很重要——那么，好吧，我就帮你这一次吧——帮你，还有你那些复杂的社会关系。”

一听这话，锈色突然换上一副充满感激的神情，并开始筹划下 步行动，情绪转换之快令人惊叹。“来，这件看起来还行吗?

再看看这件？你想穿哪件呢？”她一刻不停地在她身边转来转去，忙着帮她打扮，“要抹一点我的口红吗？试试我新买的眼影吧？”说话间她就开始动手往她脸上抹化妆品，不过莎伦飞快地把头扭开。

“好啦，来吧。我带你下楼，然后为你介绍一下。”她推着莎伦就往门外走，生怕她随时改变主意。

她们下楼的时候看到他正坐在楼下的房间里听广播。房间里还有另外一个男人，看样子也在等着哪个姑娘。

他站起身来。看上去，他并没有她想象的那么糟糕。

锈色顾不上房间里还开着广播，迫不及待地为两人做起了介绍。

“乔·莫里斯，这是莎伦·佩奇。”

“是莎伦·佩奇太太。”莎伦补充道，调门不高，但语气坚定。

他看她的眼神有点奇怪，不过她当时没有意识到。然而，无论这奇怪的眼神里带有怎样的意味，有一点是肯定的，那就是他没有失望。不但如此，他的眼神中甚至还带着某些满足。

锈色分别拍了拍两人的后背。“好了，你们俩好好聊聊，”她说，“不用等我。”

“一起走走吗？”他毕恭毕敬地对莎伦问道。

此时，锈色在暗地里戳了一下莎伦的腰际，这个动作他没有看见。莎伦没有直接回答他，不过却转身走向走廊，表示她已经同意。

他紧随在她身后。锈色走在他们两人身后。

就在他走出门口的时候，锈色冲着他诡异而尖脆地嘶了一声，把他叫回来。他转身走回她身边，两人紧紧凑在一起，她的前额差不多就要贴上他的下颌。

“这货色如何?”她在他耳边吐气如丝。

他一言不发地从口袋中拿出样东西，从莎伦站着的方向看不见那到底是什么。他撕开那东西的外包装，一把塞进锈色的手中。

她完全没有低头去看手里的东西，也丝毫没有感到惊讶。她攥紧的手就像一只小小的粉色章鱼刚刚捕捉到猎物。

她冲他暗示性地眨眨眼。

他也冲她眨了眨眼睛。

两人眉来眼去，不是简单的眉目传情，那眼神交流中，有些许冷血的意味。

随后，她亲密地用手背在他胸口推了一把。

“别带着她在外面逛得太晚。”她暗自偷笑。

——

他们朝着灯光闪烁的地方一路走去。走到灯光处，橙色的人潮把他们卷了进去，慢慢地，带着他们往前移动，他们甚至不用怎么花力气就随着人潮前行了，人行道上摩肩接踵的人群仿佛传送带一样把他们送向前方。

她不知道要跟他说什么，始终一言不发。而他不知道是不是出于同样的原因，同样一句话也没对她说过。她下定决心要等他先开口。

“想喝点什么吗？”

“我不喝酒。”她说话时连看都没有看他。

“不，不。我是指汽水、橙汁之类的。并不是想让你喝其他什么东西。”

“不用，谢谢。我吃过晚饭了。”

他们就这么在人潮中继续走着，完全不知道想要干什么。

一会儿，他们来到了一顶大帐篷底下，这顶帐篷的底边上满是灯泡，那些灯泡看起来像一个个钉头。

“想去看电影吗？”

“不想！”这次，她反对得异常激烈，“不看！现在的电影全是关于战争的！”

“我明白。”他只说了这三个字。

他的沉着反而让她有一点不好意思，不过只有一点而已。“可别让我扫了你的兴。你干吗不去做点自己喜欢的事情呢？”

“我正在做自己喜欢的事情。”他笃定而又自信地对她说道。

他这话说得理所当然，让她无法反驳。

他们继续往前走。

“他去打仗了，是吗？”

“我丈夫？是的。”她心想，你怎么没去？

他说：“我知道你刚才在想什么。你一定在想‘这人怎么没去打仗？’”

她没说话，表示默认。

“我报了三次名，每次都被淘汰。我能有什么办法？”

她仍是一言不发。

“我还知道你现在心里是怎么想的：‘这些家伙都这么说。’”

她猛地转过头看着他。这一次，她依旧默默地承认了自己的想法。

他把手伸进裤子后袋里，说道：“好吧，我给你看看我的征兵卡。”

她向他挥挥手，表示没有必要。于是他又看穿了她的心思，说道：“我明白，你对我的征兵卡没兴趣。”不过他还是取出了征兵卡递给她，她一眼都没看，他把卡片放回了裤袋。

“我得了肺结核。”他说道。

紧接着，他笑着问道：“现在你和我走在一起，是不是感觉有些害怕?”

“才没有，”她说，“怎么会?”她说这话时是认真的。但她突然间意识到自己正陷入异常尴尬的境地，而她居然还没弄清楚到底是怎么把自己绕进来的。如果她现在就转身回家离他而去，日后回想起来，他反倒成了她的牵绊，而她对他的影响却没那么深。刚才那几句看起来无关痛痒的话，现在已经成了套在她身上的枷锁，让她感到束手束脚。

无论如何，正是从这一刻起，她心中开始对他产生了些许歉意。虽然她自己还没有意识到这一点，这份歉意却已然开始萌芽，而这歉意也自然而然地开始转变……

“不管怎样，”他说，“我都想让你知道，在任何其他方面，你都不用怕我。”

“什么其他方面?”

“噢，你应该明白我的意思。像我这种人，能出来走上 圈已经算是很幸运了，不会再抱有什么其他奢望——”他极为坦诚地看着她，面露微笑，看起来挺高兴的样子。

她也对他报以微笑。这种程度的微笑对任何人来说都不算逾距。没人能如此铁石心肠，她更不能。假如她真的如此冷酷，那么，连布基也会看不起她。

随后他们走向对面的公园。

“那儿有条长椅，”他说，“想过去坐坐吗？”

“我可不想到公园里去。”她警告他道。

“行，要不我们就在外面坐坐，上头还亮着灯光。休息一下吧。”

她暗自提醒自己：他可是个病人啊。走到现在他一定很累了。只是坐坐而已，这可不会有什么意外。

他们走过去，坐下来。两人沐浴在淡紫色的、明亮的弧光之下。

“我就要回去了。”她郑重地提醒他。

她一边说，一边心中暗自盘算着：我大约再坐三分钟就站起来回家。

“跟我说说他吧。”他说。

“你想知道什么？”

“啊，关于他的一切。他战前是做什么的？他喜欢对你说些什么？他长什么样……”

——

她把照片放到一边："现在几点了?"她喜悦地、长长地叹了口气："肯定快十点了。"她从未感到如此快乐。开战以来，她就再也没有这么开心过。

他看了看表，低声说道："十二点零五分。"

两人坐在一起，不知不觉过去了三个半小时。

——

他在他们的长椅边上等着她——如今，他已经把这把长椅叫作"他们的"——他就站在那盏明亮色的弧光灯下，而她急匆匆地赶来，一路小跑穿街而过，只为能快点来到他身边。

他站起身，对她伸出手。她也把自己的手伸了过去，两只手握在了一起。

"你好，乔。"

"你好，莎伦。"

他们并肩坐下，就像两位久别重逢的老友。坐下之后，他的胳膊顺势搁上椅背，放在她的身后。他并没有伸手勾住她的肩膀，只是放在椅背上而已。

"今天我又收到他的信了，"她充满喜悦地告诉他，"我一收到他的信，第一时间就想到了你，想拿过来给你看。"

"念给我听听吧，"他舒舒服服地说道，"我帮你把烟点上，然后，我自己也要来一根。"

她只漏了一两段没念给他听，那一两段实在是太过私密，所以就没读给他听。不过，渐渐地，随着读信次数的增加，她舍不得读的部分变得越来越少。

“我现在真是太了解他了，”听她读完，他说，“他现在就像是我兄弟似的。”

“要是他知道我把他的信都读给你听，他会怎么想呢？”

“那就别告诉他，”他这话已经是第二次说，“别把事情弄得太复杂。你我都清楚，告诉他也没什么大不了，但是……这样一来，他写信时就会束手束脚，写信也就没什么意思了……”他的话说了一半，没有说完。

“你觉得这不会有什么问题，对吗？”

“你觉得呢？”

“当然，”她热情洋溢地回答道，“当然没有，噢，乔，你是上天赐予我的礼物！你不知道你所做的一切对我来说有多重要！有你在，我的时间过得如此之快——和你在一起的每分每秒我都感到快乐。在对着你念他寄来的信的时候，我简直能感到他似乎就在我的身边。有时候，我甚至有些恍惚，分不清坐在我身边的人到底是你，还是他。”她一边说话一边笑，有些不好意思。

“我也很高兴能和你在一起。这么些日子以来，我身上也有了些变化，但说不上来究竟是什么。通过他写来的那些信，我能分享他的……那些我不曾拥有、也不会拥有的东西。一位妻子、一段美满的婚姻、一位对你关爱有加的人……”

“我们两个可真有意思，不是吗？”她不由陷入了沉思。

—

“我点支烟，”他说，“你把信念给我听吧。”

她把信封拆开，翻开信纸，移到灯光下面。然而，她没有念出声来。

“怎么了？”等了一会儿没听见声音，他不由问道，“怎么不念了？”

“我不知道。”她无助地说道，还是一个字都没念出来。

“是不是有些东西不方便告诉我？他提到我了？”

“不是的，”她说，“我根本就没跟他提过你。”

说话间，她手上的信纸飘到地上，散落开来，大约有两三张纸的样子。弧光灯下，信纸上的字迹清晰可见——“致我最亲爱的妻子”。

“到底写了什么？”他问，“你怎么哭了？”

话音刚落，只听见她爆发出一阵猛烈的哭泣：“因为——突然间——我觉得这些信变得毫无意义。不知道怎么搞的，我现在一点都不想再念这些信，甚至连碰都不想碰。我到这个公园来，只是，只是为了和你在一起坐坐——”

“然后呢？”他鼓励她继续说下去，“然后呢？”

她绝望地用双手按着额头：“我不再爱他了。我爱的是你。噢，乔，我这是怎么了？见你太多，见他太少。你们两人在我的世界中交换了位置。这可不太对劲。我不想变成这样的，但是——现在你变成了他，他变成了你。”她歇斯底里地、浑身颤抖着继续说道，“我和我爱的人坐在公园里的长椅上，但手里却拿着一封陌生人的来信，一个穿着军装、驻扎在遥远营地的陌生人。”

他的双臂顺势抱住了她那不停颤抖的身子，想要安慰她：“我们接下去该怎么办？要离开你吗？要我就此走开不再回来吗？如果你不想再见到我的话，我立刻就走。”

她大声哭喊，双手紧紧抱住了他。

“不！不！乔，求你不要离开我！没有你我活不下去。现在除了你，我已是一无所有。我已经失去了他，不能再失去你，否则我就什么都没有了。”

“你如果不控制一下你自己。”他压抑地说道，“我不知道自己会做出什么事来。”

“不要，不要压抑自己！我不让你走。我控制不住我自己——噢——我要——”

他们的唇吻在一起，紧紧地贴着对方，紧得都快要窒息了。这一刻，他们两人成了夜晚的中心，所有的一切似乎都在围绕着他们不断旋转。

此时的她对他的爱抚充满着渴求。散落在她脚边的那几张信纸，不经意间，被她踩进地上的尘土之中。

写着“致……我最……的妻子”的信纸，在她鞋跟下，被戳得支离破碎。

——

布基，亲爱的：

上星期没有来信，心中深感不安。不过琐事缠身，一件接着一件……

不过，最近也没有什么新鲜事可以告诉你。每天的日子就是不断重复，毫无变化……

最近天气不错，让人感觉这才是真正的假期……

我得走了，厂车已经在等我和锈色了。下次再聊，亲爱的。

爱你的，莎伦

第一封信读完之后，他好奇地拿起第二封信，这封信是和莎伦的信一起寄来的。信开头写道：“当兵的！”下面是信的正文：

总该有个人来告诉你事情的真相，我想这事就由我来做吧。首先，为了证明我接下来说的事没有搞错，更没有弄错人，我告诉你，她有一头棕色的头发和一双淡褐色的眼睛，身高五英尺四英寸，体重一百零五磅，穿八号半的长筒丝袜。她脖子上还戴着个小小的照片盒，是个黄金的四叶草。这些对你来说，有没有什么特别的意义呢？

每天晚上，她都会去城市公园的长椅上和他会面。你应该知道城市公园在哪儿吧？我相信你清楚得很。每天晚上，她以百米冲刺的速度冲向公园同他见面，能多快就多快。当兵的，她来见你的时候可曾跑得这么快？我见到他们接吻，见到他们坐在那里，镇上所有的人都见过他们。但他们毫不在意，他们眼中只能看到彼此。

可怜的士兵，我真为你感到难过。当兵的，你的妻子正离你而去。

（未署名）

念完之后，他的咆哮声回荡在兵营内，大声吼着："这算什么？这到底是谁写的？这人脑子烧坏了吗？"

他隔壁床铺的战友应声问道："佩奇，怎么了？怎么了，佩奇？你干吗把自己蒙起来啊？"

布基身上蒙着的毯子开始颤抖，在一阵窒息般的咳嗽之后，说道："没事。"

——

现在，他们总是出双入对，总是出双入对。

……有时候，人是会变的，布基。你一定要看开点。钢筋混凝土可以一次浇筑成型，之后便是牢不可破；而爱情却不一样，爱情就像水一样，时不时就会漏掉一点，在你还没想出办法来补漏的时候，爱情就早已流光了。

当两人发现彼此只是个错误的时候，你有没有觉得，到了这个时候就该果断撒手。人生苦短，纠缠无益（这种纠缠毫无一点用处，只是在把错误不断拉长）；而是应该勇于向对方摊牌，各奔前程。其实，一直以来，我本不愿向你提起这些，不过，你不断来信苦苦相求，问我到底是怎么回事……

——

……当兵的，他们已经去长椅那边约会了。他们会去哪里？他们会去干什么？我很想帮你找出答案，不过一无所获。他们八点见面之后，似乎就消失了。一直到差不多十二点的样子，也可能是一点，他才把她带回来。这么长一段时间他们去哪儿了？

她早就走远了，当兵的，越走越快，片刻也不停歇。说真的，跟你的妻子说永别吧。

（未署名）

长官吃了点烤烟熏鱼当早饭。而他从来就不爱吃烟熏鱼。长官还掉了颗玉米粒在自己的左脚背上。这兆头看着是要下雨。长官很不喜欢他那副愁眉苦脸的样子，他很讨厌那种面露苦相的士兵。事实上，他讨厌那些拉长着脸的士兵。事实上，他讨厌每个士兵。事实上，他讨厌一切。

十年前，这位长官的妻子抛弃了他。从那时候起，他恨不得全世界所有的男人都被自己的妻子抛弃。他嫉妒所有婚姻美满的男人。

看到佩奇来找他，他显得格外和蔼可亲。“当然没问题，”他安慰他，“很高兴你来找我谈这个问题。你知道，我们就是干这个的。我恨不能把这场战争停下来——停不下来，就短时间休战一小会儿——给你点时间处理好自己的事情。我想，华盛顿方面是不会介意的。我这就给他们打个电报：‘一等兵佩奇家中有些事务需要处理，一切行动暂停。’给你两个星期够不够？我看，还是给你开个三十天的假期吧？”

说到这里，长官大约觉得这个笑话的包袱差不多已经抖到位了，和蔼可亲的表情霎时消失得无影无踪，阴云密布地板起脸来：“给我滚出去！请求驳回。滚蛋。”

“是！长官！”一等兵佩奇啪地一个立正，敬礼之后便退了出去。出门之后，他站立不稳，需要扶着墙才勉强没有倒在地上。

——

破晓前的天空一片漆黑。兵营里的厕所在黑暗笼罩之下，显得格外孤独，寒若冰霜，散发出阵阵恶臭。

他穿着长裤汗衫走进厕所，汗衫的一侧鼓起来，看着像是藏着什么东西。他先四下张望一下，确定周围没人。随后撩起汗衫取出一把枪，放在水池边上。

他粗重的呼吸在寒冷的空气中幻化成阵阵白雾。好吧，听着，现在停手还来得及，不费吹灰之力。晚了可就不能回头了。

他从口袋里掏出根烟点上。这支烟是他特地留下的。点上烟之后他不断来回走动，从这头走到那头，然后飞快地转身，再从那头走回来，就像是一头笼中困兽。

他终于按捺不住，把烟头扔在地上用脚踩灭，这是他的习惯动作（要不然这烟大概就要一直烧下去了）。他一下子把枪举起来。这种事要快刀斩乱麻。

他没有注意到身后的那扇弹簧门微微动了几下，随后便猛地一下被撞开，他的战友鲁宾从里面跳出来扑向他，一把抓住佩奇那条举着枪的胳膊，用力往下按去，向后一扭，佩奇手里的枪就落在了地上。随后，鲁宾顺手把他按在水池边上，一脚把枪踢到远处。

两人缠斗了一会儿之后，佩奇的呼吸变得急促，鼻孔里喷出的白色水汽也越来越多。

“我就觉得有什么不对劲，”鲁宾气喘吁吁地挑衅道，“我可一直在盯着你。”

“给我滚出去！谁要你来多管闲事？”

“你整天托着个脑袋在床上坐着，谁都看得出来你打算干什么。”

“把你的爪子挪开！你用不着老这么压着我！”

“那好，别乱动。来，放松点。转过来洗把冷水脸吧。”

他抓过佩奇的脑袋，用力把他的脸按进水池，过了好一会儿才把他提出水面，让他喘口气。

“感觉如何？”他问道。

“很湿，”他阴郁地反唇相讥，“你以为还能有什么其他感觉？”

“我知道，”鲁宾轻声笑道，“不过这能让你清醒清醒。”他捏起拳头，装模作样地挥向佩奇的下巴，拳头从他脸侧擦过。“该死。我可不愿再来个什么新战友，我跟你的麻烦够多的了。你要是不在了，我找谁借钱去，借了还不用还？还有，我问谁要烟抽去？”

“我受不了了，鲁宾。我现在忍无可忍。晚上翻来覆去，根本睡不着觉。”

“那好吧。像个男人一样，去找出真相，去决一胜负。站直了！别趴下！”随后又耸耸肩，继续说道，“你到底是怎么知道的？这事不一定就是真的吧？”

佩奇从口袋里掏出一张皱巴巴的信纸递给他。

……她八点跟他准时见面后两人就消失不见。过了很久他才把她带回来……

“的确是真的。”他话中透着苦涩。

“那就去吧。你的拳头是白长的吗？”他抓起佩奇的手腕，随即又撒手，让他的手臂落下来，“长着拳头就要派用处，对不对？去为她打一架，把她留在你身边。我觉得，这种事情，要是没人来跟你抢，反倒不是什么好事，说明她本身就不怎么样。我也干过同样的事情，为了我的妞。当年在康尼岛海边步行道上，有个家伙想打莎迪的主意，我一拳就把他的下巴打了下来。从那时起——”他做了个斩钉截铁的动作，说道，“——就再也没遇到过麻烦事。她整天待在家里帮我生孩子。”

“我拿不到通行证。”

“什么通行证？你长着脚吗？这不是有路吗？”他说着便伸手在他肩膀上推了一把，“你扪心自问一下，很简单，就一个问题，帮你省点事，我就这么替你问了：你还想要她吗？”

“我还想活下去吗？”这句话在佩奇心中默默回响。

——

在到达那座村庄之前，他走进路边的树丛当中，忙不迭地换上鲁宾给他的那套便衣。这套便衣是他卷起来夹在胳膊底下带出来的。其实，说“换上”并不准确，他只是把大部分便服套在自己的军装外面而已。他仅仅脱下一件军外套，脱下来之后，他把这件外套整整齐齐地叠好，埋在一块大石头下面。他在自己的军裤外面套了一条紧身的石油工人工作裤，上身则在军队发的衬衫外面扣了一件油乎乎的格子外套。他头上罩着一顶破旧不堪的毡帽，毡帽的边缘像把伞一样，遮住了他的脸。

逃跑不是件容易的事，他每走一步都心惊肉跳。他的鞋子、他的发型，就连他走路时摆动四肢的样子，无一不打着“军队”的烙印。他心里很清楚，只要宪兵多打量几眼，他的把戏就会被拆穿。这身装束成了他最大的累赘。现在，战争正进行到最紧张的时刻，他这个年龄的男人，很少有不去参军而在外游荡的。

战争。战争。他痛恨战争。他打心底里诅咒战争。是战争夺走了她。战争的受害者应该是国家，而不是他这种弱小的国民。为什么战争要使他们夫妻劳燕分飞，而他却无力抵抗？

当他游荡到小村庄的路边时，天已经蒙蒙亮了。不过天光也没能让这地方亮多少，反而让那些斑驳的板墙看起来更加破败。村庄周围的树木看起来也好像因为这破败的景象而羞愧难当。他走近时，一只公鸡开始打鸣，一条狗也来冲着他咆哮。楼上窗前的一盏煤油灯慢慢亮起来。这灯倒不是因为他的到来而点亮，而是因为已经到该起床的时候了。

如果在痛苦之余，他还留有一丝其他感情的话，他应该会为住在这鬼地方的人们感到难过。但愿他们整天都不需要出门，也好过出来看到这破败的景象。

不过无论如何，这里还是有一个车站，有一列火车会经过这里。

他等了差不多半个小时，才盼来了售票员开门，他有种不祥的预感。

他身上有钱。他把全部家当都带在身上。这些钱眼下唯一的使命就是让这男人早点回家，找回自己的妻子，抚慰他内心的伤痛。

他走向售票窗口。

“小鬼头?”发色斑白的老人粗鲁地问。

“车几点来?”

“去哪儿的车?”

“能把我从这鬼地方带走的车。”

“六点。”

“那差不多该到了——”

“晚上六点。”

于是他只得回到高速公路上，这条公路正好从这个鬼地方穿过。

路上所有的车都往一个方向开，往那个他刚逃出来的兵营开，而他的时间不多了，随时都有可能被人捉回去。不过，没多久，从兵营方向开出来一辆卡车，他顺手把帽子往卡车前面一扔，司机没看出这是顶帽子，本能地踩住了刹车。

“你是干什么的？你这个自以为聪明的家伙。”

“想赚一票吗？”

“行啊，上车，”司机疲惫不堪地说道，“反正你已经让我停下来了。”

卡车继续上路。眼前的路就像过山车轨道一样扑面而来，一路向前，道路愈发开阔。

卡车司机是个机灵鬼，悄悄瞥了他一两眼，随后说道：“你从哪里来？兵营里？”

“不是。”佩奇斩钉截铁地说道。他从自己的那堆钱里抽出一张递给他。

卡车司机看了看，把钱塞进口袋。“只要你说不是，我就认为你不是。”他边说边冲他眨眨眼。

过了一会儿，他说：“你打算去哪里？别担心，保密费你刚才已经付过了。”

“东方，”佩奇厉声说道，“往东，一路向东，笔直开。”

二

黄昏时分，飞驰的特快列车像一把锋利的犁耙似的划开阴郁的暮色，棕黄色的光线反射在两旁的车窗玻璃上，看起来像是在水中荡起的涟漪。

高速行驶中的列车不断摇晃，不断颤动，吱呀轰鸣的车身仿佛随时都会散架。车速已经快到不能再快，否则就要脱轨。不过，对车上的某个人来说，车速还不够快。车轮下的土地如此广袤，一眼望不到头。东方永远可望而不可即。很多时候，你走得越远，前方却似乎显得越发遥远。

车厢里弥漫着烟草燃烧后产生的烟雾，过道里塞满了人，车顶的灯光通过层层烟雾照在人们身上。车顶灯在开动的列车里步调一致地摇摆起伏，但是应该不会掉下来。纸杯装的杜松子酒和玉米从远端某处传递过来，就像接力赛一样传到车厢的另一头。有人唱歌，有人叫喊，有人大笑，也有转瞬之间云开雾散的短暂争吵，还有喝了太多站着睡着的人；有人吹口琴，有人围坐在一起用腿当桌子打牌。除了少数几个年轻的母亲和孩子，每人肩上都佩有那块代表在死亡线挣扎的小块硬布片。从兵营里出来的每个人，对此都习以为常。

整车人当中，有一个没穿军装的男人，这个人蜷缩在车厢一角的座位里，低着头，帽檐遮着面孔，看起来睡着了。他竭力让自己不那么引人注目。他不能被发现。然而这样一来，他自己也什么都看不见了。

突然，一只手重重地落在他的肩上，这只手给他的感觉是如此权威，他不由吓得整个人都僵住了，就像是一头即将被掠食者抓到的小动物，蜷缩着，等待时机得以脱身。

他慢慢地举起手来，小心翼翼地抬了抬遮在脸上的帽檐。他觉得眼前一定会出现一位穿着橄榄绿军服、戴着白色袖章的宪兵。

不过正相反，他眼前出现了一身深蓝色的哔叽制服，制服上的铜扣子闪闪发亮，大盖帽下面是一张苍老的面孔。他手上拿的并不是警棍，只是一把票剪。

列车员例行检票。

“什么时候能到？”他问。

“八点十五分。”列车员答道。

——

“你几点去跟他见面？”锈色问道。

“八点三十。”莎伦答道。

锈色靠在床头，双手支起身子，看着她往床上的一个手提箱里装东西。

有一阵子，她什么都没说，只是静静地看着。莎伦似乎没有注意到锈色的目光。

“这么说来，你准备就这么离开，不再回来了？”锈色终于开口问道。

“不再回来了，”莎伦点头答道，“对，就是不再回来。”

“那我换个说法好不好？”锈色的声音低得几乎无法分辨。

莎伦抬起头看了她一眼：“你什么意思？不同意？”

“这是你的事情。”

“你就是不同意，”她合上箱子，说道，“不过我觉得不错啊，都是拜你所赐。每晚都有约会，每次都约不同的人。”

“当然。不过我知道怎么把握感情，而你不行。我能像个男人似的到处留情，而从不动情。我的感情世界可是水泼不进的。你还嫩着呢。一觉醒来，我还是那个锈色。你只是个普通女人而已，只要受一次打击，就再也站不起来了。”

莎伦提起箱子，朝门口走去。

“就这么结束了?”锈色几乎是在恳求她了。

莎伦打开房门时说道：“别对我说这些。你的话能钻进我的耳朵，但根本走不进我的心里。”

她抬起那只空着的手，在空中挥了挥，表示告别。

“我那份房租在写字台上。你帮我把钥匙还给房东吧，钥匙和钱是放在一起的。”

锈色并没有留在房里，她跟她走下楼梯，差点踩到她的鞋跟。

到了楼下，莎伦转头不耐烦地看了看她，似乎很讨厌这种拖泥带水的告别仪式。“到底怎么了？今晚你没人约还是怎样?”

“大概约了两三个男人吧，四个也不一定。不过很奇怪——也许是你的缘故——我突然对约会这件事一点兴趣都没有了。男女之间的游戏变得毫无意义。”

“那干吗不像我一样，找个长久依靠的呢？玩多了的确没意思。”莎伦不无讥讽地说道。

“就像你一样不择手段?”

莎伦现在已经站到了门口，对锈色的质问，显得无动于衷。

锈色再次追上她，把手撑在门上，想再多拖延一阵子。

“就这么跟他分了你觉得合适吗，莎伦?”

“哪个他？你说谁啊?”一会儿之后她才显出一副恍然大悟的样子，说道，“哦，他呀。”

“我曾看到过他写来的一封信。我不是故意去看的，但你随手丢在房里，我找口红的时候碰巧看到了。那封信上的字不是用墨水写的，那上面字字血泪。看得出这个男人已经伤心欲绝。你一定要这么做吗?”

莎伦放下箱子，深吸一口气，看起来像是准备在离开之前，把心中的想法一口气表达出来。“听好了，很久以前，我嫁给了一个现在看起来很陌生的人，而且现在还能记得他的名字。不过，这都无所谓，我根本想不起来他到底长什么样。我不可能为一个根本不认识的人感到难过。”

“你这些冠冕堂皇的鬼话，”锈色紧咬着嘴唇说道，“让我想起我自己的样子。”

莎伦再次弯腰拿起手提箱。

电话铃突然在走廊尽头响起，听起来就像是警铃大作。

锈色几乎是条件反射似的抓住莎伦的双臂，似乎想抓牢她，好让她多留一会儿。

一名中年妇女来到走廊上，接起了电话。随后她来到楼梯边上，扯开嗓子向楼上大喊：“费伊·麦肯齐，接电话！费伊·麦肯齐，接电话!”那嗓门活像个火车调度员。

话音刚落，楼上便传来一阵噼里啪啦的脚步声，穿着拖鞋下楼就是这种动静，听起来好像水车打在水面上。随后，一个声音对着电话高声叫道："你好，乔！"接下去，声音一下子轻了很多，旁人几乎没办法听见。

她们一同把头转回来。

"我有一种奇怪的感觉，"锈色哑着嗓子说道，"别走，莎伦。"她拉着她的胳膊，似乎仍想劝她留下来。

莎伦嘲弄地对她说道："怎么了？你现在怎么这么拖泥带水？"

"听着，我最后求你一件事，你会帮我吗？我之前从没求你为我做过什么。就当是送给我的临别礼物吧。"

"我不可能为你改变主意——"

"就多等半小时。再给他三十分钟时间。他可能会打电话来。至少给他一个机会。别就这么铁石心肠地走了。你等车也要等上这么久。你周六晚上等场二流电影也要这么久。吃饭等个座大概也就这点时间。那么，你就看在过去的分上，再花这点时间等这个你曾经相濡以沫的男人吧。半小时以后，你想去哪里就去哪里。"

莎伦看着她，然后伸出脚把手提箱挪到大门里面，靠墙放好。"十五分钟，"她不留任何余地地说道，"我不知道为什么要这么做。我也不知道这么做会有什么好处。但你颤抖的话语打动了我。来客厅坐坐吧，听听音乐。我会把手表拿出来放在腿上。"

她翻过手腕，松开自己的表带。

"临时苏醒十五分钟，"她说，"之后，这份爱就将死去，永远不会醒来。"

—

特快列车停了下来，安静地躺在蓝黑色的夜色之中。车厢里充满了烟雾，塞满了人，车顶天花板上，朦胧的灯光还亮着。

唱歌的人不再唱歌，所有的歌都已经唱完；喝酒的人也不再喝酒，所有的酒也都喝光。无论是站着还是坐着，大多数人都是疲劳至极，昏昏欲睡。车厢里安静得出奇。突然间，一个声音打破了寂静，由于周围实在过于安静，这个声音被放大到无以复加。

车厢外面持续传来一阵喀嗒喀嗒的震动声。列车停在原地没有开动，所以这声音应该不是列车发出来，而是外面传来的，列车的车窗、车轮甚至铁轨都随之震动起来。不过，震动似乎是从左边那条轨道传来的。那是一列幽灵般的列车，从一侧掠过，朝着无尽的黑暗不断前行。那列列车上一丝灯光都没有，那是一列满载死亡的火车，直达末日。数十节黑魆魆的车厢震动着铁轨，震动着黑夜，震动着那列停着的特快列车。

全国的火车、全世界的火车都在奔向死亡。那些列车就像装着车轮的黑色多米诺骨牌，没有一丝亮光，根本看不见车上成千上万具堆起来的尸体有多么可怕。

战争，战争。全宇宙都疯了。

他不断用脚去踩地上的烟头，越踩越快，越踩越快，越踩越快。他是在发泄自己的绝望、自己的痛苦。

“别踩了！”坐在他边上的男人终于忍不住说道，“烦死人了！你都踩了几小时了！我脑子都要炸了。把脚停下来！”

“给我闭嘴！”他威胁地咆哮着。说归说，他还是把脚上的动作停了下来。

随后，他用双手扶住自己的脑袋。

他突然站起身来，大步跨过边上那个男人的双腿。他这一动，边上五个人立即从昏睡中醒过来，扑向他刚刚空出来的座位。有两个人同时抢到了这个位子，谁都不肯移开，最后两人只能同时挤坐在这个座位上。

他一路挤到车厢的后部，弄醒了无数熟睡中的乘客，惊扰了他们的美梦，这些人，有的梦见了心中的姑娘，有的梦见了丰盛的火鸡派对，还有的甚至梦见了妓院的温柔乡。不过梦醒了也没什么大不了的，所有梦想都注定是要破灭的。

他打开门，走向两节车厢之间的通廊。

一开门，噪音便扑面而来，车厢的边门已经打开了。

“这是怎么回事?”他喊道，“还要多久?都停车四十分钟了!”

“你问我，我问谁去?我也就是个小小的列车员。车停了，我也跟着停。我想大概是下一个道口有部队的车要过去，我们停下来给他们让道。你也知道，他们上战场才是最重要的事情。”说完，他上下打量着他那身打扮：破毡帽、油腻腻的格子外套，还有那条石油工人裤，“你要去的地方应该没什么要紧的吧?这是战争状态，你应该理解。”

“闭嘴!”他一边吼着，一边抬手放到自己的嘴里，紧紧咬住，似乎正在遭受某种不可名状之痛，又像是在忍受忍无可忍之事。

猛然间，他抓着扶手杆，一跃跳上黑暗中的站台，随即便消失在茫茫的夜色之中。

“好吧，想要继续往前走，”列车员自以为幽默地对他身边的士兵说道，“就只能靠你自己了。”

——

推销员的黑色双门跑车飞驰在高速公路上，发出阵阵轰鸣。在这漆黑一片的荒郊野外，车灯是此处唯一的光源。车里一片沉寂，两个人坐在车里，默不作声地瞪着前方，他们的面孔在仪表盘灯光的映射下，显得格外苍白。

握着方向盘的那个人试图跟坐在他边上的那位聊聊天，不过吃了闭门羹之后便打定主意不再主动说话。佩奇面无表情，仿佛他的脸在很久以前就糊了一层石膏，要想看到他的真实表情，可能要把这层石膏敲下来才行。

“你就不能再快点吗?”他突然说话。他说话时嘴唇纹丝不动。

“当然可以，”对方冷冷地答道，“只是我不想。这辆车似乎是我的。对我来说，就算是在郊外，就算是在晚上，每小时五十英里已经够快了。我有老婆，还有两个孩子。要是你赶时间——”他一边说，一边冲着车窗外的高速公路侧侧脑袋。

佩奇叹了口气，紧闭的双唇喷出一阵白雾。他的双臂紧紧地交叉在胸前，似乎是想控制一下自己的情绪。他的手却暗自伸进格子外套下面，握住那把部队里发给他的佩枪。

“他要敢再多啰唆一句，”他咬牙切齿地对自己发誓，“我一定把他给干掉，好让他把嘴巴闭上。不过我并不想这么做，我要想办法控制住自己。”

如他所愿，开车的人果然把嘴闭上了，一句话也没有多说。

佩奇放在扳机上的手指松了下来，整只手离开了枪柄。

车速表的指针在“50”这个数字上忽上忽下。

坐在驾驶座上的男人完全没有意识到佩奇的变化，开始哼起小曲来。一会儿，他把歌词也唱了出来，音色很低沉：“是谁，偷走我的姑娘——”

佩奇的手指再次紧紧握住枪柄，把枪往上提了一点。

他在椅子上扭了一下。“我不想杀他，”他内心十分纠结，“我谁都不想杀。我只是想……”

“别唱了。”他的声调非常微弱，旁人很难听清楚他到底在说什么。

虽然没听清他在说什么，开车的人也已经感觉到他语气有些不对。他有点不高兴地转过来看着佩奇，问道：“你说什么？”

佩奇交叉在胸前的双臂夹得更紧了：“我说‘别唱了’。”

开车的男人冲他投来一个愤怒的眼神，随即又看向前方。“你的脾气可不太好啊？”他边开车边嘀咕道。

“对，”佩奇说，“我的脾气是很坏。”

突然间，一个急刹车，他们的车停了下来。

“你干吗停下来？”

“我们就此别过吧。看到前面的路口了吗？你想去东边，就沿着这条路笔直走下去。我要往那边开了，我和我的车在这儿拐弯。”

佩奇的手腕一抖，一下子把枪抽了出来，赤裸裸地威胁。

“滚下去。”他说。

“你——你要干什么？”

“快滚下车去站好。”

为了让他快点滚下去，佩奇往他身上一撞，车门被撞开，他整个人被撞到车外，踉跄了几步才没摔倒在地。

“等等，你这是干什么？我所有的样品都在车里！你——你就是这么报答我的？”

车门砰地关上。推销员用手扒住车门，试图挽回局面。

佩奇飞快地用枪柄砸在他的手背上，尖叫声回响在夜空中，车门上的手也随之不见了。

“你大概是要去南边，不过，我和你的车，我们开去东边。”佩奇一脚把油门踩到底，“还有，亲爱的先生，”他补充道，“要是你能活下来就谢天谢地吧。”

二

他用两个拳头疯狂砸门，砸了几下便停了下来。门开了，一个女孩缓缓地走出来，她顺手把门带上，靠在门板上看着他。

她看上去像是喝了一两杯，而且是一个人喝闷酒。她的嘴里叼着一支点燃的香烟，耳朵上也夹了一支烟，准备留着等一下抽。

“你来晚了，”她没做自我介绍，脱口而出，“她一刻钟前刚走。你晚了十五分钟。”

“你怎么知道我是谁？”

“你脸上都写着呢，”她生硬地说道，“就算天再黑我也看得出你的心事。你干吗不早点来？不过，要是你一开始就没和她在一起，反而会更好。”

“她是我妻子。她发过誓，说她这辈子都要——他们去哪儿了？往哪里去的？”

她似乎有些疲惫，靠在门上的身子颓然往下滑去。她对整个世界都厌倦了。“她就说了句‘离开’而已。不过在我看来，她只是想‘离开你’。你被她甩了。他们现在可能还在镇上的某个地方，要不就在路旁哪个汽车旅馆里——”

他抓自己的脑袋，脸上的表情痛苦无比。

“跟我说说，”她好奇而冷静地问道，“这感觉很糟吗？你内心遭受的伤痛，和外表看起来的这样，同样痛苦吗？”

没人回答她这种问题。

他的身影在黑暗中消失不见，关上车门，红色尾灯在她面前亮起。他发动汽车，绝尘而去。她仍站在原地，肩膀靠在门板上越滑越低。她厌倦了，厌倦整个世界。

突然，她把嘴上的烟猛地往地上一扔，登时火花四溅。

“上帝啊！”她苦涩地叫道，“我恨爱情！”她转身进屋，重重地把门带上。

——

她独自一人在那里等他，看起来像是等累了，迷迷糊糊地睡了过去。眼下这幅景象不言自明。这家汽车旅馆的房间里，光线十分充足。这间房可能是用她的名字订的，这样他来了之后就能很轻易地找到她。不过他到现在也没来，而她已在等待中沉沉睡去。

她在这间房里换衣服的时候，把两边的百叶窗都放了下来。行李包敞开着，两个搭襻分别挂在椅子两边的把手上。她身上穿着睡袍，外面胡乱穿着件淡蓝色的外套。她睡着以前用过的梳子还躺在触手可及的地方。梳子边上还有个旅行闹钟，是她睡着前从包里拿出来的。在这房间里伴随她的，只有这个闹钟的嘀嗒声，这声音似乎是在提醒她：闹钟上显示的时间已经是十点五十五分了。除她之外，没人知道他应该几点过来。不过，从她昏昏欲睡的模样来看，他没有准时来，而且已经迟到好久了。

过了一会儿，房门的把手开始悄无声息地缓缓转动，像是外面有人想悄悄地开门。不过那个人似乎转到一半就松了手，门把手又转回原来的位置。

没有脚步声，也没有任何动静。来去都没有发出一丝声响。没过一会儿，遮得严严实实的百叶窗后面，一扇窗户被轻轻拉起来。随后，百叶窗被打开了，一个男人跨了进来，一脚踏在地板上。紧接着，第二只脚也跨了进来。

她完全没有听见。她睡得太死，而他的动作又太轻。

一只手牢牢抓住百叶窗的一角，再轻轻地放回去，没发出一点声音。

布基从百叶窗后走出来，手上握着一把枪。他环顾四周，眼神如岩石般冷酷无情。然而当他看到她的时候，那眼神恰如往昔般柔情似水。

他轻轻地走过来。这种可怕的安静带着死亡的气息。他先是张望了一下浴室，把手上的枪翻转过来。随后又检查了一下壁橱，里面挂着她的衣服，那些她进来之后脱下来的衣服。

然后，除此之外就没什么可看的了。他把枪放回口袋，收起岩石般的眼神，温柔地看着她，眼神中充满了宽恕。他把她的东西从壁橱里拿出来，装进挂在椅子上的包里。他从壁橱里拿出来的时候小心翼翼，因为这些是她的东西。装进包里之前，他还稍微折叠了一下，生怕把这些东西弄坏。

他把所有东西收拾妥当，只留下一件外套和一条裙子，等会儿她跟他回家的时候可以穿。回家？是的，回家。虽然他们已经没有房子可住，连个遮风挡雨的屋檐都不复存在，但只要两个人在一起不就是个家了吗？

他把包扣好，放在地上，准备和她一起离开这个地方。

不过，她连提包搭扣的声音都没有听到。

他向她走去，想把她叫醒。

他站在她身前，低头看了她一会儿。要是这时候她能看到他的面孔，她就会知道，她根本无须害怕；她就会知道，她连一句最轻的指责都不会听到。没有疑问，也没有责备。她只要跟着他回家就够了。

终于，他俯下身子，轻轻地吻了一下她的额头，想把她叫醒。

“莎伦，”他温柔地在她耳畔低喃，“莎伦，醒醒。我来接你回家。”

她的头朝自己胳膊的方向稍微动了动，像是慢慢地从睡梦中醒来。随后她侧着脸，冲他淘气而可爱地笑了笑（从他这个角度正好能看到她的侧脸）。

但她的眼神仍然蒙眬——

他猛地把手伸向那把梳子。他一把抓起来的并不是梳子，而是压在梳子下面的一张纸片。

一张写着铅笔字的纸片。

当兵的，你现在可以带她回家了。

别说我什么都没给你留下。

他看完这字条，一下子在她身边单膝跪下，随后两条腿都跪了下来。他想把她抱起来，可是无论他从哪个方向抱她，她都滑向另一边，他根本没办法把她抱起来。直到最后，她倒在了地板上，脸上的笑容仍然那么可爱，仍然那么淘气。

他心中充满绝望，无助地拍打着自己浑身上下，企图从口袋里找出什么东西来救她。可是到底能找出什么来，他自己也不知道。

他胡乱摸索的双手突然停了下来。他摸到了自己的手枪。

他低声恸哭，痛苦使他的声音变得嘶哑而又断断续续："我不想，莎伦。我不想。早知道是这结果，我就不会出此下策了。"

他扑倒在她身上，亲吻她被折磨得变形的双唇。丈夫对妻子的吻本该如此。

“谢谢你，莎伦。爱着你，真好。”

枪声响起，他们之间不再生死相隔，他们重新回到了一起。

他倒下时，两人的唇又一次贴在一起。这一次，再也没有分开。此刻即是永恒。

——

探员A和探员B之间关于案件的对话片段：

……我想起了我们不久之前办的一个案子。当时现场发现了一张字条，上面写着：“现在，你知道这种滋味了吧。”我们查不出到底是怎么回事，因为两个人都死了。字条是谁写给谁的？

探员B和探员C之间的对话片段（三周后）：

……就像A刚才提到的那个案子一样。他们找到一张字条，上面写着：“现在，你知道这种滋味了吧。”具体内容我记不太清，反正差不多就是这个意思……

探员C和警长D（卡梅伦的上司）的对话片段（六周后）：

……B跟我说，他听说了一个案子。字条上写的内容都差不多，所以我才会把这几个案子联系起来。不过他们调查下来，没什么结果，只是觉得这案子是同一个变态做的……

警长D写给警察总部警长A的信（两个半小时之后）：

……麦克莱恩·卡梅伦自愿去您办公室临时办公，他希望和您的部下合作调查一等兵布基·佩奇和他的妻子莎伦的死因……

警长A回复警长D的电报（二十分钟后）：

非常高兴收到贵处请求。请派他过来。

——

卡梅伦和他的上司再次转身面对证人："我们再多问一个问题，西莉斯特……"

坐在椅子上的姑娘放下二郎腿，不耐烦地在地板上跺了跺。她拉了拉皮带，手指熟练地把烟灰抖掉。

"又来了！你让我怎么知道你这是在叫我？你叫这名字老让我觉得你在跟我身后的什么人说话！我的名字叫锈色！你以为我是什么人，娘娘腔？"

卡梅伦和他的长官交换了一下眼神。"不好意思，我们并不想伤害你的感情，”长官干巴巴地表示歉意，“好吧，锈色。对现在的姑娘都不能直呼其大名了，不过我们这些老古板总要花上点时间才能把旧习惯改过来。”

“这还差不多，”她的口气随即缓和下来，“我有什么能为你效劳的吗?”

“莎伦·佩奇有个吊坠，就是挂在她项链上的那个。我们想向你了解一下这个吊坠。”

“好啊，那就问吧。”

“她经常戴着，对吗?”

“她一直戴着。只有在洗脸擦脖子的时候才拿下来。洗完之后立马再戴上。”

“接下来就是我们要你帮忙的地方了。她到底是怎么戴的？你能跟我们说说吗？做给我们看也行。”

“好啊。比如这是她连衣裙的领子。”她猛地拉开自己汗衫的领子给他们看，把手指伸到自己领子里面，“就像这样，看到了吗？戴在里面。就在这个位置。”

“从没有戴在外面过?”

“从来没有。这么说好了，这东西只是个纪念品，不是用来显摆的。我也只是在她不穿衣服的时候见过。”

“那就是说，如果她穿着衣服上街，就算有人跟她面对面说话，也没可能看见这个吊坠喽?”

“除非这人的眼睛是台X光机。”

“谢谢。我们的问题问完了，西……西……锈色。”

她起身就走，顺手在墙上擦亮了一根火柴。

“听着——请你——”上司似乎有点无助地结结巴巴道，“别在墙上划火柴。”

“你的墙怎么了？”她大大方方地说道，“火柴在上面一划就着。”

她走出去把门关上。

“你明白我的意思了吗？给她丈夫写信告状的不是别人，正是杀死莎伦的凶手！他一边勾引莎伦，让她离开自己的丈夫，一边给佩奇通风报信。他在信里详细描述自己是怎样勾引他老婆的。他在其中一封信里用那个吊坠让佩奇确定信里说的女人正是自己的妻子，从而打消他对来信真实性的怀疑。只要莎伦没有脱掉衣服，街上就没有任何人能见到这吊坠。所以说，写这封信的只可能是他。”

“他为什么要自我暴露？这听起来太疯狂了。”

“残忍和疯狂有时候就是一回事，不是吗？我们遇到的是一个残暴而又病态的虐待狂。他要让他的身心备受折磨，他的确做到了。鲁宾的陈述证实了这一点。”

“好吧，不过到现在为止，我们手上有什么证据呢？这些证据又能证明些什么？”

“我们知道他对莎伦并不感兴趣，更谈不上爱她，对她也没存杀心。他从一开始就没下手杀她，只是因为这个女人并不是他的目标；最后他杀了她，只是因为他要对付佩奇。丈夫才是他的目标，妻子只是用来打垮丈夫的武器。”

卡梅伦的上司摇了摇头，对这种推论心存疑虑。

“那么，就请回答我两个问题，”卡梅伦说，“她被折磨了多久？”

“十秒吧，也可能是二十秒。然后她就死了。”

“那他被折磨了多久？”

“我觉得应该有好几个星期吧！鲁宾是这么说的，他被慢慢地折磨了好几个星期。”

卡梅伦摊开双手：“那么你觉得他是在惩罚谁呢？”

“这个——”长官阴郁地说道，“想法很新鲜。”

—

卡梅伦必须赶去塔尔萨。到了塔尔萨，他必须赶去狄克逊大街。到了狄克逊大街，他必须一路走到路的尽头。在这之前，他花了好几个星期，耐心地调查走访，最后才确定自己的目的地。

为了到达目的地，各种交通工具都用上了。先是火车，再是长途汽车，最后到了塔尔萨，又搭了一段出租车。

从出租车上下来，他沿着一条石板路走了一段，来到一幢房子前，按响了门铃。过了一小会儿，一位风度翩翩而又充满阳光气息的家庭主妇出来开门，她身材不高，却魅力四射。

“格雷厄姆·加里森住在这儿吗？”

“是的，”她欣然应道，“他是我丈夫。”

“烦请问他一下，是否还记得一位叫卡梅伦的。”他把话说得很圆滑。他不想让她知道自己是一名警探，他觉得那样会吓到她。她给人的感觉就像是万里无云的晴天，令人想要信任她。

她先把这话对自己重复了一遍，活像一个生怕忘记大人口信的小姑娘。“问一下他，是否还记得一位叫卡梅伦的。”然后她点点头，表示自己记住了，便转身进屋回报。

不一会儿，她再次回到门口，很坦率地对卡梅伦说：“他说他不记得了。不过他又说不管怎样，让我请您先进去。”

卡梅伦谢过这位女士，心中对加里森的再婚没有丝毫责备之意，更确切地说，他对这位身材娇小的女士极为赞赏。自打认识她之后，他心中的疑惑烟消云散了。他觉得，每个人都有权利得到自己的幸福。而当他进屋见到加里森的时候，他就知道他现在是多么幸福，那是他之前从未有过的幸福。

他正在听棒球比赛的转播，星期天下午的固定节目。他颇有礼貌地关上了收音机，而且并未流露出丝毫遗憾。但卡梅伦心里非常清楚，这会儿，他心里一定在为错过了比赛而懊丧。

“你是从公司的东区办公室来的?”他问道，“我们是不是在那儿见过?”不过，他看出了卡梅伦脸上的疑惑，于是又补充道：“标准石油公司?”

“不，不是的，”卡梅伦说，“我们不是在生意场上遇见的。我不知道你是否还记得，但是——”他环顾了一下四周，周围确实没有旁人，她去料理家务事了，她似乎比自己的丈夫操心多了。

加里森一下子想了起来。他在椅子上坐直身子，打了个响指，指着卡梅伦说道：“啊，现在我可算想起来了。对了，你就是那个在珍妮特死后来我家、找我谈过几次话的警察。”接下来，加里森整个人都陶醉于自己绝好的记忆力而不能自拔，甚至差点忘记了卡梅伦的存在。等他回过神来发现卡梅伦还站着，急忙说：“请坐。”给他递上一支香烟，问他想喝什么酒。

卡梅伦警惕地起身关上门，转身说道：“我想，我们这次对话能不能仅限于我们两人知道？”

“事情很严重吗？”加里森问道。

“我们不想让你的妻子知道。”卡梅伦说，他跟她待在一起的时间加起来还不超过四十五秒，却俨然摆出一副保护人的架势了。他接着说道：“这案子所牵涉的内容并不令人感到愉快。”

“那些家务够她忙上一会儿了，”加里森说话时的神情洋溢着充满爱意而又自豪的光彩，他说，“今天是她第一次自己烹饪周日大餐。她还特地用粉笔画了条线，不让我过去帮她。”

“你很幸运，加里森先生。”卡梅伦忍不住脱口而出。

“我也经历过孤独寂寞。”加里森提醒道。

卡梅伦调整了一下坐姿。“你看，我不得不来找你，”他解释道，“我知道你不怎么想见我，我其实也不是特别想来。我很讨厌把过去那些事情重新挖出来，而你显然早已走出了过去的阴影，开始了新的生活。但你能够帮助我。你是唯一能帮助我的人。只有你能把这些案子的证据串联起来。”他又补充说道：“只有你活下来了。”

“这话听着可有点吓人。”

“是啊，也许吧。”他说着，从口袋里掏出个东西，他特地把这东西带过来给加里森看。“你认不认识一个叫休·斯特里克兰的人？”

“那个废物？”看来加里森认识他，他继续说道，“我知道他上了电椅了。他能有这种下场算不错了，他的结局本该如此。”

“也就是说，你跟他很熟。”

“以我的地位来说，有点跟他走得太过近乎了。珍妮特生前我就跟他断绝来往了。她也不再跟他有任何关系了。佛洛伦丝·斯特里克兰是她最好的朋友之一。我并不是什么清教徒，但当一个男人坦诚到了这种地步……”

卡梅伦根本不关心有关加里森本人道德方面的事务，于是他巧妙地岔开了话题。“我们恐怕在两件事情上看法不太一致，”他说道，“但，尽管有不一致的地方，你还是能够帮到我。第一件事就是关于第一位加里森太太的死因——”

“这么说，你还是觉得珍妮特的死是——呃，非正常死亡。”

“是的，我一直这么认为，而且将一直坚持这么认为。”

“我不那么认为。”加里森说道。

“这不是问题。第二件事，这可能会让你大吃一惊。我认为斯特里克兰并不是霍利迪小姐凶案中真正的凶手，而他却因此坐上了电椅。”

加里森听毕，面露惊讶之色，而且看上去还有点生卡梅伦的气。

“就在执行死刑之前，我去死牢里问过他一些问题，当然了，这种问话肯定是非正式的。他反复跟我说那些第一次入狱时就说过的话——诸如有张字条在她尸体边上、人的复仇心太重之类的。这些话不可能是他编造出来的，他也没什么办法救自己的命。”他专注地向前倾了倾身子，用大拇指戳戳自己的胸口，继续说道，“我其实相信真有字条这么一回事儿。为什么？因为太奇怪了！他不编造他看到一个黑影从屋里蹿出来之类的谎言，而是坚称他在尸体边上发现一张字条。他发誓他的确看到过那张字条。而且他多次对我复述过字条上的内容，每一次都分毫不差。更要紧的是，我碰巧听说过一件事，而他却绝对没有可能知道的一件事，是在他出事前一年，就在你前妻去世的当口，你也收到过一张这样的字条。而且——就在他被处死刑后的一周年——第三张同样的字条又出现了，随之而来的是第三起凶案，又有人死了。现在，你明白我为什么来找你了吧?”

加里森点了点头，深感吃惊。

“请协助我们再多了解一些情况，”卡梅伦说，“你是否认识一个叫布克或是布基·佩奇的人?”

加里森摇摇头，有些犹豫，思考一阵之后，十分确定地再次摇了摇头。

“据我所查到的出生证明，”卡梅伦试图唤起他的回忆，“他出生时的名字叫布克林。这是在密歇根首府兰辛查到的档案。他一九一九年出生在那里。”

“不，”加里森继续坚持说道，“不认识。”他又对自己重复了一遍这个名字，以示确认：“佩奇，布基·佩奇。真的不认识。”

“你确定吗?”

加里森的回答逻辑严密，他说：“首先，我没听说过这个名字，这一点我很确定。不过，说不定我跟这人打过一两次照面，也有可能。”

“既然这样，看看这个。这次你可要看仔细了。”

他递给他一张照片，照片上有两个士兵，一个用胳膊勾着另一个的肩膀。

“不用管左边那个，”他对他解释道，“也别去看他们穿的制服。”

为了让加里森能够更加专注地观察照片上的面孔，卡梅伦拿两张纸片把军帽和军服都遮起来，这样一来，那张脸被夹在了两张纸中间。

“这样会不会好点？”他边说边给他递上一把小小的放大镜。

加里森仔细看了看照片，不久，他的表情变了。“对，没错，”他说，“我的确在什么地方见过这张脸。等等，让我想想——在哪儿呢？会是在什么地方呢？”他的身子往后椅背上靠了靠，过了一会儿，又俯身向前，再看几眼这张照片。

“好好想想。”卡梅伦鼓励他。

“应该不是在公司的办公室里——”

卡梅伦情不自禁地抓住他的肩膀，似乎这么做能帮他从脑海里挤出点什么似的。“继续，别放弃。继续。”

“在什么地方呢——什么地方呢——”

他闭上眼，努力思考。突然，他像被钉子扎到似的，一下子从椅子上跳起来，一拳砸在照片上，盖在照片上的两张纸片应声而落。

“原来是他！他原来当过我们的向导！有几次去旅行的时候，我们曾经雇过他！我们几个人都是新手，而他却熟悉地形。他带我们去看那边最棒的地方。布基。没错，现在我想起来了，我们都叫他布基。天哪，这么多年了，我差不多都快把他给忘了！”

“你们去哪里旅行？”卡梅伦急切地问道，“去玩什么？”

“就是钓鱼啊、露营什么的。我们原本经常聚在一起玩。其实就是朋友圈子里的户外活动，还起了个名字，叫作‘钓竿渔线俱乐部’。俱乐部每年活动两三次，都是为了放下生意、放松一下而已。钻进树林里，砍掉一片树，安营扎寨。你明白我在说什么吧？”

“这正是我想要知道的！”卡梅伦鼓励他继续说下去，“我来你这里就是想知道这些。趁热打铁，赶紧的。除了这几次旅行活动之外，你和斯特里克兰还有其他联系吗？”

加里森点点头：“有。在这些活动之前我就和斯特里克兰认识。不过几次活动之后我们就断绝了来往。俱乐部也散伙了。”

“那么佩奇呢？”

这一次，加里森非常确定地摇了摇头，说：“在这些旅行活动之前，我根本不认识他。之后我也再没有见过他。只是我在旅行活动的时候见到的人而已。每次旅行，我们都跟他在机场碰头，一起出发。回来之后，下了飞机，也就各自散了。”

“所以说，只在这几次旅行中，你才有机会同时遇到那两个人？我说的是同时碰见，而不是分别遇到。”

“没错。”

“我现在能从两条线索上分别把你们三个人联系起来。第一条线索是一个特殊的日子。第二条是那张字条。你们三个人的生活中，有一个特殊的日子是重叠的。到现在为止，我还不知道原因何在，也不知道这日子到底意味着什么。这个日子就是五月的最后一天，三十一日。你的妻子死于五月三十一日。斯特里克兰的……呃……怎么说呢……好朋友吧，她也是死于五月三十一日。而布基·佩奇和莎伦·佩奇的尸体是在五月三十一日被发现的。

两次相同可能是巧合，第三次就绝非巧合这么简单！更何况这几个当事人偏巧又彼此认识。

“另外，别忘了，还有那张字条。那张恶毒的字条，你们每个人都见过，算准时间，往你们伤口上再撒把盐。上面写的字也都差不多。我亲眼见过其中的两张，而且我也相信，斯特里克兰的确也拿到过一张，因为他录口供时根本不知道另外两张字条的存在，更不知道我已经亲眼见过。他所描述的那张字条，遣词造句和另外两张如出一辙。

“如此一来，相信我们已经接近到问题的关键所在。三张字条，同一个日期，反复出现在三个人的生活中，这案子可能还没完。如果不找出这字条和日期背后的含义，我永远也不会知道接下来会发生什么。所以，我必须知道：和你一起参加那个户外俱乐部的还有些什么人？我必须知道他们的名字，才能确定下一步行动。我必须知道到哪里可以找到他们，好去给他们提个醒。”

“没问题，这些信息我都能提供给你，”加里森告诉他，“俱乐部很小，只有五个人。”他扳着手指开始数，“我、斯特里克兰，还有那个什么佩奇，剩下的就只有两个人了。他们的名字是——”

——

画面又闪回故事开始时的那个小镇。吉缇药店那扇流光溢彩的橱窗正对面的广场上，有人又看见了那位影子情人、那位药店牛仔。但是只有一晚。在那个晚上，人们又看到他站在那个地方，那个他曾经一度守望的地方。不过，他等待的那个人再也不会出现。

这里的大多数人已经不再认识他，不知道他是谁，也不知道他的来历。小镇的变化太大了。战争爆发了，战争又结束了。小镇随着战争的爆发一度无序扩张，如今又慢慢缩小到原来的规模。物是人非。此地的居民外出漂泊，别处的居民漂泊到此地。吉缇药店的标牌还是吉缇，但药店早已易主。陌生的警察在街上巡逻，陌生的姑娘在珠宝戏院卖票，广场对面那座红砖砌成的消防队里全是陌生的消防员。

但广场还在，同样老旧的东西还在。

这天是六月一日，星期六的晚上。镇子里灯火通明，所有人都在外欢度周末，出双入对，悠游漫步。每个小伙子身边都带着个姑娘，每个姑娘边上都有个小伙子。

他衣冠整洁，举止正常，从外表根本看不出异样。他的头发看上去刚理过，周六约会前剪个头发，对每个男人来说都很正常。他系了根颜色鲜艳的新领带。刚才，一个衣着同样鲜艳的男孩子从他面前走过，这小鬼居然回头对他笑了笑。人们说，有目标的人生才有意义。这么看来，他的人生目标一定很明确，因为他看上去那么专注。但是假如带他去医院，估计医生能诊出他的病症。不过谁会带他去看病呢？医生不会走上大街自己找病人，病人得自己去找医生。

假如他是座建筑，内部可能早已尸骨遍地，但从外面看起来，却和周围那些建筑没什么两样，同样那么健康，同样那么传统，同样那么正常。这是因为路人匆匆而过，没人能看透那扇灵魂之窗后面隐藏着什么。如果有人碰巧看见，一定会被吓得脸色煞白，然后尖叫着一路跑开。

他反反复复看着自己的手表，看表的时候，脸上露出自我安慰般的微笑，那微笑仿佛在说：“我可不介意多等一会儿，谁都知道，她一定会来的。”

这时候，有两个时髦小姑娘在广场上闲逛，想找几个伴，一道去找点乐子（不管怎么说，广场上的人比较多。要想找个伴的话，去广场上转转总会有点收获）。不经意间，她们从他身边走过的时候，朝他这边瞥了一眼。她们觉得这个人不错，是张新面孔，以前在镇上没见过他，上去搭个讪，应该也没什么损失。

于是，她们冲他虚情假意地媚笑，跟他调情。同时放慢脚步，看看他会不会上钩。

“之前没见过这人啊。”一个姑娘大声对另一个说，这话其实是说给他听的。

他确实听见了（要装作听不见却也不容易）。不过他只是笑笑，摇了摇头。“我在等人。”他一边说，一边向那两位姑娘轻轻地抬了抬帽子，以示回绝，随后便转头看向另一个方向。

她们互相耸耸肩，转身离开。反正广场上到处都是人，不缺他这一个。要知道，这可是星期六的晚上。

路还很长。在她们长大成人之前，会在无数个星期六的晚上跟无数个男人调情，不过她们永远不会知道，她们差一点就再也不能找男人调情，再也见不到下一个星期六的晚上，见不到这广场上炫目的灯光。有时候，你不知不觉地跟那些藏在人群中的死神擦身而过。

不过，平均律这东西毕竟还是很科学的，多掷几次骰子，总能得到你想要的数字。这不，人群中出现了一个人，一个战前就住在这里的老居民。这个人从前就认识他，知道他是谁。至少，知道他过去是谁。这个人走过强尼身边之后，停下了脚步，回头又看了他一眼。这一看，让他大吃一惊，于是，他从女伴身边离开，在他面前站定。

“嗨，你好啊！强尼。还记得我吗，强尼·迈尔？”

他只是看着他，并没有答话。

“我们原来在同一个棒球队打球，沃什伯恩红队。我想你肯定不会忘记我。还记得我们的教练埃德·泰勒吗？那个‘铁人埃德’？他战死在塔拉瓦岛，是他第一个把旗子插上那个小岛的——

他还是一言不发，眼睛一眨不眨地盯着他看。

“你这是怎么了，强尼？还记得小时候我放学后去打工的那家阿伦杂货店吗？我原来帮他送货的那家？现在那家店归我了。还记得老头阿伦的女儿吗？那个看都不看我们一眼的姑娘？她现在是我老婆了。”

他还是沉默地盯着他。

终于，他不再坚持，充满疑惑地看着他，感觉有点尴尬，挠着脑袋回到妻子身边，转身离开。

“我敢肯定，那人就是强尼·迈尔。我可没失忆啊。他怎么就是不说话呢？你也认识强尼·迈尔，你觉得是不是他？”

“我可不想再回头看他。反正对你身边那些朋友一点都不感兴趣。”

“但如果他不是的话，他怎么就不说呢？他就这么像个幽灵似的站着。这样看来，那个关于他的传说大概是真的，他们说他那天大发雷霆——”

“哎呀，别再说这事了，哈特利，”她轻轻推了他一把，心不在焉地说道，“快排队买票去，他们都跑到你前面去了。这次我可不想再坐边上了。”

旧时的友谊。儿时的友谊。

随着时间的流逝，人群渐渐散去，灯光渐渐熄灭。电影院里人去楼空，汽水摊也随之打烊。最后，就连那两家酒馆里的人也走光了：一家是广场上面的“迈克酒家”，一家是位于广场外围、档次稍低的“凯利”。吉缇早就关灯打烊了，而那家小杂货铺关得更早。出租车司机乔停好了车，回家和老婆孩子团聚。路上巡逻的警察也打卡下班。连小猫小狗都躲起来睡觉了。

尖顶上的时钟敲了一下，不过对强尼来说，这钟足足快了五个小时。此时的广场上，空空荡荡，所有的灯光早已熄灭。

没人见到他离开，因为此时广场上已经空无一人。永远不会有人知道，那天晚上他是怎么离开、去向哪里、又是什么时候离开的。

不过，到了早上，当晨光重新洒满广场的时候，药店前的这个地方就会空无一人，不会再有人在此处独自站立。就算到了晚上也不会再有人来，第二个晚上也是一样。接下去的每个晚上，他都不会回来了。

只有这一个晚上，他来了。他又走了。

不过，山坡上的墓地看门人清楚地知道所有的一切。就在那个星期天的早晨，他第一次巡视时，看到一块墓碑前有个新鲜的花环。前一天晚上巡视的时候他并没见过。黑暗中，有人在这里放下了鲜花，没人看见到底是谁放的。这些娇嫩的鲜花看上去如此令人惆怅、如此令人心碎。这些花绝不是从花店买来的，而是从地里采的，采完之后又慢慢编出来的。编花环的人一定是个新手，看得出来，这人有点笨手笨脚。

这块差不多快要被人遗忘的墓碑上如是写道：

多萝西

我将守护你

第五章　四约

人们如同群居的蜜蜂一般围拢在时钟周围，每个人都在等待各自约会的对象。有些人在今晚的约会之后也许再也不会见面，有些人则是天天在此约会。男人们在等他们的姑娘。姑娘们在等她们的男人。

他们中的大多数都很年轻。只有一两个人可能年龄稍大，但年轻人占了大多数，个个洋溢着青春的光彩。只有当你年轻的时候，你才会在八点钟等在钟楼旁边，等着跟另一个人约会。待你稍稍年长，这种等待会显得有点孤独，不过当你年轻的时候，这样等待的感觉就像是圣诞前夜期盼礼物的那种悸动。而且，就算你不知道那礼物里有什么，也无所谓：因为明天晚上又会是一个不眠的圣诞夜，你随时又会收到一大包圣诞礼物。只有当你不再期待圣诞礼物，心中的那棵圣诞树黯淡失色的时候，那一刻，你将知道，你已经老了。

那是卡尔顿酒店大堂里的大座钟，是小镇上最出名的约会地点。出名的主要原因是交通便利，渐渐地就成了一种传统。所有人都在这里等人，无论去哪儿，总会从这里出发。

姑娘们都很漂亮，小伙子们打扮得也很精神。等人的时候，有些姑娘坐着，有些却站着，因为这儿的椅子总是没有人多。她们假如认识，有时候会合坐一张椅子，一个坐在椅子上，另一个在扶手上靠靠，尽管她们约的并不是同一个人。而小伙子们则清一色站着等人，但一眼看去，能看出这些小伙子性格各有不同。那些疑虑不安的人一定会走来走去，有时还会走到入口处、向外张望一番，然后又走回原地，对着大堂时钟上的指针看自己的手表，抖脚，手指也不闲，四处敲打。（“她说她会来的，不过她真会来吗？还是忽悠我呢？”）而耐心冷静的人则轻松无比地站在原地，根本不屑于走来走去，更不屑去看钟，他们看钟的唯一目的就是确认自己并没有迟到。（“她会来的。她说她会来的，所以我知道她一定会来。”）

站在那边的一个小伙子，就是典型的气定神闲、不急不躁的那种。他等在大堂边缘的某个地方，肩膀斜靠在一根方形柱子上，安静地在壁灯下翻看着手上的报纸。

看起来，他觉得她是肯定会来赴约的。无论她是谁，两人一定非常了解对方。而且，世事纷扰已不能影响他们之间的关系，他们可能已经开始不受阻碍地谈婚论嫁了。

他大概二十三岁，长相不错，体型健壮，是块打橄榄球的好料子。看上去不算太聪明，不过这也没什么大不了的。除此之外，这是个非常讨人喜欢的小伙子。年长的男人愿意带他去自己的办公室坐坐，而年长的女士更愿意让自己的女儿跟他在卡尔顿酒店大堂的大钟下约会。他们可能不知道玛丽·简①在什么地方，不过正因为不知道，他们也就不用担心了。

似乎冥冥中早已注定，他的眼神就在这个时刻离开了手里的报纸，正巧看见她从门口走了进来。

她来了，那个属于他的姑娘。他心心念念等待着的姑娘。

他一把放下手里的报纸，举起手里的帽子，兴奋的表情溢于言表。而这个时候，她还没从旋转门里走出来，他们之间还隔着一层薄薄的玻璃。

旋转门在她身后转开，她便走进了酒店大堂。就在她身后，一个男人也走进了那扇旋转门。他跟得很近，似乎是在跟踪她。不过，这地方人流量很大，分分钟都有人在这扇旋转门里进进出出。他只是碰巧跟在她的后面，仅此而已。

他从后面飞快地瞥了她一眼，随后走到一边，走向卖雪茄和文具的柜台，开始仔细翻看柜台上放着的杂志。他并没有点名要买哪一本，只是随便拿起一本，从第一页一直翻到最后一页，完了之后又拿起一本来看。他就是这种连买本杂志也要如此费劲的人。

与此同时，她已经来到了那位正在等待她的小伙子身边。其实，更确切地说起来，小伙子也朝着她走了一段，他们最后其实是在大堂中央相遇的。

此刻，大堂里所有的姑娘仿佛都失去了光彩，她的出现就像是一道从天而降的亮光，其他的姑娘在她的照耀下仿佛变成了一

---

① 俚语，指大麻。

盏盏冒着黑烟的煤油灯。她有一头乌黑的披肩长发，头发上戴着一朵栀子花。她的双眼看上去是灰色的，实际上，这是一双蓝眼睛，只是这双眼睛里的光彩太耀眼，把蓝眼睛也染成了亮灰色。她非常年轻，最多不过十八岁，也可能是十七岁。

他们的对话本身没有什么特别之处，但却预示着今晚会是一场非常令人愉快的约会。

“你好。”

“你好。”

“我迟到了吗?”她仅仅随口一问，根本没有想要他回答的意思，这个问题更像是在打个招呼而已，“买到票了吗?”

“当然了。我让票房给我留了两张。”

“那么，我们还等什么呢?”她欢快地催促道，“来吧，快走。”说着，一把抓起他的胳膊。

他们来到入口处，走到门外。

那个专心挑选杂志的男人到现在也没决定要买哪一本。这时他手上正拿着本杂志仔细端详，似乎是在研究这本杂志纸张的优劣。

旋转门在他们身后又转了一圈，便空无一人。

最后，他决定什么杂志都不买，离开柜台，走出门去。售货员默默地咒骂着他的背影，开始收拾被他弄得一团糟的柜台。

他们刚刚坐上一辆出租车，绝尘而去。

他坐上了后面开上来的那辆出租车。

他的车也开动了。一路跟在他们的车子后面，转过那个街角。不过，这是条单行道，所有车都必须打这里经过。

开过六七个街区之后，他们在一家戏院门口下了车。下车之后，他们刚才乘坐的那辆出租车开走了。随即，身后又开来一辆又一辆的出租车，无数人都在这家戏院门口下车。

小伙子挽着姑娘，上前排队取票。每个人都在排队取票，等待入场。

随后，一个男人上前询问是否能买一张站票。

“我这里有一张第十排的单人票，位置非常好，”售票员向他建议道，“有人刚刚把这票给退了。”

“我只想要一张后排的站票，”这人十分粗鲁地吼道，“这有什么问题吗?”

售票员听到这粗鲁的咆哮十分吃惊，感觉有点吃力不讨好，便耸耸肩，卖了张站票给他。那个男人走进了戏院。

幕间休息的时候，那姑娘和小伙子走出来，到大厅休息，其他观众也出来了。很快，大厅里便塞满了人。无论你面向何方，周围都充满着陌生的面孔。

十一点半，从戏院出来之后，他们来到一家中餐馆吃饭跳舞。这是一家冒牌的中餐馆。虽然服务员都是中国人，但所谓的“中国菜”却都是些连中国人都没有听说过的玩意儿，都是美国人眼中的中国菜。而餐馆里的乐队正演奏着《泽西蹦跳》①，卖的最好的居然是马提尼酒。顺便说一句，这饭店的投资人名叫“金山”。

饭店的灯光时不时地暗下来，暗到几乎看不见。些许黯淡红光和蓝光如同暮色一般四处洒落，只是为了营造出一种恶魔般鬼

---

① 由 Benny Goodman 及 Ella Fitzgerald 等人分别演绎的《JERSEY BOUNCE》，在 1942 年曾进入过爵士乐排行榜第 1 位。

魅的“氛围”。那些二十岁以下追求浪漫的年轻人都喜欢这个调调。不过，这种氛围并不怎么招人反感，就像一只“披着狼皮的羊”。这里就是一个介于冰激凌摊档和成人夜总会乃至汽车旅馆之间的场所。

他们进来之后便被带到墙边的一个小包厢里，面对面坐下。从他们坐的地方根本看不见门口进来的人，也看不到吧台那边坐着的客人。反正他们也不乐意看到。

一个男人走进饭店，站在吧台边上点了一杯马提尼酒，点了也不喝，就为占个地方。不过他并没有回头去看任何人，就这么背对着餐馆里吃饭的所有人，没人会注意这个在吧台喝闷酒的男人。

姑娘和小伙子站起身来，下场跳舞。

不一会儿，他们点的东西送上来了。

于是他们又坐回自己的桌子，开始吃炒饭、炒面和芙蓉鸡，还有那些他们听都没听过的食物。

吃了一会儿，他们又站起来跳了会儿舞。

之后，他们又坐下来吃了更多的炒面、炒饭和芙蓉鸡。看起来，他们在这里过得挺高兴。

他们边上包厢里的四个人起身离开。

正在吧台边上喝马提尼的男人见状，转身招呼领班。

“我要点些吃的，”他说，“我能坐在那儿吗？就是那张桌子。”

“那是张四人桌，先生。我可以帮你找张靠近舞池的桌子吗？位置可好了——”

“我只想坐在那里，”这人执拗地说道，“那么我点够四个人的量，可以吗？”说话间，他往领班手里塞了些什么东西。

“好吧，先生。”领班答应得有些勉强。

他径直走向那张桌子，背对着他们，坐下，然后开始点菜。

他静静地坐在桌旁等待。

“……我很喜欢那一段，就是她转身对他说——”

“天哪，你也觉得那段很棒是吧？你觉得两个人结了婚后能不能继续保持这种热恋的状态呢？”

“我不知道啊。我家里那些人可都不是这样。”

“我家里的人也不是。我的哥哥结婚五年了，我从来没见过他对多洛雷丝这么好过。对了，多洛雷丝是我的嫂子。”

“我觉得这些都是编出来的，只是为了把戏演得更精彩而已。”

他的菜上齐了。他静静地吃了起来。

“……当然了，跟查利·尼克森比起来，我还是更喜欢你。我跟你在一起的时间要比跟查利·尼克森在一起的时间多。”

“真的吗？两个星期前，在贝蒂的派对上，我可都数着呢。你一共跳了十支曲子，有六次是跟他跳的，只有四次——”

“我喜欢，怎么了？现在你来怪我了？谁叫你不会跳伦巴，我有什么办法？你要我怎么样？坐在座位上，一个接一个地拒绝那些邀请我跳舞的人？”

账单来了，这顿晚饭花了他一块五。他似乎挺满意。

这家饭店在二楼。他付完钱，下楼准备离开，楼梯下到一半的时候，他蹲下身来系鞋带。其实，他的鞋带根本没松开，他蹲下之后先解开鞋带，然后再重新系上。这时候他们已经站在路边，拦下了一辆出租车。

上车之后，出租车就开走了。

他稍等了一会儿，也叫了辆车离开了这个地方。

两辆出租车又驶向同一个方向。

他们的车在一幢独栋别墅前停了下来，这房子位于远郊的一处高级住宅区。两人下车后，消失在别墅入口的阴影中。

他的车也停了下来，离他们下车的地方有三四幢房子的距离，四下空无一人。

接下来是等待。漫长的等待。大约十到十五分钟的等待。门口没有亮灯。什么事情都没有发生。什么都看不见。要不是他们的出租车还在路边等待，甚至都不能确定他们到底还在不在里面。

不一会儿，一个身影回到出租车边上。这次是小伙子一个人。大门一开一关之际，依稀可见门内的橙色灯光。

第一辆出租车就这么开走了。

后面那辆车也就随之跟上。

“现在可以跟近一点了。”车里的乘客对司机说道。看起来，重头戏才刚刚上演。

前面那辆出租车向北开过十个街区，向东穿过八个街区，然后又转向北面。等了一个红灯之后，只往前开了半个街区就停了下来。

出租车停在一幢公寓楼前，是大街东侧街角处第三幢大楼。

小伙子下车，付车钱，转身走进大楼。

第二辆车上的男人在街角处下车，同样付了车钱，却走向大街的另一边。他从街道的西侧仔细观察公寓楼的窗户。

一扇窗里的灯光亮起。四楼，大楼右侧。

他迅速穿过街道，走进公寓楼底楼大堂。

他只在那里停留了一分钟，仔细看了看大楼入口处右起第四个信箱上的铭牌。铭牌上写着：

4-H 莫里西，Wm. C.

他转身再次走到外面，快步离开这里。仅此而已。

第二天晚上。

这个男人现在有了个同伴。两个人游荡在同一幢大楼的地下室入口处，离正门只有几码的距离。这个地下室入口略低于人行道，差不多要低三四个水泥台阶的样子。如果想躲起来，偷窥人行道和大楼入口，这是一个极佳的位置。地下室入口上面还装了个灯泡，方便垃圾清运工进进出出。不过，这灯泡现在已经不亮了，要么灯泡自然损坏了，要么是被人故意拧松了，不再通电。

男人的伙伴身上闻上去有一股廉价威士忌的味道，穿着一身旧衣服。尽管完全看不出他是个什么人，但他身上的气味已经说明了他的档次，他的小毛病也比边上那个男人多得多。他点起一支香烟，那个男人一把打在他手上，把烟拍到地上。他弯下腰，熟门熟路地找到掉在地上的烟，捡起来，放回自己的口袋。

“你觉得他会坐出租车回来吗？”他声音嘶哑地低声问道。

“男人只有在跟女人约会的时候才会坐出租车。他昨天刚跟一个姑娘约会。今晚应该不会去了。他是那种只跟一个姑娘约会的男人。”

“要是他追上我怎么办?”

“那就狠狠打他的肚子，”那个男人冷酷地说道，“先发制人。你不是说你原来打过拳击吗？我想你应该能对付。”

“当然没问题，我会把他像块脆饼干一样砸成两半。”

“一定要抢到钱包。”

“我又不是第一次干这个。不过，帮别人干这事倒是头一遭。”

朦胧的街角灯光下，一辆公共汽车开过来停了一会儿，随后沿着与这条街道相交的横马路开走。汽车开走后，车站上出现了三个人，下车后便朝着不同方向走去。三个人，两男一女。

“看见那个穿着软趴趴外套、领口敞开的家伙了吗?”那个男人对边上的人说道，“你的目标。”

“有点麻烦，”边上的人紧张地说道，“那姑娘朝另一边走了，但还有个男人跟在他后面。我没法在这里下手，后面那个人肯定会来帮他——”

“差不多有七成机会下手，”那个男人同样紧张地说道，“走在后面的家伙可能会走进前面的两座大楼中的一座。不过，要是他继续跟过来，我们就只好明晚再动手了。”

后面的那个家伙走过了第一幢大楼，没进去。

“下手的几率只能对半开了。”躲在地下室入口的男人紧张地屏住呼吸。

后面的那个家伙来到第二幢大楼边上，转身走了进去。现在，人行道上只剩下莫里西一个人了。他正独自一人走向第三幢大楼。

躲在地下室入口的那个男人松了口气。“行了。”他推了一下边上的人，让他走出去动手。他说：“快去，在他开门之前下手。”

当莫里西来到地下室入口附近的时候，这个粗鄙的大块头走出来，对着他低声说了些什么。

莫里西把手伸向自己的口袋，正准备拿些什么东西出来给他，不过，他随即改变了主意：“不行——你快走吧，”他咕哝道，“你不是什么好人，我一眼就能看出来。”

他转身就准备开门上楼。

只见这乞丐一样的人伸出剃刀一样的手，对准他的脖颈就是一记猛击。一击之下，小伙子摇摇晃晃地踉跄了几步，失去了平衡。他随后把他整个人转过来，面朝自己，用膝盖残忍地踢向他的小腹。小伙子发出一阵低沉而颤抖的呻吟，人一软，跪了下来。动手打他的这个人顺势把手伸向小伙子裤子后面的口袋，取出他的钱包，任由他躺在地上痛苦地不断扭动身体，转身就跑，消失在刚才公共汽车停靠的那个街角。

就在这个时候，躲在地下室入口的另一个男人跳了出来。一路小跑来到莫里西身边，弯下腰，装作热心地问道：

“发生什么事了？他对你干了什么？”

莫里西无助地躺在地上，抚着自己的胃部，不断作呕。他现在意识很清醒，只是没办法自己爬起来。

“抓住他——抢了我的钱包——”他断断续续地说道。

男人起身去追。他一路追到街角转弯处。周围一个人都没有。他又跑过一个街区，在下一个路口转弯，跑向毗邻的那条街道。他猛地跑向另一个地下室入口处，这地方和他刚才躲着的地方非常相似。看起来他早就知道里面躲着个人。果然没错。

“行了，把钱包还给我。”他气喘吁吁地说道。

“给。不过别忘了你答应我的那一份。”

“这是十块钱。”那个男人从自己口袋里掏了钱递给他。他没有动钱包里的钱。“现在你可以走了，自己小心点。”说着，又推了他一把，好让他快点走。

等到这地下室入口处只剩下他一个人的时候，他抓住自己的领带，把领带拉歪。又把自己的手掌放在砖墙上用力摩擦，弄得污秽不堪，然后再把手上的灰土抹在自己的脸和外套上。

他一回到莫里西这边，就开始拍打自己的帽子，好像这帽子被打落到地上，而他刚把帽子捡起来。

莫里西勉强靠着墙站了起来，他必须用两只手撑着自己的身体，才不至于再一次倒下去。他低着头，夹在两条胳膊中间，似乎在低头看着地上。

“没追上？”他说话的声音很虚弱。

“在路口就追上了，但我没能把他抓住。我想把他按倒在地，不过让他给跑了。钱包我抢回来了，给。”他说话间，故意拍拍肩上的尘土，又摸了摸自己的下巴，似乎在检查有没有被打掉牙齿。

“刚才我被打得一点力气都没有了，”小伙子可怜兮兮地说道，“不管怎么样，谢谢你能帮我的忙。”他拿起钱包，开始检查里面的东西。

“他拿走了什么吗？”

“没有，东西都在。不过，我的钱包里也只有七美元而已。”

“现在感觉好点了吗？”那个男人关切地问道。

“我觉得好点了。不过肚子里还是有些不舒服。天哪，真是太感谢你能出手相救——”

“碰上谁都会这么干的，”那个男人倒是很谦虚，“我总不见得就这么视而不见吧？能帮上忙，我自己也很高兴。”

“需要警察的时候，一个都看不见。”莫里西说。

“是啊，需要警察的时候，他们从不出现。”那个男人表示赞同，“你确定身体没问题吗？你的脸色看上去有点苍白。要不要去药店找医生看看？”

“不用了，我没事。”

“那么去喝一杯怎么样？肯定能让你感觉好些。我也需要喝一杯来压压惊。”说话间他便往街道两头看看，似乎在寻找那些他们能去的酒吧。

“太好了，”小伙子发自内心地高兴，“这主意不错。我知道在这附近有个不错的地方。”说完，他就对着这位新朋友伸出手去，“我叫比尔·莫里西。”

那个男人抓住了他的手，握了握：“我叫杰克·芒森。”

——

芒森走向吧台，点了一杯马提尼，不为喝酒，就为了占个位置。这地方除了服务员是中国人，其他跟中国一点关系都没有。乐队演奏“泽西蹦跳”，饭店老板名叫“金山”。

这次，芒森背靠吧台，把脸转向大堂，目不转睛地盯着莫里西所在的包厢。终于，莫里西也看到了他，他迟早会看见他。

莫里西看到他之后，抬抬手向他打了个招呼。

芒森拿起自己的酒杯，看似不经意地朝莫里西坐的地方晃过去。当他来到包厢的正面，一个女孩出现在他面前，这姑娘坐在莫里西正对面。一看到这姑娘，饭店里其他的女孩子顿时显得黯然失色。她的一头披肩长发上戴着个宝石发夹。她还有着一双亮灰色的眼睛，其实这是双蓝色的眼睛……

“你好啊，杰克，”莫里西热情地招呼着他，“你怎么也在这儿？一个人吗？”

姑娘也看着他，只是表示礼貌，仅此而已。只是作为莫里西的朋友，她不得不在场面上应付一下，没有微笑，脸色也不难看。

“你好，比尔。”他也对他打了个招呼。大概从第三次见面开始，他们两人就开始直呼其名了。

“德鲁小姐，这是杰克·芒森，我的好朋友。”

他们聊了一会儿。

“杰克，你是一个人吗？来，坐下聊，”莫里西发出了邀请，“这里还有座位。”

“谢谢你的好意，但我怕会打扰到二位。”他说话时看着对面的姑娘，似乎想得到她的允许。

“坐。”她温柔地说道。

他便坐了下来。

——

场景再次转到卡尔顿酒店大堂里的大钟。

两人肩并肩地等待着。他们就像是一对竞选伙伴似的等待着晚上的约会。

“我还要给你多少票钱?”莫里西问道，“最好现在就搞搞清楚，省得一会儿我给忘了。”

“你是说趁你现在身上还有钱?”芒森揶揄他道。

两人都笑了。

“给你。”

她找了另一个女孩陪她一起来。她就是这么安排的。

她身边那姑娘看起来远不如她可爱，远没有她这般光彩夺目。但事实上，这姑娘已经够漂亮了，只不过是因为站在她身边的缘故。她身边无论换作谁，都是这种结果。

几个人互相介绍了一下，便成双结对地走到一起。莫里西和玛德琳·德鲁一对，芒森和菲利普小姐一对。

四人同乘一辆出租车前往戏院。

他们下车后站在人行道上，一时间，他们在戏院那如织的人流里成了一座孤岛。

“今天还去竹林饭店吗?”玛德琳建议道。

“行啊，老地方也挺好的。”莫里西立即答道，这话更像是只对着玛德琳说的。

芒森先和菲利普小姐跳舞。

第二支曲子响起的时候，他们交换了舞伴。他开始和玛德琳跳舞，而莫里西的舞伴换成了菲利普。

“你觉得哈莉特怎么样?”她问他。

他看看她，再回头看看她，只是笑笑，没有说话。

他们跳舞时只说了这么一句话。

她跟着音乐轻声哼出来，她其实不太确定曲调到底是怎样的，只是完全出于下意识地哼唱而已。

一曲终了，舞停人散。

——

他一开始是和菲利普小姐跳舞。第二支曲子响起的时候，他们交换了舞伴。菲利普小姐换成了玛德琳。

她目不转睛地盯着他看。

“杰克，干吗不说话？你今晚一句话都没说。跟上个星期相比，你简直像换了个人似的。”

“不过你倒是一如既往地好相处啊。”他的口气有些刻薄。

“哈莉特觉得你不喜欢她。在戏院的女厕所里，她还在跟我纠结，她到底要不要再跟我们出来玩。你真该多对她上点心，杰克。她觉得自己受到了伤害。”

“我整晚都没在想她。”他承认。

她满脸责备地耸耸肩：“但今晚，她才是你的舞伴啊。谁才——”她说了一半，忍住，没说下去。

他没有回答，直勾勾地望着她的眼睛，望进她眼眸深处。

两人都不再说话。

一曲终了，舞停人散。

二

这次，莫里西一个人等在卡尔顿酒店的大钟下面。天色已晚，人群渐渐散去。看来他们要错过这场戏了。他开始有点坐立不安，走到门口去看看她到底有没有来，看了一眼，又失望地走了回来。过了一会儿，他再一次走向门口，然后又痛苦地走了回来。他一直在抬头看钟，看完钟又看自己的手表。越看，时间过得越慢。时间就这么不紧不慢地一分钟一分钟流逝，时钟上和手表上能看出来的变化仅此而已。

随着时间点滴流逝，这次约会似乎也在慢慢窒息。只有在这里继续等下去，才有可能让约会苟延残喘。不过说到底，两个人在一起才算真正的约会；一个人在这儿等只是在拖延时间。

他一刻不停地抽烟，把身边的烟都抽完了，抽完立即跑去买了包新的，又继续大抽特抽，这包烟只坚持了上一包烟一半的时间。

他前面有成千上万的人等到了男朋友或者女朋友。对他来说，这是头一遭被人放了鸽子。这第一次简直痛彻心扉。

突然，她穿着一身毛皮领子的亮绿色大衣，通过旋转门走了进来。

一瞬间，他原谅了她，一切都过去了。就算她还没有走到他身边，就算她还没有开口说话，他心里早就原谅了她。

她独自一人前来赴约，当然了，这是两个人的约会。菲利普小姐显然被伤了自尊，发誓再也不来了。既然这样，杰克也就成了多余的人。

她看起来光彩依旧，只是稍显苍白。她见到他之后，笑着打了个招呼，不过脸上的笑容稍纵即逝。

“老天哪，我以为你不来了！发生了什么事?”

她看起来有些有气无力。“嗯，不知道——”她没精打采地说道，“我这不是来了嘛。”言下之意：你还想怎么样?

他也没多问。他偶尔听人说起，女人跟男人不一样，她们有时候会头痛，她们的情绪偶尔会有起伏，就像气压计一样上上下下。

舞台的幕布已经拉起，而他们刚找到自己的座位。

“喜欢吗?”他在幕间休息的时候问了一句。

她完全没有一点激情，不温不火地答道：“挺好看的。”

落幕之后，他问道：“还是竹林餐厅，怎么样?”

“不，今晚不去竹林，”她说，“我没心情。今晚我想直接回家。”

“但是——”

她冲他看了一眼，这让他觉得，这眼神中暗藏着某种危险的东西。于是他抬手招了辆出租车。

回家的路上，她只说了两次“谢谢”，一次是感谢他的烟，一次是感谢他的打火机。

下车时，他拉着她走向门口。他想跟她吻别，但她却轻轻把他推开，避开他的嘴唇，低头去找钥匙。这种时刻，他若是伸长脖子强吻就会显得很失礼。吻别这种动作只能顺势而为，被拒绝也只能认命。他现在只能认命。

约会三个小时之后，他终于忍不住打算问个明白。“你这是什么意思？我做错什么了，玛德琳？”

“不是你的问题，比尔。”她用一种完全陌生的眼神看着他，似乎第一次发现自己身边的男人居然是这个人。她继续说道：“相信我，我说的都是事实。”

“那为什么——你整个人感觉都不一样了。”

她找到了钥匙，好像找钥匙这件事情，是眼下的当务之急。他拉住她那只拿着钥匙的手，想要拖延时间。

“人是会改变的。”她若有所思地答道。

说话时，她那只被他拉住的手不断扭动着，只想挣脱出来好拿钥匙开门。

“但是玛德琳，玛德琳——你是想跟我分手吗？这就是你想要的吗？别这么离开我——再给我个机会，重新来过吧——”

她把手抽了出来，用钥匙把门打开。“你要我怎么做？”她厌烦地问道，“说‘我爱你’？”

“你不会说的，是吗？”他问道，脸上霎时变得惨白。

她缓缓地摇了摇头，幅度微小得几乎看不见。看样子，她这是在向他道晚安告别了。

她关上门，无情地转身走上楼梯。

她走进自己的房间，放下东西。她身上的东西似乎有千斤重，压得她喘不过气来。

她看着镜中的自己，眼神随即飘向别处，心中暗自为这个女人感到羞愧。

她走出房间，穿过走廊，然后走向她母亲的房间。她来到她母亲房间里当作起居室的那个部分，在她父亲入睡之后，这个地方是她母亲阅读的场所。

房里亮着灯，她的母亲此时正在看书。她母亲看上去只有三十岁，而玛德琳此刻看起来反而显老。

“嗨，”她先打了个招呼，“我回来了。”

“戏好看吗？”她母亲问。

“哪里有戏可看？”她面无表情地答道。

她母亲一脸不解地看了她一眼，随后闭上了嘴。

“好吧，既然你打过招呼，我就该去睡觉了。”

她转身走了出去。

她又停下来，走回来。

“好吧，晚安。”她有气无力地说。

“晚安，亲爱的。”她母亲欣然答道。

她再次转身走了出去。

她再次停下来，又走了回来。

“怎么了，亲爱的？”她母亲耐心地问道。

玛德琳咬了咬嘴唇，似乎知道她们将要开始浪费彼此的时间，不过她还是温顺地跟她母亲有问有答地聊了起来。

“大概没人打电话来吧——有吗？”

“有啊，有个年轻人打来过。没说自己叫什么，只是问‘玛德琳在家吗？’我还没来得及问他名字，他就挂掉了。”随后她又补充道，“你大概认识。”

“是的，”玛德琳说道，“我大概认识。”

她的手伸向自己心脏的位置，不过，连这个简单的动作都没有完成。一瞬间，她不再那么苍老，不再那么疲倦。她现在只是个圣诞节清晨的孩子。她的眼睛像是突然打开了某个开关，充满了光芒。“噢，是啊，”她说，“我认识！我认识！”

她毫无来由地一把抓住自己的母亲，激动地抱住她亲吻，边亲边笑，笑中带泪。随后，她便转身冲出房间，下楼去找电话。她拨了个号码。她把号码拨得飞快，号码盘发出的声响就好像暴雨打在一个倒扣的铁皮桶上一样。

电话那头传来一个声音。

她说：“是你吗？”

“是的。”电话那头说道。

“噢，我就知道！我就知道！”

“我也不想这样，”他说，“我努力控制自己。但是，玛德琳，我再也忍不住了。”

“噢，杰克，我也忍不住了。我根本管不住我自己，根本控制不住。整晚，一切都是如此寂静。但你的电话一来，好像所有的音乐同时在我耳畔响起。噢，杰克，我一生中第一次觉得自己深深地陷入了爱情的沼泽——”她随即又渴求地说道，“杰克，别伤害我太深，好吗？”

“卡尔顿酒店的大钟。”他柔声提议。

“好的，”她几乎狂乱地说道，“噢，好的——好的。从现在开始，时间随你定，随便哪个晚上都行。”

—

她走下楼梯，准备出门，发现她的父亲正在书房和人密谈。她听见从书房里传来了谈话的声音，是个陌生人，是被她父亲带回家的某个男人，可能是他生意场上的朋友。她走到门口时瞥了一眼，是个她从没见过的男人。

不过她漠不关心地耸耸肩，丝毫不感兴趣。

突然间，她母亲不知从哪里冒了出来，就在她打开大门、准备出去的时候，挡住了她的去路。她的母亲看起来是被什么东西吓到了，一脸紧张。

“他想见你。他想在这儿见你。”

“我正准备出门。有个要紧的约会。你跟他说，等我回来再去见他。”

“不行，这事情很重要。玛德琳，你最好先到书房去。我刚才对他保证说一定让你马上就去见他——”

她还是有点犹豫不决，不知道到底要不要进去。不过，他似乎已经听到了书房门口的对话。

“玛德琳，”他说，“进来吧。”他的父亲没有一丝笑容。

她走进书房。

她母亲也想跟进去。

“亲爱的，你不用来。”他坚定地说道，硬生生把她关在房门外面。

另一个男人见状也站起身来。

虽然不知道是什么事，但至少，她父亲觉得事情很严重。他脸色不太好，反复抚摸着自己一侧的眉毛。

“这是我女儿玛德琳。这位是卡梅伦探长。”

侦探，就为了这么个侦探！她心里的厌恶简直到了极点：就为了这么个怪人，她连约会都要错过了！这些家伙应该出现在报上那些根本没人会去看的新闻里，而不是像现在这样实实在在地出现在她家的书房里。

“坐下，”父亲说道，“这事情很重要。”

之后，父亲便和那个卡梅伦面面相觑，似乎在问对方同一个问题：“你问还是我问？”

最后，还是她的父亲先开口问道：“最近你在和别人约会吗？”

她用皱眉头代替对这个问题的回答。

“这问题很简单，玛德琳，别跟我们兜圈子，我们对这事很重视。”

侦探换了个表达方式，不过说的还是同一个意思：“最近你有没有碰到什么过去不认识的人，德鲁小姐？我的意思是说，这个人原来不在你朋友圈子里，应该是直到最近才出现的。”

她心中有个声音警告着她：“快说没有！”

“没有。”她说道。

“玛德琳，你确定吗？”她父亲有些焦虑地问道，“好好想想，你去别人家里那些派对，还有你跟朋友去吃饭的那些饭店——”

“跟别人有关的也算，”侦探插进来，摊开手掌说道，“你身边那些相熟的朋友，有没有认识什么新朋友呢——”

她转过头朝他看了一眼，想用眼神从他身上碾过。“你是不是也想要跟我认识认识？我上街的时候可都是边走边丢手绢等别人来捡。”

他听了脸上红一阵白一阵的，恨不得找个地洞钻进去。

“玛德琳，那你今晚去见谁?”她父亲平静地问道。

她对这个问题早有准备：“那个人不是别人介绍给我的，”她说，“只是有一次他坐在了我的东西上，他为此道了歉。一来二去就认识了。”

探长听了，心中一凛，身子不由往前倾了倾。她喜欢看到他这副样子。

“差点忘了说，那时候我才十五，他十六，那时候我们还在一起读高中一年级。他叫比尔·莫里西。”说罢，她起身离开。

两人的情绪一下子低落下来。她也很爱看到他们这种表情的变化。

她父亲用询问的目光看着侦探。

“你还是把事情告诉她吧，德鲁先生，”卡梅伦静静地说道，“我觉得她还是知道一下比较好。”

“告诉我什么?”她的口气相当挑衅。

“玛德琳，有个男人想害你——”

“什么男人?”

“这个，其实我们还不太清楚他是谁——”

她发出了一声不屑的嘲笑：“要是你们连他是谁都搞不清，凭什么说有个男人要害我？怎么害我？喔，我猜猜看，大概又是绑架赎金那老一套把戏？这年头，你要不被绑架一两次还真没办法出名。”

“你的生命受到了威胁，德鲁小姐。”探长耐心地说道。

她闻言夸张地用胳膊抱着肩膀往后退了几步，假装害怕地说道：“好的，好的，要是我看到什么戴着黑色宽边帽的人，我一定第一时间通知你。”

“你不会知道他是谁，德鲁小姐。”

“就算看到他也不知道他是谁？得了吧，侦探——”

“玛德琳——”她父亲接过话茬，但话音未落，她已经打开门逃了出去。

她母亲仍在门外徘徊。“他们想干什么，亲爱的？到底怎么回事？他们都不肯告诉我。”

听了这话，她不得不把火气往下压一压。他们跟着她来到了书房门口，两人就这么站在她身后。她只是对母亲摇摇头，一句话都说不出来。也许，她连自己都不相信。

她一直等到身后的门彻底关上才让自己离开，爆发一阵狂笑，笑得脚步都有些踉踉跄跄。这可能是她所听到过的最好笑的笑话。

她笑得上气不接下气，差点连叫出租车的力气都没有了。笑出的眼泪把脸上的妆容弄得一团糟。

她一路上都在笑个不停，花了好久才慢慢平复下来。

——

他又帮她把酒杯满上。“他们还说了些什么？”他问道。他看起来和她一样，对这件事乐在其中。他这一点特别好，所有的情绪都表露无余，喜欢跟人同喜同忧。

她已经醉得语无伦次，把大半杯香槟都洒在了外面。“他们都坐在那儿，脸拉得可长了。”她为了让他知道他们的脸到底有多长，用手比画到了自己小腹的位置。说完，她压低嗓子，开始学他们说话：“‘玛德琳，最近你在和别人约会吗?’说真的，我学得像不像黑人剧团里那个压轴的艺人?”

他点点头，为了配合她，他把嘴巴咧到最大，露出牙齿，肩膀还滑稽地上下抖动。

“‘探长，还是你跟她说吧。’‘不不，还是你告诉她吧，德鲁先生。’弄了半天，说到关键的地方，他们反倒谦让起来了——”她笑得花枝乱颤，用手遮住自己的脸，“他们连那个‘他’是谁都不知道，更别说长什么样了。他们说，就算见到他，我也认不出这个人到底是谁。真的，连我那位开朗的父亲大人都开始不苟言笑——”

他此刻的心情好极了，所以决定索性装傻装到底，好让这愉快的气氛保持下去。“他们说的大概就是我吧。你看，我就是你最近才遇到的那个人。你可要小心点，我可是会咬人的哦。”说完便假装小狗一样，张嘴要去咬她。

她要的就是这效果。于是她相当配合地一边尖叫一边把头往后仰：“好了好了，别闹了。”她恳求道，“我笑得胸口痛死了，实在不行了。”

而他也学着她的样子大声叫喊着把头往后仰。

“谋杀。”他叫道。

他们周围的客人纷纷侧目，很多人还面露羡慕的笑容。

“世界末日都跟他们无关，”有个人这么说道，“我就爱看这些年轻的小情侣抓紧眼下的时光尽情享乐。就把伤心痛苦留到以后吧，日子还长着呢。”

—

公寓房门外传来一阵敲门声，他刚穿好衣服准备去参加晚宴。

他就像遭到电击一样，猛地丢下拿在手上的领带，飞快地冲向一座五斗橱，拉开中间的一个抽屉，拿出了一把手枪。一眨眼的工夫，手枪又不见了。他把手从身后的口袋中拿出来，手上什么都没有。

他走到门口，紧张地问道：“是谁？”

“比尔·莫里西。”门外的声音听起来挺轻松。

他松了口气，打开门锁，拉开房门。

莫里西从一进门，就目不转睛地盯着他看。从门口走进房间这几步路的工夫，他绕着他兜了半个圈子，眼神一秒钟都没离开过。

“比尔，不好意思，我刚要出去。”

“和我的女朋友一起。”

芒森一时间无言以对。他挤出个笑脸，不过看起来他更像是对着自己微笑，而根本不是在对莫里西示好。就算是，莫里西也全然不接受。“你确定自己知道是怎么回事吗？”

莫里西眼睛一眨不眨地说道：“我确定。”

“我觉得你没弄清楚。你刚刚说，我和你女朋友一起出去。我要出去，这没错。不过不是跟你女朋友一起出去。你可真能瞎扯。”

“瞎扯个屁！”莫里西冷冷地说，“你就是和玛德琳·德鲁出去约会。你要是不承认，那么你就是个骗子。”在“骗子”这个词前面，他其实还说了个相当不雅的形容词。

芒森轻轻点了点头。“我的确是去见玛德琳·德鲁，”他说，“那就让我们把话说说清楚，什么叫你的女朋友？”他停顿了一会儿继续问道，“你来又打算干什么？”

“我来是想打爆你的脑袋。”

“行啊，比尔，”芒森口气相当温和，“来吧，动手好了。是不是打我一顿，她就能回到你身边了？”他脸上又露出了那种自我满足的微笑。

“打你一顿可能没法让她回到我身边，”莫里西邪恶地眯起双眼，说道，“但我自己的感觉会好很多。”他退到门口，把手伸到背后去摸那把插在锁眼上的钥匙，摸到之后把门给锁上。锁上门，他拔出钥匙，揣进自己的口袋。做这些事的时候，他的眼神一刻都没有离开过芒森，咧开嘴把牙齿都露了出来，但却没有丝毫笑容。

“把手抬起来。”他说话时的表情居然相当和蔼，令人不由心生疑惑。这可能是因为他正咧着嘴的缘故。

“别搞得这么正经吧，”芒森话中带刺，“你就让我把手放下来，好好揍我一顿吧。”

他说到做到，真的丝毫没有防守，也没有退缩。他就这么把胳膊肘靠在衣橱上，懒洋洋地站着。

莫里西气得脸色蜡黄，顺势脱下外套，衣服就像蛇蜕一样摊在地上。“你觉得我会就这样让你把她抢走？别妄想了！”

芒森微微摇了摇头，几乎已经是在可怜他了。“你这个傻子，”他轻声说道，“没人能把谁从别人身边拐走，除非她自己想走。这么简单的道理，你都不知道？”

莫里西向前逼近两步，恶狠狠地挥拳向他打去。这一拳正中他一侧的脸颊，由于他背靠衣橱，没法往后倒，只能如同一摊烂泥一般倒向一边。

“你这个懦夫！给我站起来！”

“哎，别这么文绉绉的，”芒森有气无力地说道，“你不用等我站起来，我躺着你照样能打我。”

莫里西听着都要气疯了，弯下腰，一把抓起地上的芒森，让他重新站好。然后又是一拳，把他再次打倒在地。这记拳下手很重，一拳打出之后，就连莫里西自己都差点收不住力道，险些一个踉跄摔倒。很快，他就稳住重心准备再来第三下。不过，这时候他发现，这第三拳却是无从下手，这毫无抵抗的对手让这场“打斗”变得毫无意义。他停了下来，茫然若失地站在原地。

突然，他脸色一变，双手捂脸，仿佛害怕被地上的那个人看见自己的表情。“动拳头有什么用？”他低声咕哝道，“拳头没办法把她找回来！我真的想不出其他办法了！”

他像个盲人似的摸索着房门，摸到之后，靠在门上休息了一会儿。整个人心情沮丧，筋疲力尽，随手摸出钥匙，打开房门走了出去，身后的房门敞开着。

待他消失在视线之外，一阵类似压抑的咳嗽声从走廊那头传来，细听之下，又像是一个男人的抽泣。

芒森扶着衣橱痛苦地站起身来，拿出块手帕，濡湿之后敷在脸上流血的地方。伤口太多，所以他时不时地把手帕换个地方。不过，他的脸上却挂着笑容。尽管笑得有些扭曲，他还是自顾自地微笑着。

他走向门口，步履有些蹒跚，然后顺手把门推上。

他把手枪从口袋里掏出来，扔回原来放枪的那个抽屉。刚才这把枪一直在他身上。他其实有大把机会开枪把莫里西干掉。他似乎并不愿意这么做。他一开始拿枪的目的似乎就不在于此。

他此时仍是一脸微笑。

—

这次，在卡尔顿酒店大钟下等待的人换成了她。其他姑娘怎么样，她不清楚，至少，在这之前，她从没等过别人。她从来都是让别人焦急地等待，长时间地等待。

不过现在，等待的人变成了她自己。

她坐在椅子上，每个人进来都要朝她看一眼。但她心中期待的那个人却一直没有来。

换作其他什么人，她早就头也不回地走了。不过，其他人也没这么大面子让她等在这个地方。

她想过要走，不过她动不了。她被牢牢地困在了这个地方。她就像被一根看不见的绳子绑在了椅子上。那首歌——《爱的囚徒》——说的就是这么回事。

她终于还是从椅子上站起来了。她没办法继续忍受周围那些躁动的人群所投来的奇怪目光，她不想成为众人瞩目的焦点。这些人脸上露出的表情都差不多，似乎都在说："换我来吧！我可不会这么对待你哟。给我个机会来证明给你看吧。为什么不让我试试看呢?"她走到边上，躲在一根粗大的柱子后面。这么一来，那些人要想看见她就没这么容易了。他们要想跟过来，就必须绕到这根粗如五朔节花柱的巨大柱子后面。①

她拿出身上的化妆盒，打开镜子看看自己现在的模样。镜子里的女孩不像是刚被放了鸽子，更不像那种会被别人放鸽子的姑娘。不过，即使是现在，她心中也没有任何烦躁、羞辱或是自尊心受到伤害的感觉，更没有怨恨；此时，她心中是另一番感觉，那是一种令人不安的预感，是一种令人不寒而栗的忧虑。不为别的，只因为那个人是他。

"怎么了？怎么回事？他这是离我而去了吗？我是不是再也见不到他了？哦！不！我一定能再见到他！他一定会来的！"

在她内心最深处，有个声音一直在说："我已经等得够久了。一分钟也不想再多等。我现在就要从这个地方走出去，对，就是现在。"不过，即便如此，她也等了一个多小时了，而且还要继续等下去。就算已是午夜，就算大堂里早已空无一人，灯光暗淡，她仍在等待。

她没法不坚持下去。她心中有些东西比她本人更坚强，那就是爱。

突然，一个侍应生大声叫道："德鲁小姐。找一位德鲁小姐。"

---

① 五朔节：欧洲传统民间节日，用以祭祀树神、谷物神，庆祝农业收获及春天的来临。

她从柱子边上一下子蹿出来，用最快的速度穿过大堂，来到他身边。

“什么事？怎么了？”

“你有一个电话。三号电话亭，就在那边。”

她没有立即飞奔过去，因为她在尽量控制自己的情绪——此时在她心中，希望和恐惧并存，非常矛盾。

她拿起电话听筒，匆忙间没拿稳，听筒掉在了地上，她拾了起来。

电话那头传来了他懊恼不已的声音：“我让你干等了这么久……你能原谅我吗？我碰到了些事情，想尽一切办法都没能赶过来——”

“没关系，不要紧的——只是，你到底碰到了什么事情？”她断断续续地说道。

“我被人打了一顿。”

她听完倒抽一口冷气：“他怎么你了？你到底——”

“只是些场面上的事情，你的一个朋友向我表达了一下他的敬意而已。”

“比尔·莫里西。”她立即说道。

他没有直接回答，只是讪笑一下，表示默认。

她又一次倒抽了口冷气，不过这次，她已是出离愤怒：“他竟敢这么干！我跟他算彻底完了！你伤得重不重？你——”

“我想，现在叫辆出租车我还是能赶过来的。看上去没那么糟。只是我现在脸上左一块胶布右一块胶布，不知道你愿不愿意跟我出双入对呢？”

“你现在人在哪儿?”

“我自己家里。”

“你确定你没事吗?”她反复问同一个问题，“你确定你没事吗？伤得不重吗?”

“我其实不太愿意打电话过来跟你说这些，不知道——你是不是愿意来我这里?”

她犹豫了。他在电话那头几乎没给她什么考虑的时间就替她把话给说了。

“不行是吧？当然了，我相当理解。我不该这么问的，对吗?”

就是这句话，反倒让她下了决心。“我这就来，”她坚定地说道，“你住哪儿？你从来没告诉过我你住在哪里。”

这么一来，他反而显得有些犹豫了：“我不想勉强你——”

“杰克，”她说，“你还不明白吗？我爱你。我愿意来。”

——

他的手握在门把上，把门慢慢地向里推开。他们深情相拥的身影出现在长方形的门缝里。台灯发出的金光笼罩在剪影的一侧，而另一边则是一片阴影笼罩的深蓝。

过了好一会儿，他们才依依不舍地分开，他本来紧紧抱着她，现在也松开来。

“现在你明白了吗？无论相聚还是分别，你都不会伤害到任何人。”

“你就这么确定我想走?”她低喃道。

"总会有明天的。"

"但今晚怎么办?"

"没关系，总会有明天。明天，就是五月三十一日。"

"当姑娘没爱上你的时候，你假如不是彬彬绅士，她们会很讨厌你。不过，如果她爱上了你，你还是这么彬彬有礼，她会恨你的。"

"玛德琳，"他边说边把她拥入怀中，"我不想骗你，也不想占你便宜。不是你的原因，玛德琳，你太可爱了。但过了今晚，我们就结束了。而且，我现在不得不好好地警告你一下，要是你再来的话……"

她理解地看着他，默默接受了这一切。她最后一次吻了他。

"到明天为止吧。"她说。

"卡尔顿的大钟下面?"他提议道。

她摇摇头，食指向下，冲地上指了指，旋即转身离开，走下楼梯。

——

她仍处于一种类似受到上天恩赐时那种兴奋的状态，眼中满是金光灿灿的星芒，其他什么都看不见，甚至连感官都有些模糊了。差不多半小时之后，她走进自己的卧室。

卧室里的灯全都开着，但这不妨碍她陶醉在兴奋的状态中。以她现在的状态来说，即使现在走进一堆烈火里，她估计也毫无知觉。

渐渐地，她的意识慢慢恢复过来。她发现自己的外套、内衣，以及所有的行头，全部都堆在椅子和床上。

她母亲突然从连接她俩房间的暗门里冒出来，手里拿着更多物什。

“怎么回事？你在干什么？”

“我在帮你收拾东西。我一直在等你回家，不过看起来你似乎不打算回来了，所以我就先开始收拾起来。明天一早就要出发的。”

“一早出发去哪里？”玛德琳警惕地问道。

“去海边。”

“为什么是明天？为什么不是下个星期？下个——”

“有人告诉我们——”她母亲把话说了一半就突然停了下来，“刚刚有人告诉我们明天就去。当下最要紧的就是你——我是说，我们明天离开这里。”

她猛地就醒悟过来：“那个人，我晚上出门前跟父亲在一起的那个人，他是不是又来了？”

她母亲没有回答。

“妈妈，看在老天的分上！我一开始还觉得这个玩笑开得挺有意思的，不过现在我觉得实在是无聊到极点。这人的工作大概就是整天到处恐吓别人。”

“他说服了你父亲，对我来说，这就够了。”

“但他不能这么控制我的生活！他不能这么对我呼来喝去，命令我做他想让我做的事！”

“来，在这儿坐下。我要好好和你谈谈。”她把一些东西移到一边，继续说道，“我是你妈妈，现在这里没旁人。”

“你是我妈妈，这里没旁人，”玛德琳冷冷地说道，“这两件事不说我也知道。”

“玛德琳，跟你说这些，不是因为我这当妈的对你太严厉，这都是为了你的人身安全啊。”

“是他让你来跟我说的，”她骤然暴怒，对着她的母亲指责道，“都是他。”

“玛德琳，你今晚跟谁在一起？”

“你都问第三次了。那我再对你说一次：比尔·莫里西。”

“玛德琳，今晚十点刚过一点儿，比尔打过电话来找你。”

她一边用面巾纸把脸上的妆容细细擦去，一边说道：“那是当然。我们聊了几句之后我就走了，把他一个人留在戏院里。他大概以为我已经回家了，所以他才会打电话来。其实整个第二幕，我都一个人坐在戏院大厅里，落幕前才回到自己的座位上。”

“哦。”她母亲听得有点迷糊，不过心中悬着的那块石头还是稍稍放了下来，她又小声说了句“哦”。有些事情，你一旦相信，就相信了。她俯过身，拍了拍玛德琳的手。

“我什么时候骗过你？”（不过，此时她心中所想的却是：我又何尝如此深爱过一个男人？）

她母亲安慰性地在她额头上亲了亲：“晚安，亲爱的。”说着，她便走向门口，“明天去海边没问题吧？你不会再搞出什么事情来吧？”

玛德琳怀疑地看着镜子中的自己。“我不会搞什么事情的。”她温顺地保证道。

二

一大早，阳光斜斜地洒上街道，像是一条条明黄色的尖篱笆倒伏在地上。他们一家人就在这个时候出发了。阳光还不算太强烈，似乎生怕把他们暴露在阳光之下而被别人知道他们还没离开这个危险的地方。就在昨晚，仆人们已经带着家里大多数行李先一步动身（玛德琳刚刚才发现这一点）。不过，即便如此，他们还是有一大堆手提行李要带。一家人在门口进进出出，弄了好久，才彻底收拾停当，准备出发。

在别人忙碌地进进出出的时候，玛德琳却手拿香烟，漠不关心地靠在轿车里的座位上。她另一只手上拿着个洗漱用品包，仿佛周围的一切跟她毫无关系。她坐在车里，背对着她家房子的方向，出神地透过另一边车窗往外面看。

司机已经就位，就在他准备开车的当口，卡梅伦突然不知从什么地方冒了出来。他拉开前排车门，跳上车，坐在司机边上，再把门关上。这一刻，她心中的积怨爆发了。

“他一定要和我们坐同一辆车吗？”她的声音虽然很轻，但每个字都能听得很清楚，“这算什么意思？押解出境？”

“嘘——”她母亲得体地让她把嘴闭上。

他没有转头。不过看得出来，他确实听见了她的话。因为她话音刚落，他脖子后面就有些微微泛红。

他们来到海边之后，他又不动声色地消失了，就像刚才无声无息地出现一样，下车之后就立即不知所踪，谁也看不见他在哪里，就像根本没跟着一起过来似的。

玛德琳心中暗自高兴，一丝嘲讽的笑容随之浮上嘴角。

午饭前，玛德琳在房子外面的空地上懒洋洋地躺在折叠椅上休息。就在这时，他又出现了。他似乎就在附近游荡，检查周围的情况。她假装对他视而不见，不过还是能听到他踩着草地发出的沙沙声，而他的影子也慢慢地从她身后出现。

他就这么不声不响地站在她身后注视着她。

她突然抬起头，恶狠狠地瞪着他，看样子就要爆发了。

“我在看书，”她充满厌恶地对着他举着那本书，怒气冲冲地说道，“瞧见了？书。你应该知道这是什么吧？你这么来一下，”她随手把书一折，“然后就会有个牢房看守这么走过来，傻呆呆地盯着看——”

“德鲁小姐，我很抱歉，”他温和地说道，“让您不得不到这个地方来，这一定把您气坏了吧。”

“很凑巧，我挺喜欢这——”她一开始说得毫无戒备之意，不过话说了一半，却又戛然而止。

“是不是把你的什么约会给搅黄了？”他眼神凌厉地盯着她，若有所思地说道。

她忽然陷入了沉默，继续低头去看自己的那本书。她似乎意识到自己刚才有点说漏嘴了。

吃午饭的时候，她又突然像变了个人似的，噘着的嘴不见了，闷闷不乐的表情也消失了。她显得格外高兴而健谈，似乎有些过于兴奋。不过，无论如何，她看起来总算是接受了眼下的事实，不再心有不甘。席间，关于他们眼下住着的这个地方，她只提了一次而已："这地方可真漂亮；我们早些年就该来了，真不该等到现在。"而且，她甚至对卡梅伦都不再那么抵触（卡梅伦和他们一桌吃饭）。但她还是没有直接跟他说话，只是在跟别人说话时，偶尔对他露出个微笑而已。那微笑似乎在说："怎么样？在这儿，我可是快活得很。我对这地方很满意，其他地方都不如这里吸引我。你弄错了。"

然而，她从他的眼睛里看到的只是那种凌厉而若有所思的眼神。

下午，他们一起去海滩。他在他们身边出现，独自坐在一个小沙丘上。他的眼神似乎一直游离在其他地方而不去看她。她也一样，在戏水玩沙的时候始终看着别的地方，不去注意他的存在。不过，她这种表演看起来有些刻意。（两个人的目光要是一直碰不到一起，那看起来可能就有点怪异，多半是故意为之的。）

两个小伙子带着个姑娘来到她身边，看样子她们早就互相认识。她邀请他们一起回她的住处喝喝鸡尾酒，吃吃晚饭，然后聊聊天。

"我现在被隔离了，"她笑着说道，"这可帮了我大忙了。"

说着，他们就一同坐上那辆带他们过来的旅行车。

一到住处，他们就喝起了鸡尾酒，她甚至连衣服都没换，还穿着拖鞋和白色浴袍。他们也给他递上了一杯，不过他却摇摇头，把酒推到一边。几杯下肚，她说话的声音变得高亢尖利而又略带沙哑，不知是酒调得过烈还是她喝得太多。她甚至还伴着收音机里的音乐声绕着房间小小地跳了段舞。她先拉了其中的一个小伙子做舞伴，接着又换了另一个。屋内的人们不断地放声大笑，高谈阔论，时不时地说上一两个笑话，还互相动手动脚，逗弄对方。

这场狂欢看起来像是要无限期地拖延下去，此时，她母亲从楼上走了下来，衣着正式，看起来她已经准备好吃晚饭了。她对着那群兴奋的年轻人高声叫道：“玛德琳，你准备疯一个晚上吗？我们马上就要开饭了。”

玛德琳闻言立即停了下来，低头看了看自己，似乎刚刚想起要去换衣服这件事。她一巴掌拍在自己额头上，叫道：“要命，我忘得一干二净！我这脑子跟漏了一样。”在朋友们的笑声中，她一路飞奔过去，路上掉了只拖鞋，她转身把鞋捡起来穿好。

不一会儿，楼下客厅里的人们清清楚楚地听到浴室传来哗哗的流水声。这么听来，她房间的门和房间里浴室的门一定都敞开着。

“这孩子。”她母亲无奈地摇了摇头，喃喃地说道。

一名女佣出现在餐厅门口，用询问的眼神向里面张望。

“可以开饭了，我们准备好了。”德鲁太太答道。

她站起身来，走向楼梯口喊道：“玛德琳！”话音未落，流水声依旧。

“她总要等到最后一刻才会下来，”她埋怨道，“她其实知道我有多讨厌等人吃饭——她整个下午都在玩水，现在又洗个没完——”

“不过下午那可是海水哦，”其中一个小伙子笑着说道，“泡泡海水有益健康，不过事后还是要洗洗干净。”

德鲁太太被这哗哗的流水声烦得不行，于是决定上楼去看看。

卡梅伦也突然站了起来，跟着她一起上楼，从玛德琳离开客厅上楼洗澡开始，他就一直坐在那个看得见楼梯全貌的座位上。

上楼之后，德鲁太太站在卧室的门口喊道："玛德琳！"水流声现在跟瓷砖共鸣，声如滚雷一般，估计她在里面什么都听不见。

卡梅伦紧随其后，来到卧室门口，见到拖鞋和浴袍散落在地上，他犹豫了一会儿，没有立刻往里走。

此时，德鲁太太已经走到了浴室门口，不断大声喊着她女儿的名字，边喊边走进浴室，顺手把一侧的浴帘拉开。

"玛德琳，"她恼羞成怒地叫道，"我叫你叫得头都疼了！你是不是准备整晚——"

浴帘后面的花洒正哗哗地往外喷水，里面却空无一人，只有蓝白色的瓷砖围绕在水柱四周。就在此时，一阵微风轻轻吹起了卧室里的窗帘，卡梅伦注意到，窗帘下有扇窗户敞开着。

—

天空如同蓝盈盈的火焰，柔和而生动，一抹银河犹如歌剧《唐豪瑟》里面的那段《晚星颂》一般，华丽无朋。① 星光如同涓涓细流洒落大地，又如未干的水彩肆意流淌。如此星空之下，她正驾驶着那辆敞篷跑车急速奔驰。路面被星光照亮，就像钢轨

① 瓦格纳的三幕歌剧《唐豪瑟》，作于1842—1845年，完整的标题为《唐豪瑟以及瓦尔特堡的歌咏比赛》，由瓦格纳自己根据古代传说撰写脚本。《晚星颂》是《唐豪瑟》最出名的段落之一，唐豪瑟的好朋友沃尔弗拉姆看到伊丽莎白跪在圣母像前为唐豪瑟祈祷祝福，唐豪瑟为了求得教皇的赦免而去了罗马，很久没有音讯。等到伊丽莎白悄然离去，伤心不已的沃尔弗拉姆唱起了这首动人的《晚星颂》。

一般，泛出熠熠的金属光泽。这辆小小的跑车像一名忠实的仆人那样在附近的一个车库里等了一整天，等待着起飞的那一刻。此刻，在这个世界上，没有哪个侦探能赶得上这辆敞篷小跑车，它的女主人正深陷爱河，陷入爱河的女人就像长了翅膀一样，陷入爱河的女人根本不去看车上的速度表。

这辆车就像一枚高速飞行的子弹，向城里飞驰，开过大桥，奔向最重要的约会。

她脖子上系着的围巾被风笔直吹起，像杆钢笔一样戳在身后；而头发的情况和围巾差不多，没扎牢的头发都被吹了起来。她就像是时装版的女武神，正沿着地球的弧度高速飞行。她并不担心有人会追上来，却时不时地回头看看，不屑之情溢于言表，讽笑之际，快速流动的空气充斥在她唇齿之间。

她在一个路口前停了下来。就算心中爱情满溢，路口这种地方也不能随意乱闯，否则被警察追上，是分分钟的事情。她笔直地坐在车里，伸长脖子，对着那盏黯淡的红灯挥着拳头。不一会儿，红灯果然就熄灭了，仿佛她的抗议起了作用。

路上有两座桥都通向城里，一座近，一座远。她精明地挑了距离远的那条路线，有时候，绕些路反而能节省些时间。谁知道会不会有人在那条近路上设卡拦截，要是被拦下来，那就不知道要耗上多久了。

前方的车子开始多起来，车速也慢了下来。于是她把身子往下缩了缩，头也低了下去。不过，当她开车经过桥上那位交通警察身边时，他只是默然站在那个小小的水泥墩上，看都没朝她看一眼。

最后的威胁也躲过去了，眼前一片开阔，已经没有任何东西能阻止她。

参差不齐的城市天际线渐次出现，枪灰、珍珠白、黑紫、炭黑……各色糅杂，十分诡异。她加快速度，沿着长长的下坡路，从桥顶一路开到桥下。

——

所有人都在桥头等他，他提前让他们到这里来守着。而他却开着一辆笨重的林肯，那辆车又大又重，在速度上，完全不是那辆敞篷小跑车的对手。

到了桥下，他跳下车，换了辆停在桥头的高速警车。他拉响警笛，桥上的那些车子纷纷刹车，挤到一边，好让警车通过。

“还没见到?”卡梅伦问。这话问了也是白问——他们如果见到她的踪影，早就把她扣下拘留了。

“连个影子都没瞧见。过去二十分钟内，我们盘查了过往的每一辆车。她可能已经赶在我们前面通过这个路口了。”

“她应该没这么快。可能她走了另一条路，绕开了检查站。”

“为什么要拦她?”一个人问他。

“为了不让别人把她杀死。”他的回答言简意赅。

——

她那辆装满爱情的小跑车开上了他居住的那条街道，猛地一个转弯，差点就冲上了人行道。随后一个斜刺冲到他家门口。

她一脚刹车下去，人随车子的惯性往前一冲。

霎时，一切都安静了。她到了。这里就是她的目的地。

她在车上坐了一会儿，就像刚参加完一场激烈的赛车比赛一样筋疲力尽。她转头看了看公寓大门，这座看似神秘的大门伫立在暗影之中，好像一直都在焦虑地等待着她，想看看她到底会不会走进来。

其实，这些担心都是多余的，世上没有任何人能阻止她走进这扇门。

"我的爱，我来了，"她在心中低喃，"让你久等了！我来晚了吗?"

她打开车门下车，砰的一声把车门带上，跑过人行道，来到阴影之中。这阴影就像一把利刃，把她身上的光亮剔得干干净净。

她的腿脚仿佛生了翅膀般奔上楼梯。她在他房门口停了下来，转头听了听。没有声音，一片死寂。不过，她却笑了起来，那是种不容分辨而又自信满满的笑容。

她摸了摸头发，整理一下围巾和外套，尽可能让自己看上去更加光彩照人，这样他一定会更加爱她。

她抬手敲了敲门。

没人来开门。

不过她脸上再一次露出了那样的微笑。

她把脸凑近大门，想听听屋里的动静。

"开门，"她沙哑地低声说道，"是我，你不记得我了？我们正在约会。"

房门慢慢地打开，不过她完全看不见门背后站着的那个人，就连一只手都看不见。

她张开双臂，准备拥抱从房里出来的那个人。她就这么敞开自己的怀抱，走进房里。

房门随即缓缓关上。

——

卡梅伦带着一队警察沿着楼梯冲上来，凌乱的脚步声犹如急促的鼓点，把整座楼梯敲打得砰砰作响。整队人冲到门前，猛地停下脚步。

霎时，门前一片短暂的寂静。

只见卡梅伦手中冒出一团火焰，震耳欲聋的一声枪响之后，门锁粉身碎骨。

卡梅伦一脚把门踹开。

又是一阵寂静，一阵长长的寂静。此时此刻，所有人都一动不动，任何动作都变得多余；没人开口说话，说再多也无济于事。

几个人同时倒抽了口冷气，似乎受到某种巨大的打击。眼下的情况也确实如此。

房间里只有她一个人，半坐半躺在一个类似沙发的长椅上一动不动。她看起来好像还活着，只不过懒得直起身子来应付这些不速之客。但她一条腿的姿势有些奇怪，似乎是在临死前痉挛性地踢了一脚，然后再也无法收回到合适的位置。

她就这么靠在沙发上，瞪着他们每一个人，而他们也站在门口挤作一团，盯着她看。她的眼神好像在说：“进来吧，把门关上，别傻站在那儿了。”

不过，她的脸色看起来糟糕透顶。他一定是掐着她的脖子，血没办法回流到心脏，现在，这脸上的血早已不再继续流动，这脸看起来就像……

这张面孔曾经在卡尔顿酒店大钟下吸引无数男人的目光（我不会这么对你的，给我个机会吧），使得无数男人为之呼吸急促。而现在，没人愿意多看上一眼，甚至没人能认得出她是谁。

卡梅伦静静地走进来，经过她身边的时候，脸却转向另一边不去看她。他，一个警探，却别过头去不看她的面孔，足以说明在他心中，死者生前的面容是多么姣好。

墙上挂着的日历上，一个巨大的黑色日期“31”赫然在目。

卡梅伦撕下这一页，任由其飘落在地。

他有气无力地垂下头，心中充满着绝望的挫败感。

——

那是一张泛黄褪色、几乎难以辨认的年轻姑娘的照片，一定是许多年前照的了。那个年轻姑娘站在门廊的阶梯上，一脚踏着身后高出一级的台阶，对着太阳微笑。

卡梅伦是在梳妆台后的地板上发现这照片的，当时他正在把梳妆台整个挪开。确切来说，照片不是在地板上，而是在地板里，被嵌在一个裂缝的右上角，只露出了顶端的边缘。

照片可能原本是被镶在梳妆台的镜子上的，因为梳妆台受到猛烈撞击被摇了下来，可能是有人一记上勾拳把另一个人打翻在上面。照片也可能原本躺在梳妆台的抽屉里，在抽屉迅速打开或者关上的时候，从抽屉后面掉到了地板上，情况可能是有人忽然敲门。

总之照片就在那里。它不属于上个房客之前的房客，他们已经确认了。房东太太说，在他搬来之前，地板撬掉了，墙也重新刷过。

“找到这个姑娘，”卡梅伦冷冷地说，“我们就找到他了。”

他继续细化落实。警务工作中的每件事都要细化，泛泛而谈是没有用的。

“要找到她。我们还要找出两件事。照片拍摄的时间和地点。”

他将照片放得极大，并复制了六份，每张都有一扇窗户的大小。每一寸阴影、每一个细节都一目了然。模糊的线条都被修整了，但没有额外加上任何东西。然后他给城里六家最大的百货公司的女装部采购部长每人带去了一张。

“根据这照片上的穿着，我想知道，你推断这照片是什么时候拍的？越精确越好。”

五天里，他陆续收到了分析结果。去除重复部分，总的分析如下：

外套：无垫肩，一九四〇年。垫肩于一九四一年由敝公司模特首次展示。

直线裁剪外套（箱式外套）：一九三九年之前。合体外套于一九四〇年出现，一九四一年盛行。

卷边翻领：一九四〇年过时。其时流行男款的大西装领、平领。

宽裙：一九四二年以前，战时有对物质的限制令。

封口鞋：一九四〇年以前，那之后露趾鞋席卷了整个市场。

发型：由演员X推出——如图Y所示——发布时间为一九四〇年夏。

服装首饰：照片中人佩戴的环绕喉颈部的单股珍珠项链于一九四〇年底至一九四一年初流行。之后几季的流行为两股和三股。之前流行的是垂于胸口的长链。

相同的是，他们都加了标注："时间可能有一个季度的误差。照片中的背景看似为郊区，人物似乎对时装和流行没有特别的敏感度。大型城市首次发布的流行服饰需要六至十二个月才会渗透至全国。"

这些对他来说简直就是天书。但是他们都是专家，他相信他们的判断。

归纳下来（他还借助了背景里廊柱上的爬藤），他得出以下结果。照片拍摄的时间是早春时节，三月中旬到四月中旬，一九四〇年至一九四一年之间。

"现在我们只要找出拍摄的地点。"他说。

但是他看着照片上白色的门廊台阶，两个白色的门廊柱，狭窄的前门护墙板，还有仅露出室内一条缝的蕾丝窗帘，这就是照片提供的所有信息（美国有三百多万平方英里，每个州的每个县的每个村庄里都有可能找到这样的景象！）——他快要在绝望中放弃了。

然而他依然倾尽全力，继续调查。

第六章　五约

卡梅伦耸了耸肩。“你如何知道一个男人一生中最爱的女人是谁？直接问他本人？”

他的上司也耸了耸肩。“你还有其他的办法吗？这是你的问题。”

卡梅伦托着下巴，像是那儿痛。“没有准确计量的方法。你没办法告诉别人一套标准的计量系统，然后算出来。”

“我知道，”他的上司冷淡地说，“这是道难题。我没兴趣知道这到底有多难。我只想知道答案，正确答案。等你啰唆够了，麻烦你把答案汇报给我！”

卡梅伦不自在地扭了扭上半身，又转了回来。“到底要怎么调查？如果只是观察他本人，可能要好几周。再说这是很隐蔽的心理活动。有时候，甚至不能从脸上看出来。”

“那就到他的内心去调查出来！”卡梅伦的上司用指节敲打着桌面。

“也许他谁也不爱。”

“每个人心里都会有这么一个人，他对这个人的感情就是比对其他人多了一点点。这是天生的，是人性。对男人来说是某个女人，对女人来说是某个男人。”

卡梅伦沮丧地叹了口气。“这根本无从下手，头儿。”

“我承认。”他的上司冷冷地说。

“但是我会去查的。”

他没有听到一句感谢。“你当然会。只是你为什么不在五分钟前就出门调查，而是坐在这里浪费我们两个人的时间，企图逃避？”

“你把他的相关信息都调查整理好了吗？”

“所有的调查工作都完成了。”

卡梅伦向前倾了倾身子。“那么给我提供一份他生活里所有女人的名单。你做得到吗？有这份名单吗？”

“可以，”他的上司说，“有一份名单刚刚出来。刚才它还不存在呢。”

“给你提个建议，”等待的时候他说道，“不要反向调查，不要去问那些女人们。因为男人生命里的每个女人都会认为或倾向于认为，她自己是男人最爱的那个。一定要从男人那里查出来。”

名单清晰地打在一张很小的纸上，上面有五个名字。

卡梅伦认真地研究着：“他生命里没有太多女人啊。”

“可能有漏网之鱼。这不是完美指南，你才是应该负责列出这份名单的人。记住，这只是通过外部观察得出来的——而且还隔着适当的距离。没人了解他的内心想法。你要好好观察。”

卡梅伦起身将名单放进了钱包。“我会查清楚的，”他承诺，“我已经有主意了。”

他仍没有听到一句赞赏。“这个出发真是耽误得够久的，”他的上司尖酸地说，“如果每个我派去调查的人都拖这么久，罗森塔尔案到现在都结不了。”

卡梅伦已经走到了门口。“可能连他自己都不知道。可能他从没想过这个问题。但是他会告诉我的。我会查出来的。”

前台的女接待员兼有模特般精致的外表和女子礼仪学校校长般冷淡的态度。无疑正是因为这两种品质她才能在这里工作的，否则她不会以那种态度对待他们。

“你们预约了吗？”她冷淡地问。

卡梅伦摇了摇头。

“抱歉——”她说，“他认识你们吗？”

他对她板起了脸。“你家房子着火的时候，你要先认识消防员，然后才让他架梯子到你的窗口吗？”

她扬了扬眉毛。“那么你们是为消防梯的事情来的？”她冷笑道。

“那只是个比喻，你应该听得懂。”

“那么，你们来访究竟是为了什么事？”

“警察办案。”

她又扬了扬眉毛，这次没有冷笑。“哦，那有什么——有什么我能做的？我是指如果有罚单或者违规的话——”

“你做不了什么，除了让我进去见沃德先生。我明白你的工作职责，但凡事都要注意时机和场合。相信我，你现在不应该阻止我进去见他。”

“稍等片刻，”她急促地说，“请进。”她为他打开门，转身说道。等他们进去，她在他们身后关上了门。

沃德站在他的办公桌后。他穿着一身浅灰色的西装。五年前，他还是相貌英俊的，现在这份俊朗渐渐褪去。他的发色仍然很深，但有一些细碎的银丝在发间冒出来，如银狐的毛皮一般。他的眼神透出极度的智慧，却是一种善良宽容的智慧，而非典型商人的那种尖锐狡黠的智慧。

“我是卡梅伦，来自警局。”卡梅伦介绍自己。

沃德隔着办公桌与他握手。他显出一种礼貌的平淡，看似不怎么感兴趣。

“凯尼格小姐告诉我——”他没有说完。他也没想说完。

“我并不想到你的办公室来打扰，但这是最人性化的处理方式了，电话通知有时会让人觉得非常冷淡……”

“人性化？冷淡？”

“我带来了坏消息。”卡梅伦直说道。他拿出打好的名单，横握在手掌中。

沃德从办公桌后走了过来，几步之后停住了。

“发生了一件意外，”卡梅伦说，“有人受伤了。我们不太清楚您和这位女性——”他故意特别强调了这个词，“是什么关系。”

他将手中的名单保持在自己的视线范围内，沃德看不见。

“是路易丝吗？是沃德夫人吗？”

沃德紧张且脸色苍白，但依然很稳重。卡梅伦仔细地观察。他迟疑地低语着什么，故意说得很含糊。

“不会是我的母亲吧？不会是妈妈——”

他的脸色越来越苍白。他努力保持镇静，但仍闪出了泪光。

卡梅伦仔细观察着。

名单上仅剩三个名字了：两个已婚的妹妹，以及他合伙人的十二三岁的女儿。卡梅伦对自己摇了摇头。

“我不相信——”他的声音难以听清。

沃德蹒跚地向他迈了一步，又一步。他几乎是恳求般地抓住了卡梅伦的衣领。他的眼皮耷拉着，半睁着眼。

“玛蒂娜——”他几乎是难以呼吸地低语。

“玛蒂娜是谁?”卡梅伦回答。

他没有回应。“哦，天哪。”他颤抖着，膝盖无力地下垂，如果卡梅伦没有抓着他的手臂撑着他直到他恢复力气支撑自己，他或许已经跌倒，至少是滑下去了。

“她的全名是什么？她姓什么?”卡梅伦必须凑近他，直接对着他的耳朵说话，他才能接收到这些信息。他的感官因为巨大的打击而被哀伤阻塞，不这么做他就什么也听不见。

“简森。”他哀叹的回答就像机械般简短。

卡梅伦领着他到一张椅子前，扶着他坐下。

“喝些东西吧，沃德先生。”他说。

沃德点了点头。卡梅伦帮他取出酒，倒进杯子递给了他。

“什么意外也没有发生。没有人受伤。”他在名单上写下了这个名字：“玛蒂娜·简森。”

他不得不重复一遍：“没有人受伤。简森小姐和其他人都好好的。”

沃德的反应这次慢了一些，但和之前一样彻底。他的情绪彻底渗透了他，他站了起来。他将纸杯里喝剩的白兰地猛地泼在卡梅伦脸上。稻草色的酒渍滴在卡梅伦白色的衬衫领子上，显得很扎眼。

“滚出我的办公室。”他颤抖着用力说出这句话。

他走上前，翻手一拳打中了卡梅伦的下巴。

卡梅伦晃了几步，伸手抓住身后的东西，才保持住平衡。

“对此我没有怨言，”他说，“如果有人对我做了同样的事，我也会这么做。”

沃德还想再给他一拳，但是他的肌肉开始抽筋，不得不把颤抖的手收了回去。

“你为什么要做这样的事?”

“我必须知道你最爱的女人是谁。没其他办法。”

沃德没有问他为什么。“出去。”他咬着牙说。

卡梅伦打开门。“我这就走。我还会回来的——很快。”

卡梅伦回去给他的上司看了他列出的名单。三个名字被划掉了，还剩下三个名字。其中一个名字原本不在上面，而是在会面过程中加上去的。名单如下：

1. 3. 他的妻子
2. 2. 他的母亲
3. 1. 玛蒂娜·简森

他的上司很头痛。“到底哪个是哪个？为什么有两串数字，什么意思?”

“这正是我想问你的。数字的意思是：第一列是他提到她们的顺序。也就是他想到她们的速度。第二列是他表现出的激动程度。到底应该看哪个？是他最先提到的他的妻子吗？还是令他表现最激动的玛蒂娜·简森？（不论她是谁）我可不是心理学家。”

“我同意。”他的上司顺便补充。

“我以为会很清楚很容易地分辨，可事实上一点也不清楚，一点也不容易分辨。这就是行为测试的难题。一旦涉及人性，一切都是不可预测的，总是——”

他的上司一直在沉思。思考完，他点了点头，得出结论。“是他表现最激动的那个。”他确信地说。

“但这也许是情绪积累的作用，是持续叠加的紧张。也许他第一个想到的才是正确答案，但那时他还有一定的自制力不让情绪完全表露出来。片刻之后，他的情绪才完全失控。也就是说，是他对他妻子的感情，一直压抑到外部因素令他说出第三个名字。”

他的上司不想费劲和他争论。“就是他情绪表现最激动的那个。”他固执地说。

“但是他会不会也是这么调查的？那个危险人物？如果我们作为警察都无法确认，那么他身为局外人要怎么确认？也许在我们保护那个情人的时候，他正把他妻子作为目标。”

“就是他情绪表现最激动的那个。不要想太多，知道吗？那样只会惹麻烦。你就认真当你的机器。只要运用一点逻辑思考就能得出答案了，我一直是这么办的。如果他除了妻子还有情人，那就证明他更爱那个情人。如果比起情人他更爱他妻子，那他压根就不会有情人。他不需要。她是多余的。”

他拿起铅笔和卡梅伦的名单。他划去了“妻子”和“母亲”。

“现在你可以去调查了。”他说。

名单上只剩下“玛蒂娜·简森”。

第二天，卡梅伦又去了。

女接待员不再冷冰冰。她简直怒火中烧，尽管这情绪只是代理性的。

“沃德先生不想见你，”她没好气地说，“我不会告诉他你来了。这是他交给我的工作。这是个守法的公司，享有公民权。不管你是不是警局派来的，你不能强行进去见他，也不能强迫他见你。如果你硬闯的话，他会立刻请他的律师来提起诉讼，指控警察侵犯公民权。你不在乎的话就继续吧。”

卡梅伦知道他不能坚持。他转身出门。在楼底大厅里，他给他的上司打了个电话。上司给沃德打了个电话。然后上司给卡梅伦打了回去，此时，卡梅伦还在大厅里等着。

“上去吧，”他说，“他现在愿意见你了。我用我的身份给你担保了。”

他再次上去的时候女接待员已经了解了情况。她仍散发着怨气，但这次的怒火并不旺盛，而是那种沉闷的怨气。她并没有说“请进”。只是为他打开了大门，然后打开沃德办公室的门。

沃德也在生气。

“坐下吧！”他皱着眉说。

卡梅伦坐下来。“我们这次谈话可以保证不受打扰吗？”

“我已经吩咐下去了。”沃德简短地回答。

“你要相信我说的每句话，这很重要。”

“对此我保留意见。”

“你在一份死亡名单上。不是你自己的名字，而是与你有关的玛蒂娜·简森的名字。如果你充分配合我们，我相信我们能保证她不受任何伤害。我们有一个优势：我们知道危险发生的确切日期。袭击会在五月三十一日午夜开始的二十四小时内发生，直至六月一日午夜停止，或许根本不会停止。”

沃德用几乎难以听见的声音咕哝了些什么：“你刚刚说了什么？真是引人入胜。”

“你不相信，我看出来了。”

“我在这世界上没有敌人。”

“没人能在死前打这样的包票。你也许并不知道你有敌人。这可是两码事。”

“动机是什么？勒索？”

“用钱没法消这种灾。钱只对理智的人有用。疯子不需要动机。我也许可以称之为复仇，不过这么说也不准确；如果当初的伤害是无心的或者当事人根本不知情，这种复仇情绪理应可以被说服和化解的。我能想到最贴切的词大概是：复仇狂。”

“此人是谁？”沃德讽刺地说。

“你不会知道，因为——”他迟疑了一下，然后犹豫地继续道，“我们也不知道。”

“你知道他的动机，或是化解的方法。你知道钱对他是没有用的。你知道他是个疯子。你知道他动手的日子，甚至能精确到二十四小时之内。可是你却不知道他是谁。警察的工作做得真是出色啊。你是怎么调查的？倒推出来的吗？”

“有时候只能这么做。有时候事情就是这么发生的。谢天谢地，这种情况不多。然而这次就是这样。”

他等着沃德说些什么。沃德什么也没有说，但是他嘴角的动作却出卖了他，看起来就像他克制不住地想笑。

“你一定要帮我们。”卡梅伦说。

“我这把年纪玩这种游戏有些老了。”

“你一定要提供给我所有你知道的信息，关于玛蒂娜·简森的——”

“比如说？”

“我们甚至不知道她住在哪里。”

沃德的脸色沉了下来。“所以你们要去她家盘问她，纠缠她，让她害怕？我不会让你们这么做的。要扯些什么胡编乱造的故事，你们尽管来找我，但是不要去打扰她，不要把她卷进来！明白了吗？”

“她无法置身事外，”卡梅伦耐心地说，“因为她是整个事件的中心。她才是目标，是靶心。不是你，是她。”他字字斟酌，继续说道，“对此我们会保持警觉。我们警察熟悉很多情况，我们身经百战。我们知道，有时候某些……某些关系是一个男人并不希望——我们会尽量不侵犯你的隐私，沃德先生……”

沃德上身坐得笔直，好像刚才的对话触及到了他的个人名誉，他变得非常严肃紧张。

“你不明白，你根本不明白。你以为我背着我妻子在搞些无所谓的外遇？”他恶心地清了清嗓子，然后又靠向了椅背，仿佛在做无用功，“一个男人不会对另一个男人倾诉他个人的历史。”

“但是会对一个想要保护他至爱之人的警察倾诉吗?”卡梅伦有策略地接下话头。

一番深思熟虑之后，沃德最终迟疑地点头了。“是的，我想他会这么做，”他承认，“虽然我从未遇到过这样的情况。”

“我们只想了解一些大致的背景。”卡梅伦试图说服他，语气很收敛，生怕沃德不愿开口。

沃德最终还是开口了，几乎是在一种恍惚的状态下，仿佛只是在反思自己的生活，也许是反思得过于专注了，很快就忘记了听众的存在。

“我和我太太结婚之前就认识了玛蒂娜。她是我的初恋，也是我最后一个恋人；她是我唯一爱过的人。”他把玩着一支铅笔，试图让它用笔尖保持平衡立在桌上。然后他问：“这是生死攸关的大事吗?”

“生死攸关。”卡梅伦肯定地说道，出于谨慎，他一直低着眉眼。

“我从来没有爱过路易丝。和她结婚只是第二选择。其实根本没有选择。我不知道该怎么定义。我的生命里只有玛蒂娜。玛蒂娜是我生命的全部。但是我们像傻瓜一样等着。我们都确信生命里只有彼此，不会有别人，所以我们等着。明年吧，每次都说明年。那个‘明年’永远没有来。然后突然，一切都太晚了。她不想和我在一起了。我们之间——发生了一些事。至少她认为发生了。她说：‘我现在不能接受你了。’她不愿和我在一起。我一直等着，等着，她就是不愿意。那些‘明年’日积月累迅速堆积，然后忽然我们俩都孑然一身了。她让我和别人结婚。那是她对我的希望。她说她不想再让我一个人了。她说如果我们其中一个不再孤单，她就会快乐一些。而我一直愿意做能让她快乐的事。所以那次我也这么做了，那次也是最后一次。我和路易丝结婚了，我们是后来认识的。”

“那路易丝——”

“路易丝并不知道玛蒂娜。她知道我曾经爱过玛蒂娜，却不知道我现在仍然爱着她。玛蒂娜对她来说并不是威胁，婚后我一直对我妻子保持忠诚。但是她也不是玛蒂娜的威胁。玛蒂娜是我最爱的人，除了她，我不会再爱任何人。”

他不再把玩铅笔，将铅笔收进了口袋。

卡梅伦没有抬眼看他，他也没有看卡梅伦。他们都在沉思着，他们的眼神各自在思索的轨道上游走。

“现在我全都告诉你了，”沃德最后叹了口气，“我感觉很低俗，就像喝醉了在酒吧跟人讲故事一样。”

“没这回事，”卡梅伦说，“这是生死攸关的大事。在两种情况下，你会向人坦白：一是当你心灵的平和受到了威胁，你向牧师坦白；二是当你的安全受到了威胁，你向警察坦白。就像你刚刚做的那样。”

卡梅伦拿出了笔记本，准备速记一些信息。“如果你能再告诉我一些基本的细节的话——比如她住在哪里——”

“不，”沃德说，“我不希望她被打扰。我不希望有人干涉她的生活，让她害怕。我不会让这种事发生。”

“但是我们只是想保护她。我们必须采取某些保护措施——”

“但是你所说的在我看来并不可信。你不知道犯人是谁、他在哪里、做什么、长什么样。这是我听过最可笑的事了。五月三十日那天她很安全，然后五月三十一日当天她必须非常小心，然后六月一日她又安全了。这听起来更像天气预报，而不是——”

说话间他的笑点被触动了。他止不住地大笑起来，笑得前仰后合，发出嘶鸣般的响声。他拍打着办公桌。

卡梅伦并没有试图让他停下。“看来还需要花些时间，我知道了。”他说，然后起身离开，“没关系，还有时间。”

第二天，卡梅伦又去了。

沃德看见他的时候露齿一笑。“你又准备来跟我讲故事了吗？”

“我只想给你看看这些。”卡梅伦安静地说。

他拿出了一些剪报，包括新闻照片和一些拍摄于停尸房的照片，摊开在沃德的办公桌上。

沃德扫了一眼，还在笑。

“你认识他吧？”卡梅伦问。

沃德点头。

“他的女儿死了。”

沃德冷静地凝视着他。“这我已经知道。通过某些含蓄迂回的方式，我听说了。很糟糕，但是有时事情就是发生了。可这和我有什么关系？我没有女儿。玛蒂娜也不是小姑娘，不会成为某些人的目标。事情就是如此。”

“你也认识他吧？”卡梅伦的语调宛如控诉，指向另一张。

“只是萍水相逢。我也听说过他的事情，令人疲劳的战争。他杀了他的妻子，然后自杀了。如果你是想保护我不受那份自杀情绪影响——”他将剪报拂到一边，“放心，那是好几年前了，战争过去了。”

卡梅伦再次把话题引回中心。“注意上面的日期。”

沃德依然无动于衷。“我明白了。因为那日期，所以你会有那样的想法。只是巧合而已。这两件事隔了两年。”

“在这两年之中，又发生了这桩案子。”卡梅伦耐心地指着另一张。

沃德耸了耸肩。“他杀了他的情妇，然后他被电刑处决了。那是法律规定。你犯了什么罪，就要接受什么样的惩罚。为什么要根据这些编故事呢？”

“看日期。”

“这时间完全不搭。你弄混了。”

“看犯罪日期，不是处刑日期。”

“好了，请你……”他并无恶意，但很坚决。他听不进任何东西。

卡梅伦起身离开。“好吧，还有一些时间。”

“这些请你拿走。”

“你不要？”

沃德摇了摇头。“你在浪费时间。”

“不，我没有。我的工作可不包括浪费时间。”

他走出房间时，沃德仍在笑。

第二天，卡梅伦又去了。

这次，沃德见到他时只是笑了笑，有些不安。

“听着，你开始让我困扰了，巡警先生。我是个商人，我在这儿有工作。我不能整天想着——”

“你确定是我让你困扰而不是——别的什么事？”卡梅伦语气平和地问。

“你每天都来这里，准时得就像广播报时，把我的办公室变成了恐怖陈列室。”

“我只是想让你看看这篇报道。”

沃德读了一两行。

“这是死亡证明书，”他不耐烦地说，“而且，这案子中的女人我压根就不认识，在她生前，我从未见过她——”

“但是你认识她的丈夫。注意她丈夫的名字。”

“我注意到了。根据这份证明，她死于——每年有多少人因此而死，巡警先生？”

“死因是意外感染。但是，有人故意让她感染，想要谋杀她。”

“你有办法证明吗？”

“如果我有办法证明，这案子就会以另一种方式结案了。”卡梅伦承认。

“那么，”沃德不带感情地说，他把那份证明书递了回去，“今天就只有这些？”

“你必须面对这些事实。”

“很好。今天就到此为止吧。”

卡梅伦关门离开时，他并没有笑。

卡梅伦打算下楼的时候，电梯并没有马上停在这一层。他等待电梯的时候，走廊尽头的圆形玻璃门忽然被推开，女接待员朝他跑过来了。

“沃德先生请你回去，”她上气不接下气地说，“马上!”

攻破。卡梅伦想着，宽慰地叹了口气。

沃德刚喝完一杯酒。看起来他还需要些时间。

“关门，”沃德颤抖着说，他跌坐进椅子，“我不知道你是否故意要这么对我，但是你确实成功了，”他语带指责，“我害怕，真的害怕。”

“但是你也很聪明，沃德先生，至少你试着做出聪明的选择。”

“还有多少时间?”

“很多。”

“为什么你让我浪费了这么多天?”

“你认为我一直跑来这里是为了什么?”

沃德扫了扫眉毛。“天哪！如果她发生什么意外——”

“不会发生任何事，只要你相信我们。你愿意带我去见她吗?你终于愿意了吗?”

“现在就去。我们马上出发。”

他只让卡梅伦等了他一分钟。他悲伤地抓着他的衣袖：“她一定得知道吗？我们一定要告诉她吗？我一直希望彻底保护她——我不希望她知道这些。”

“我们会尽量不让她知道，”卡梅伦向他承诺，“如果可能的话。”

那是一座私人住宅。卡梅伦没有料到是这种住宅。他以为会是那种浮夸奢华的公寓，男人通常都选那种地方金屋藏娇。房子设施齐备，有家的感觉，打理得很好；房子正面是优美的石灰石墙壁，窗户干净得仿佛没有玻璃。屋后是云杉纱布的窗帘，每个窗户的窗台上都摆放着盆栽植物。这很符合沃德之前对卡梅伦描述的情况：她并不是他的地下情人，而是他一生中的最爱。

他们按响门铃，一个母亲般、五十出头的妇女应了门。她显然是一名管家，但她没有穿围裙或是其他制服，而是一身干净的碎花居家连衣裙。

“你怎么来了，沃德先生！”她高兴地说着，“玛蒂娜会很高兴的！”

“这是卡梅伦先生，我的朋友。”沃德有些紧张地说，“你好，巴赫曼太太。”

“请进。我帮你们拿点东西。”她匆忙地招待。

“你们会留下来吃午餐吧？”她对待两人的态度并无分别。

“我不知道……”沃德迟疑地说，递给卡梅伦一个疑问的眼色。

“我上去叫她——”

“不用了。她在哪儿，楼上吗？让我上去给她一个惊喜。”

“那我去告诉厨子一声。你们留下来吃饭。”她命令般地将手按在沃德的手臂上，“现在已经是差五分就到十二点了。你觉得我们会放你走吗？玛蒂娜会喜欢的；她一定会很开心。”

他们上楼的路上，卡梅伦提醒他：“振作一些。现在你让人感觉很不安。如果你不希望她留意到任何不对的话——”

“帮帮我，”沃德可怜巴巴地说，“帮帮我。”

卡梅伦将手臂按在沃德的肩膀上，又放下。他为他感到抱歉。

到目前为止，他没怎么经历过爱情。他听说有这么个东西存在，但他并没遇上过。

沃德敲了敲门。他知道该敲哪扇门。

一个悦耳动人的声音带着兴奋的语气回答，声音的主人已经猜到是谁在敲门："进来。"

他打开门，卡梅伦见到了她。

卡梅伦的目光从前面的窗子转到她的身上。她一直坐在窗边。阳光似乎为她打上了一圈光晕。或许不是因为阳光，而是她确实发着光。

她向他们转过脸。她很美丽，非常美丽。难怪他将她视为一生中的最爱，卡梅伦心想。她美丽的关键在于少女般的纯洁，不是完全的成熟，不是异国情调，而是一个永恒的赤子般的神奇和信任，透过少妇的外表，悄悄地透出来。

她看着沃德。卡梅伦就站在他的旁边，两人肩并肩。但是她看着沃德。

"有人和你一起来了啊。"她说。

她是个瞎子。

卡梅伦向他的上司汇报至今为止他采取的所有行动。

"我安排了四个警察在房子里保护她。两人一组轮班，每天二十四小时，日夜无休。一个代替了之前一直检测房子供暖的炉工，原来的炉工已经结了工钱，禁止进入。所有的锁都换过，我们全面安装了电子警报系统，前后门都安装了。禁止快递员进入。没有我的亲自允可，没有人可以进入前门，除了沃德。他也是受限制的，每天只有两个时段可以前去探望；他也不能随时上门拜访，尤其是天黑之后。”

他等待着奖赏，可什么也没得到。“就这些？”这是他得到的回应。

“不止。我在房子外面也安排了监控人员，至少在房子前面的街上。不管有什么车子开过来，或者是有什么人逗留——我没安排人在对面的房子里守着，因为这个住宅小区不租给新的房客。但是我安排了两个人在街对面的房顶上假装进行修理工作，直到过了最后期限。他们在房顶上装备了双向无线电，能及时和楼下沟通。还有一堆高能灯能直接照到楼下。”

“你要注意监测进出的食物，记得加里森的妻子吗？还要监测邮递包裹，里面可能有爆炸物。”

“我们已经让当地的邮局暂时保管所有寄往那个地址的邮件和包裹，直到我们另行通知。厨子也在十天前被请走了，虽然他们的厨子是一名女性，而且在他们那里工作很多年了，但我想她还是避开的好。她也许会在外面认识些什么不值得信任的男性，可能她自己没察觉。现在我们安插了一名女警官在那里担任厨师的工作，负责他们所有食品的采购和准备。”

“还有那个陪护人呢？那个姑娘很信任的巴赫曼太太？”

“那个姑娘称呼她为B太太，”卡梅伦说，“她是我唯一准许留在那个房子里的人。”

“你能为她担保吗？”

“我可以用性命为她担保；她完全清白。我让一个营的人对她刨根问底地调查，一直追查到市政府里她的出生证明原件。他们甚至没有漏掉她出麻疹的事，也没漏掉她在哪里念研究生、她的老师是谁。她没有一个活着的亲戚了，连好几代旁系之外的堂表兄弟姐妹都没有；她的丈夫在西美战争时期死于黄热病，那时他们结婚还不到一年。自从那个姑娘还是个孩子的时候，她就和她住在一个屋檐下，我甚至认为，最近的十到十二年里她都没有离开过那个姑娘让她一个人待在屋子里过。她没有自己的生活，那个姑娘就是她全部的生活。即使这样，我也考虑过让她离开一段时间，只是暂时离开。但是我和沃德讨论下来都认为，这样做弊大于利：不仅会不必要地让那个姑娘紧张害怕，而且出于安全角度，也没有好处。她全心全意地对待那个姑娘，甚至比我们的人更好地充当守卫的角色。这样，就多一个人为我们工作了。”

“这就是整个部署?”

“这就是整个部署。”卡梅伦总结道，“外面有把守，里面也有把守。屋子里和她在一起的只有我们的人和巴赫曼太太。我已经把那房子变成一个堡垒，没有人、没有东西可以闯入。”

“目前为止，一切皆好。”他只得到这样的答复，“记住；堡垒是否坚固，要靠守卫它的人。”他直盯着卡梅伦，说出了这句话。

沃德在八点醒来——他通常在这时刻醒来——已经是周四早晨，他仍旧不知道自己该怎么办。周四就是五月十五日。决定来得太快。或者说，一切太快浮出水面。它潜伏在那里好多天了。一定是。时刻都在浮出。每一天，每一小时。

他刮了胡子，洗了澡，穿好衣服。他选了一条印花软绸领带，蓝底配灰色的花。他放弃的选择是那条军装条纹丝质领带。“明天再戴那条吧。”他对自己说。因为他一筹莫展。

他下了楼。早餐已好。他的妻子在那里，他的报纸也在那里。他对报纸比对早餐感兴趣得多，对早餐——比对妻子感兴趣得多。但是他礼貌地掩饰了这一想法，给予三者同样的关注度，不过仍然对报纸的兴趣稍稍多过另外两者。

他吻了她，两人说着话，友好，愉快，但并不真诚。但其中至少没有仇恨。也没有吸引。他们只是两个有教养的人，却并不对彼此感兴趣。

他出门上班，拿上报纸和公文包，隔着一个房间说：“再见，路易丝。”他不知道，他再也见不到她了。如果他知道，他还是会隔着一个房间说：“再见，路易丝。”用同样的声音。

他依旧一筹莫展。

他坐进等在门外的车里。在去公司的路上，他开始看报纸。

由于某些原因，报纸上的日期栏吸引了他的注意。这不是第一次了。还有十六天。明天就是十六日。天地广阔，可以寻一处藏身，为什么要坐在这里束手待毙？像一只被困在笼子里的松鼠？

忽然，他知道他应该怎么做了。

他敲了敲玻璃。司机转过头。沃德让他停车，此时此地，车停住了。

他下车，又关上门。

“就这样，”他简短地说，“不用等了。”这车只会碍事，会被人认出来，会暴露他。据他所知，现在正有人在监视他。

司机看起来很惊讶，但是他还是开走了。

沃德改乘了一辆出租车。车开到他存储的银行。他下楼到了安全仓库，签了身份认证，他的签名比对确认。他得以进入。这些措施都让他加倍感激。

独自坐在私人隔间里，面前放着一个保管箱，他将里面的东西全部取了出来，有些急促，但很有条理。路易丝的珠宝，他不想要；捆起来的、有钢印的橘色通用汽车股票券，他放到了一边，兑换太费时了；巧克力色、成捆的美国电话电报公司股份券，也太费时兑换了；固特异、通用电气，他全都不要。一份价值七万五千元的保单，他的妻子路易丝是受益人（他颤抖了一下，仿佛看到这份东西就让他害怕）。

然后他看见了政府债券，埋在所有东西下面。这才是他想要的，是他来这里的目的。他把它们装进口袋，一共价值五万元。只要持有债券，就可立即要求兑换，即刻生效，全世界通用。

他匆忙上楼，要求在银行经理的私人办公室里单独见他。

十分钟后他走出了银行，口袋里装着五万元的信用证。十六天。世界之大，随处可以藏身。当一只火鸡等待死期的时候，它没法逃出关它的笼子。当一个人等待死亡的时候，他可以逃到世界的尽头；因为他知道什么是死亡，上帝教过他。

他又叫了一辆出租车，在一家旅行社前下了车。他付给旅行社职员五十元的小费，并承诺还会有同样数额的小费，但他不会留下任何姓名、地址或电话。在这行里，按照惯例这些都是需要的。他说他第二天会亲自过来。那个职员可以用他自己的名字——布罗伊尔，来安排所有他需要的行程。虽然那个职员并不了解内情，但此时此刻，他已经成了一名虔诚的神父。

沃德去了公司。他取消了当天所有的会面。他跳过了所有待办和目前的事务，专注在已经进行了一段时间或已拖延的工作上；他熟悉这些工作的进度，没有合适的替代人选。

他没吃午餐，一直工作到下午。三点，他停下了工作，因为太疲劳，无法完成更多了。他最后做的事情是锁上办公室，打开录音机，给他的合作伙伴录下一段辞职语音，将他的股份和利息全都转让给他。"……愿上帝保佑你，杰夫。"他关上录音机的时候，眼睛里饱含泪水。即使是生意，也可以让人变得多愁善感。

三点一刻，他完成了当天的所有事务，或者说，是完成了余生所有的工作。

他比当天早些时候更加谨慎，因为他对他的目的地更加在乎，也知道会有更多危险。他换了三辆出租车，中间还故意在商店和其他地方等了一段时间，以破坏他行程的可跟踪性。

他从办公室出来的时候把公文包一并带了出来，完全是出于习惯。他注意到这一点的时候，便故意丢掉它，把它留在了第一辆出租车里。

出租车司机阻止了他，在他身后喊着："你忘记拿公文包了，先生。"并递还给了他。

沃德讽刺地想，如果这是他无论如何都不能弄丢的东西，现在一定还躺在出租车里没被人发觉。

他在第二辆出租车里又故伎重施，这次，一位女士在他身后上了车，透过车窗尖叫着说她发现了公文包，又强行还给了他。

第三次他把公文包放在坐垫下，终于处理掉了。

出租车停在了玛蒂娜房子的外面。他匆忙进屋，尽量抑制住恐惧，扫视街道，因为他意识到，即使他被监视了，他也无法察觉。他对此并无经验，而监视他的人却很在行。

巴赫曼太太像往常一样欢声接待他，但他低声让她安静下来。“我想单独和她待一会儿。有些事我想和她说。在楼梯下等我，确保他们不会靠近我们。”

她点点头。她当然愿意帮助他而不是外人。

玛蒂娜正坐着用手指读一本书。她的头微微地歪着，仿佛她是在聆听，而不是在抚摸。

她穿着一条黄色的连衣裙，领口有黑色的缎带，耳朵后系了一只别致的蝴蝶结，也许是巴赫曼太太为她系的。

“艾伦?”她说，门槛边弹跳着他的足球。太阳从她的脸上照了进来，不是照在她脸上，而是从她脸上散发出了光芒。

“我的小玛蒂。”他几近啜泣。

他先是紧紧地抱着她，抱了许久，直到她意识到一定是有什么事发生了。

“怎么了，艾伦?”她慢慢地说，“怎么了?”她抚摸着他脸上的轮廓，用她熟练的指尖获取着更多信息。

“我可能会吓着你。”

她又到椅子上坐好，而他的手仍被她的双手紧紧攥着。于是他跪在她身边，头靠着头，这样他们就可以小声说话了。

“你要离开我了吗？我要一个人留在黑暗里了吗?”

“不会！只要我活着，就永远不会。这是多年前我对自己发的誓，我不会收回。”

“那究竟——”

“有人——有人想把你从我身边夺走。”

“怎么会？他怎么做？”

“怎么做？唯一的方法是什么？想想。”

“死亡。”她震惊地吸了口气。

“用这种方法，”他承认，“就是这样。这是他们唯一可以采取的方式。”

她猛地将头前倾，埋进他的胸口，攥住他外套的翻领、他的衬衫，仿佛想把他拉得更近，好让她藏得更深。她的呼吸急促而恐惧，虽然他紧紧地抱住她，试图让她冷静下来，但还是能够感觉到她的颤抖。

“不，”他不停地安慰她，用一种通常用来安抚吓坏了的小孩子的语调，“不，不，不。”

“就算只能生活在黑暗里，也比——死去好。为什么他们要——把我仅剩的一点东西也夺去呢？”

“不，不，不。”他只剩下这句。

“我对谁做过什么错事吗？”

“是我的错，不是你。我也不知道自己究竟做了什么，但是……”

“那人是谁？”过了一会儿，她问道。

“我不知道，他们也不知道。我从没见过他，他们也没见过。某个人——不，某个曾经是人的杀人狂，他病态的痛苦只有死亡才能解脱。他一定是扭曲的，否则怎么会有人要伤害玛蒂娜？”

片刻之后，她渐渐冷静下来；她依旧脸靠着他的胸口躺着，但是情绪渐渐稳定了。他将她放下一会儿，玻璃瓶塞发出悦耳的碰撞声，然后他回到了她身边。

“喝下这个。然后仔细听我说。”

“这是什么?”

“只是一点点白兰地。”

他将这一小口液体送到她嘴边。

“现在仔细听我说，我会对着你的耳朵说，我不想任何人听见。等等，我要先锁上门。”

他走过去转动钥匙。然后他展开一块手帕挂在门把手上，这样连锁眼也被挡住了。

然后他回到她身边，在她旁边单膝跪下，对着她的耳朵开始轻声说话。

她开始点头。

“是的，”她低声说，“我可以把性命交付给你。你就是我的生命。”

他继续说着，她继续点着头。

“好的。我会照你说的做，不论你说什么。不，我不害怕，有你在我就不怕。”

当这些秘密的对话接近尾声，他的声音渐渐提高了一些，有一两个词漏了出来。

“我们唯一的机会……没有人……不能对任何人说……甚至是B太太。”

最后他吻了她。他吻了她的额头、她的眼睑，最后是嘴唇，就像是在肯定他们的决心，无论这决心是什么。

“他们不会得逞的，亲爱的，”他热诚地说，“他们伤不到你，我会用整个世界来保护你。”

她仔细地梳头。她能自己梳头。奇怪的是，她总是站在镜子的正前方梳头。这是老习惯了，虽然对她来说镜子并不存在。

然后她走到椅子那里，巴赫曼太太为她准备的衣服放在上面。她透过手感知道B太太今天为她挑选了一条黑色的羊毛连衣裙。她的手指告诉了她。这并不是什么特技，这只是最基本的生活技能。她熟悉那织物，那包扣，那袖子和领子。她熟悉自己所有的衣服——仅靠手指触摸就明了。只是有一点，她要别人告知：颜色。B太太告诉她这件是黑色的。她穿上了裙子。

她现在穿戴整齐了。如果她愿意的话她甚至还能涂上口红，而且能涂得很好。但她从来不涂口红。她走到房门前——丝毫没有犹豫——打开门，走了出去。她分毫不差地走到了早餐桌旁，走到了她的椅子前，拉出椅子，坐下来，享用B太太为她准备好的早餐。

这些她都能做。

她伸手摸到了她的橙汁杯，举到嘴边。B太太将所有的液体容器都只倒三分之二满，这样她就不容易弄洒。这是两人出于她的视力不便而共同采取的举措。这维护了她的自尊。对于她们俩来说都是如此。

她摸到了吐司，自己涂上了黄油。B太太为她倒好了咖啡（她也会为视力正常的人这么做），但是她自己加了糖和奶油。对重量的精确掌握帮助她完成了后两项任务。虽然看起来有些不可思议，但她知道一勺里有多少东西、是堆起来了还是平的、壶嘴里倒出了多少液体，最后一项，她是通过在手里感知重量判断的。

她们随意地聊着天，就像她们每天会做的一样。B太太给她读晨报。然后早餐结束了。

他（费了很大的周折）为她找到了一个特制的钟，每个小时都会轻轻鸣钟，告诉她准确的时间。采用的是欧洲时间，二十四小时制，下午过后会一直报时到二十四点，而不是调回一点。钟的运行方式很灵巧，过了中午十二点的每个准点都鸣两倍的点数而不是单倍。钟的特别之处在于它不是老式沉重的大摆钟，而是一个可移动的壁炉钟，她自己就可以把它从一个房间挪到另一个房间。

现在它响了十下。她数着。然后——就像是收到了什么提示一样——她对B太太说："我想去散步。我想呼吸些新鲜空气。我们现在就去吧，不要等到下午了。"

"哦，当然可以，亲爱的。"B太太立刻答应了。她一定是朝窗外看了眼，因为她顿了一下。"外面的确是个大好的晴天呢。"

"我知道，"玛蒂娜简短地说，"我能感觉到。"她的确能。她甚至不用看窗外。

她们分头做起了准备。她自行去卧室，打开壁橱，取出珠宝盒。她将一块手帕塞进手提包，手帕上是她之前绑上去的几个戒指。他送给她的蒂凡尼珍珠项链，她戴上了脖子；她裙子的领口比较高，有效地遮住了项链。她还拿出了一样东西，剩下的耳环夹、胸针和手镯，她留在了盒子里。她抽时间匆匆用铅笔写了张字条："这些是给你的，亲爱的伊迪丝。小心保存这张字条，它具有遗嘱的效力。"然后她把字条和剩下的东西一起放进去，关上盒子，放回去。

那件她拿出来的东西，她需要帮助才能戴上，她自己做不到。

上面有一个复杂的安全扣。当然也是他送给她的。这件东西对她来说有更高的情感价值，而非使用价值。它具有巨大的内在价值，但是这并不是她在意的。

她叫 B 太太进来。“能帮我戴好这个吗?”

“你怎么戴上了钻石腕表!”B 太太吸了口气。

“我想穿得漂亮些。”玛蒂娜安静地回答，“天气太好了，是打扮的好天气。”

她甚至可以把这只钻表拆碎，然后在路上把零件像小石子一样一路洒下。她知道 B 太太会让她这么做的；她们俩都知道。

她们一起走出屋子。她牵着玛蒂娜的手。两个穿戴讲究的女性，一个年轻，一个成熟；你根本看不出来其中一位是瞎子。如果你能分辨出来，你甚至可能以为年长的那位才有眼疾，因为她戴着眼镜。

B 太太轻声说：“早上好。”

没有人回答，抬起帽子的时候是没有声音的。

又走了几步，B 太太又说：“早上好。”这次还是没有声音。

但是现在她们的身后轻声跟着一辆双层轮胎汽车，就像她们的回声，一个低沉的贝斯伴奏。

“我们现在在哪儿?”过了一会儿，玛蒂娜问道。

“在街角。我们正绕着街区转呢。”

“我们——我们去些特别的地方吧，这里只有水泥和落满灰的石头。我们沿着公园的外墙走吧，从十七街开始，往市中心方向。”

B 太太没有反对。

片刻之后，玛蒂娜又开口了："我们到了吗?"然后她自己回答了自己的问题，"是的，我们到了。我能闻到草和树叶的味道。真是甜美清爽啊。"

B 太太享受地吸了口气。

玛蒂娜稍稍放低了自己的嗓音。"他们还跟着我们吗?"

片刻停顿。B 太太转了转头。"是的，这是他们的职责，你知道。"

"我知道这是他们的职责。"玛蒂娜淡漠地说。

过了一会儿她又开口了："到拉法叶塑像的时候告诉我。"

"快到了。"

"你确定我们是在往市中心的方向走，和车子开的同一个方向吗?"

"当然，亲爱的。"B 太太有些不明白，"我为什么要带你走错路呢?"

她又问了一个问题。"现在到十二点了吗?"

片刻停顿。"还差三分钟。"

"到拉法叶塑像了，"玛蒂娜说，"我们正在塑像前，我能感觉到。人行道不一样，路面变得更光滑了，底座周围都是装饰的板石。"

突然，她说："我们沿着人行道的外沿走吧。"

"这不安全，亲爱的。车子开过，有可能会擦到我们。"

"让我走一次吧。"她说，"求你了。"每次她这么说，B 太太都无法拒绝。

她们换了位置；玛蒂娜走在外面。B 太太一定是回头看了看。

“他们正在做手势让我们往里侧走一些。”她说。

玛蒂娜游戏似的抓紧了她的胳膊，像是在密谋什么。“我们装作不明白。如果我们不愿意，他们也不能逼我们，不是吗？”

“我可不这么觉得，”B太太犹豫地附和，“但是我们为什么不靠里走呢？”

“我想尝试新东西，”玛蒂娜说，“我还是个小姑娘的时候，经常喜欢玩一种游戏，一种走路方式。我喜欢沿着人行道的最边缘走，保持平衡，看自己会不会掉进排水沟。”

“别在这儿玩，亲爱的。”

“就要在这儿。我想要找回那种感觉，像小时候那样。有你在我的身边，能出什么事呢？看，我正抓着你的手。”

忽然，他们身后一个男声说道：“她在做什么？”一定是某个便衣警察靠近了她们。

B太太的母性被激发了。“你就不能放过她吗？”她唐突地反驳，“不要时时刻刻都像老鹰一样盯着她。”

“请他们保持距离。”玛蒂娜的语气里带着恳求。

“往后退，和你的朋友待在一起吧，”B太太用略带强硬的语气命令道，“不要紧跟着我们！”

刚才侵入她们周遭的轻微烟草气味和冰冷的气氛消失了。只有玛蒂娜能注意到这些，因为这些原本就很难察觉到。

“到十二点了吗？到十二点我就停下了。”她保证道。

“简直像孩子一样，”B太太的声音里带着哭腔，“还差一分钟。”

“我之前只错过 ·步，”她骄傲地说，“这么多年过去了，我还是很在行。现在我穿着高跟鞋，也没有——”后一句她没有说完，她现在很少再用“眼睛”这个词了。

“你的手在抖，亲爱的。”B 太太注意到了。

“因为我全身都在颤抖，我在试图保持平衡。现在一定是十二点整。”她忽然急匆匆地说，就像这事和某些事大有关联一样。“我爱你；你对我来说，就像母亲一样；你要一直记得，我非常爱你。”

“上帝保佑你！”情感丰富的 B 太太立刻回答，感慨万分。

她不得不暂时松开玛蒂娜的手，伸手去摸手帕。她的视线模糊了，得擦拭清楚。

忽然传来一阵轮胎转弯的声音。玛蒂娜忽然被两股力量抓住，一条手臂扣住她的腰，另一只手压在她的手上（这只手，她刚才以“走钢索”的姿势伸出了人行道），力量来自一个从汽车脚踏板上方伸出的模糊身影。

有那么一瞬间，她感觉自己像在空中浮着，不着地。然后她被带了进去，坐在一个装了垫子的座位上。车门砰地关上了。车辆向外猛地转弯，让她一阵眩晕。

车外，被抛在后面的 B 太太发出令人伤心的绝望尖叫。更远处，一个男人警觉地大叫。随后传来一声爆破声，有人朝天鸣枪警告。

车内一阵短暂的安静。安静。车子在震动，告诉她，他们正在加速，向前猛进。

她伸出颤抖的手摸到了男人的脸。她轻柔地感受着他的脸部轮廓，最后停在他的嘴唇上，以手指描摹着它们的形状。

他的嘴唇稍稍靠近了些，给了她疑问的指尖一个轻微的、几乎难以察觉的吻。

“是你，”她低声说，“我差点不能确定。”

上司的怒气磅礴犹如荷马史诗，通常他根本不会显露出怒气。他提起他的办公室转椅，一次又一次地往地上摔，直到三角支架裂开，零件飞了出去。他没摔烂他办公桌上的电话，只是因为电话被固定住了。同样得保全身的还有冷水器，因为举起来太重了——至少对身患疝气的人来说有点重。

“蠢货！”他嘶吼着，“蠢货！十足的蠢货！他直接把她送上了死路。我们想要救她的命，我们花了几个星期的时间，部署了所有可能的保护措施，而他却把她从我们的保护里夺走了，直接送她去死！靠他们自己，他们活不过一个小时！他们根本没机会活命！天哪，如果他现在在这里——”他抓住办公桌的边缘，指关节像手术伤疤一样泛白。

那两个垂头丧气的便衣警察，当时正轮班负责保护她，他不仅将他们降职，还辱骂了他们的祖宗十八辈。如果不是卡梅伦挡住了他的拳头，他甚至想把他们俩一拳打出去。

这将他的怒气转移到了卡梅伦身上。

“还有你！”他朝他喊着，“你在干什么？你当时在哪里？他从你这里拐走了一个瞎眼的姑娘！瞎眼的姑娘！还是在大白天！正午十二点！她不是瞎掉的那个，你才是！你应该早点说你需要导盲犬，这样我才好安排！”

“您希望让我立刻交出警徽吗？”卡梅伦毕恭毕敬地问，“还是我应该等到正式通——”

这并没能让他上司的语气缓和下来。

“哦，无能还想打退堂鼓！真轻巧啊！一失败就躺倒——你不仅是个蠢货，还是个懦夫！”

“我不接受这种说法，谁都可以，但——”

上司的声音提高到近乎一种狂怒的尖叫，至少是一个男低音所能发出的尖叫。“你还站在这里干什么？想要书面指导吗？想要我拉着你的手送你出门吗？他们已经消失一小时四十分钟了！”

上司的双手高举过头，紧紧攥起两个拳头，敲在已经饱受摧残的办公桌上，走廊内外都回响着撞击声，让人以为是哪里的蒸汽管爆炸了。

“去找他！追上他们，不管他们去了哪里！把他们带回来！在五月三十一日之前，我要他们在我们的保护之下！”

卡梅伦性格中糟糕的优柔寡断部分在这个最糟糕的时刻忽然冒出了头。

“如果他们坐火车向西走，我也许还能赶上他们，”他咕哝着，“但是如果他们向东走水路——我就没辙了。”

上司忽然冲向挂着他外套的衣架。他可能只是想找块手帕，来止住他眉毛上流的血。不过，他的手枪皮套也挂在那里。

“帮我一把，”他用干哑喘息的声音说道，“我可能会因为在自己的办公室里朝自己手下开枪而被送上法庭！”

卡梅伦没给他这个机会，夺门而逃。

现在，他们在火车上。他们坐在火车上一间上了锁的房间里。对她来说，无尽的黑暗不再稳定静止，如同一直以来那样；黑暗像一阵持续的微风，不停哼鸣着；哀鸣了一阵，继之以缓慢的平衡调整，一时朝着右边，一时朝着左边。哀鸣渐渐停止，移动感在加强。耳边的声音有一种持续性，甚至带有伴奏，就像骰子在盒中摇动。但是节奏非常均匀，没有被切分。又一次，在一小段时间中，一切变得空洞，她的耳朵想要掩上；那一定是一段隧道。然后各种各样的声音失去了共鸣，他们又来到了开阔地带。

（她嘲弄地想，对我来说，生活就是隧道；一条长长的、不断蜿蜒的隧道，没有尽头。）

她感到一种紧张感，但是因为看不见，她不知道自己是在前进还是后退。有一阵子，她甚至觉得他们在往回开，而不是向前。但是她知道自己坐的位置，她知道他安排她坐下的方式，她知道她正面朝火车前进的方向坐着，刚才那些感觉只是错觉，是海市蜃楼。

一切都在微微震动，这让她放在地上的双脚有轻微的针刺感。

她坐着把脑袋靠在他的肩膀上。

“为我描述一下风景吧。”她说。

她感觉到他靠外的手臂滑过她，影子往上移了一些，然后，很快又在新的部位抱紧了她。

“窗外是绿色的，”他说，“而且是波浪形的。我们前进的路上，风景一直在上下起伏。绿色是基本色，但也有各种不同的色调。有些深一些，而远处阳光里的草地则是浅色的，就像苹果的颜色。”

“我知道，我知道。我能看见。”

“那里的栅栏边有一头奶牛。就在刚才，它用一种呆滞的、疑问的表情看着火车；它不吃草的时候就抬起头。它的皮肤是棕红色的，额头上有一块白色。”

“可怜的奶牛。亲爱的奶牛。幸运的奶牛。”

“刚刚我们开过了一条小溪。它过去得真快。我打赌它一生都不曾移动得这么快。噗的一下就消失了。看起来不像是水，倒像银制的盘子，上面有天空的倒影。”

“我记得，”她说，“小溪看起来就是那样的。它们没有改变吧?”

“没有改变。刚刚还过去了一幢白色的小房子。”

“你说里面住的是什么人？他们一定不怕死，像我们一样。”

“现在过来了一些树，很深的绿色的树，它们的影子拉得很长。影子落到了窗户上，现在，影子忽明忽暗，忽明忽暗的……”

她伸出手，指尖碰到了窗玻璃。“我碰到它们的影子了吗?”

“是的。亮了。又暗了。又亮了。”

“我分辨不出来，但感觉很好，就像在外面和它们待在一起一样。”

忽然，有人敲门，恐惧的墨色大笔一挥，玷污了所有的颜色。

影子一下起来了。他站起来，从她身边走开。她感到他正站在门口，但是他没有打开门锁。她知道他会拿出一把枪，从他羊毛质地的衣服下面摸出来，不发出一丝声响。

“是谁?”

“列车乘务员，先生。我端来了您点的餐食。”

“再说些别的。”

“您想让我说什么，先生?”

“说‘咖喱肉汤’。”

“咖——喱——肉——汤。”声音从门外传来。

她向他点了点头；虽然她看不见，但她知道他一定也向她报以点头。

“敲敲托盘上的东西，弄点声音出来。”

他们听到餐具碰撞陶器的轻微响声。

“放在地上，靠近门边。”

片刻停顿。“放下了，先生，就在地上。”

“现在走到走廊尽头的门那里，出门，让我听见关门的响声。”

“您的找零，先生。您从门缝下塞给我二十块，有九块五的找零。”

“你拿着吧。我希望听见你重重地关上走廊尽头的门。”

关门的响声一下子传到了他们的耳朵里。

声响消失之后，他才打开他们的房门。

她醒来，听见了一个陌生城市的陌生声音。

她睁开眼睛；仍旧是黑暗，但不管怎样，她睁开了眼睑。这是一种本能动作。

响声、街道的声音，这些比任何人告诉她的东西都多。对他们来说，车辆来往的噪音和世界上任何地方车辆来往的噪音都是一样的，但对她来说——

它们的声音像某种尖细脆生生的刀刃，所以天气一定很冷。她听见摩擦地面的声音，所以她知道这是在丘陵区，车子在爬坡，而下坡的车必须踩刹车。缆车时不时在转弯处发出刺耳的声音。空气中有一种特质，一种激动， 种活力。她感到街上没有人漫无目的地走动；她感觉到这不是一个压抑的、使人垂头丧气的地方。城市坐落在一个好地方。

他们称这里为旧金山。

于是她看见了旧金山，和许多人看见的一样多，甚至比某些人看到的更多。凉爽，有山丘，轻快，让人激动。

她看见了旧金山，但她不知道自己是否一个人待在这个酒店的房间里。

“艾伦，”她轻声地说，“艾伦，你在陪着我吗?”

没有其他的呼吸声，只有她自己的。

这让她觉得有些害怕，独自待在一个陌生城市的房间里。但她很快迫使自己冷静下来，不让自己发疯似的喊他的名字。这是她的第一反应。

他很快就会回来。他没有走远，没有离开很久。他不会这样对她。她信任他。

她在床脚找到了丝绸袍子，穿上，下床。她伸出一只脚，在地板上打着圈，就像在跳舞一样旋转着坐下，找到了她的拖鞋。

她起身，小心地在房里走动。她摸到了一扇门，打开。一个空洞的声音传到了她的耳朵里。这是通向外面的门。她马上关上。她又找到一扇门，打开。一条珠链蹭到了她的鼻子；一件外套的空袖子没有生气地碰到了她的指尖。这是壁橱的门。她终于找到了第三扇门，她摸着，觉得又冷又滑，上面镶着镜子。

她想洗个澡。但她最好别这么做。她还不熟悉这里的水龙头，很有可能烫伤自己。在家里，她知道，哪边是热水，哪边是冷水。

其实，她随时都可能面临危险，但她从来没这么想过。她从来都不想自怨自艾。不管上天从她这里拿走了什么，她仍然能保有很多东西。

她回到主卧室，开始穿戴。

门上有钥匙转动的声音，门打开了。

“起来了，亲爱的?”他说。

但是他身边还有别人。门上的声响告诉她，有两个人进来了。

她站着没动，头转向一边。他提醒过她，只要有可能，千万不要让别人发现她看不见。被人知道她行动不便，只会增加她的危险；那才是他最害怕的。如果她盯着人看，对方一定会发现，但只要不对视，对方就发现不了。

“放在那里吧。”他说。

然后他说：“不，算了，我自己来吧。”

小费的硬币发出叮当声。门关上了。他们可以独处了。

“好了，玛蒂，”他说，“他走了。”

虽然不太找得准他所在的方位，她还是向他走去，他吻她，她回应他的吻。他抱了她一会儿。

“我给你带了些咖啡来，”他说，“服务生还打开了一张小桌子。”

他们一起坐下。

“小心点，亲爱的，”他说，“糖块外面有东西包着。”

“我知道，”她说，“我能感觉到。”

“你看起来真漂亮，很清新，很甜美。”

“我的头发还好吗？有时候我顾不周全，只能摸索着整理了。”

“整齐得像支箭。”

她听到擦火柴的声音，闻到他的香烟味。“我买了两张——”他的声音低沉了下来，“船票。我觉得我们不能在这里久留。不断有火车从那里开过来。你会不会害怕——离开这个国家，和我去海的另一边？”

“不怕，”她的声音几不可闻，“有你在的地方，就是我的国家。”

他的声音更低沉了。“明天中午开船。但是我计划我们俩今晚就上船，九十点钟左右。我们晚上可以锁上套间的门，这样就不会有人看见我们白天上船了。我们就在这间酒店里等待天黑。我必须用航空信把我们的护照寄过来，没时间等它们慢慢寄来；好在它们已经送到，我刚刚取来。晚些时候，会有一个医生过来给你打霍乱预防针，我和你一起打。你不害怕吧？”

“你会握着我的手，”她向他保证，“我不会害怕。”感觉就像是她在安慰他。

“昨晚我是一个人待在这里吗？我记得的最后一件事是你坐在那边的椅子里，然后我就睡着了。”

她能听出他的声音里带着浅浅的笑意；是的，听出。“你觉得我会把你带到一个陌生的城市，然后留你一个人待在房间里吗？我就在你旁边睡着，陪着你。沙发打开就是小床。但是我费了很多劲，轻手轻脚，弹簧不停地发出嘎吱声。我起床的时候把沙发收起来了，然后把另一个枕头放回床上，不吵醒你。入住酒店时我们登记为夫妻，你知道。”

她想了一会儿，浅浅一笑。“生死攸关的当口，礼节奇怪地显得不重要了。”

“礼节是深刻在脑海里的，”他说，“两个人相隔千里，却仍因为疏忽而有失体统。两个人在同一间酒店卧室里，就像我们俩昨晚那样，却仍行为得体。”

他握住了她的手。“玛蒂娜，”他说，“我希望等这一切都结束了，我们安全了，就结婚。这次你会答应我，和我在一起吗？我们浪费了那么多年。路易丝会愿意放手的，我是不是她丈夫，对她来说，没有区别。”

“是的，”她轻声说，“这次我愿意。现在我准备好了。”她又说，“如果我能活下来的话。”

“你会没事的，”他的声音沙哑，“我保证你会没事。即使我要带你到世界的尽头，即使我要和你一起终生奔波。”

三点钟左右，电话响了。有一瞬间，她感到害怕，她知道他也这么觉得，因为他有所迟疑，并没有立刻接起电话。

当他接起电话的时候，她知道他仍然恐惧，他的声音低沉而警觉。

“你好？”他说。然后他听着，一言不发。接着他松了口气。“是的，当然。”他说完，挂上了电话。

“医生上来了。”他告诉她。

“我都忘了这事！”她大声地说。

“我也是。”他承认。

他们等了三四分钟。两人都非常紧张。

“他好像花了很长时间上楼。”他说。

“也许他是在等电梯。”

她听到他走过去打开门，她知道他一定期待地看着门外。

他关上门，又走回房间。

小费的硬币发出叮当声，好像是他把一只手放在口袋里，不耐烦地抖动着。

“我去看看出了什么事——”他大步走到电话机旁。她听到他提起电话。

此时响起了迟来的敲门声。

她走了两三步，找到把椅子，坐了下去；她用一种近乎绝望的方式紧紧抓着椅子的坐垫边，把手藏在下面。

“他知道了吗？你告诉他了吗？”她低声说。

“我不得不告诉他。否则他就会叫我们去他那里，而不是他上门来。”

门打开了。

“我走错了楼层——”一个洪亮的声音说道。

她听到沃德吸了口气。

“你——不是原定的那位医生。”

“我是代替克罗医生来的。他最终无法出诊。你知道，他手头上的工作太多了。”

沃德没有回答。

这位代班医生一定从他脸上读出了什么，他接下来的语气有些僵硬。“在打预防针方面，我和他一样有经验。其实这不需要什么技术。这是我的资格证明。”他的语气里带着含蓄的责备，“你知道，通常我们都不会这么做。你得和别人一样上我们那儿去打针。我为你们破例，是考虑到你们的特殊情况。”

"谢谢，"沃德带着稍许的歉意回答（她觉得是这样），"请进吧，医生。"

门关上了，某种皮革的重量落到了一张椅子上，发出轻微的摩擦声。

"就是这位女士?"

她藏在椅子下面的手抓得更紧了。

"是的，医生，这位是我的妻子。"

"您好。"她说，眼睛直盯着声音最后传来的地方。她一定骗到了他。他一定走近了几步，在她面前挥挥手试探，诸如此类。

她听见沃德轻声说："你不相信我吗，医生?"

"抱歉!"医生带着歉意回答。他现在似乎相信了。弹簧锁打开。他又恢复了专业的工作方式，简单敏捷。"这里有热水吗？我想先清洗一下。"

他离开了房间。沃德走近她，手按在她的肩膀上，让她的头靠着他一会儿，像是在鼓励她。

"没事，"她低声说，"我不害怕，一点也不。"

医生的脚步声又响起了。沃德退开她身边几步。

"我先打吧，医生。"他一定是撩起了袖子，露出手臂。

"我理解，"医生说，"但是你不觉得女士优先更好吗?"她不知道他是不是对他做了什么手势，让他同意使他免去让她等待的紧张。她也不知道沃德是否真的点头同意了。

"亲爱的，把手给我。"沃德轻声说。她的手放松地伸过来，但是他又稍微弯了下她的手臂，这下，手臂又紧绷了。她裙服的袖子太短，几乎没有。带着凉意的棉球在她的皮肤上拍了拍。她对自己承诺："我不会表现出任何不舒服。"突然一阵刺痛并不很疼，只是针头猛扎进皮肤的感觉让她无法忍受。他似乎故意如此粗暴，虽然事实也许并不如此，而是只能以这种方式完成。

第二阵刺痛往相反的方向传播开来。另一阵轻柔的棉球摩擦，这一次，棉球留在了上面。"就这样按住几秒。"

"我看起来没有很怕疼吧？"她自豪地、轻声地对沃德说，沃德关切地在她的额头上吻了一下。

接下来轮到沃德了。她听到他因为疼痛突然发出一声孩子似的叫喊。她不知道他是不是故意这么做——故意让她听见，像是间接肯定她刚才表现出的勇敢。或许，尽管他可以在必要时忍受肉体上的真正折磨，可还是会害怕小伤小痛。不论是哪种原因，她都一样地爱他。

"你比她还夸张。"医生轻声地笑着。她微笑。沃德也许对他眨了眨眼，也许这正是他想要达到的效果。"现在我在这上面签了名，这份是你的。离境的时候出示。"

门关上了，医生走了。

恐惧感以出奇缓慢的速度在他们身上扩散，直到医生走掉十多分钟后，他们才有所察觉。

他坐在她椅子的扶手上，手臂环着她。"怎么样？"他问道，"现在你有什么感觉吗？"

她没有回答，好像她根本没有听见。

他伸手抓住她的手。一碰到她，他的声音就警觉起来。"怎么会这样？玛蒂娜！你的手像冰一样冷！"他从椅子扶手上跳了起来，但是没有放开她的手。然后他站在那里一动不动，他们现在有了同样的念头，不管是从她那里传来的，还是从他身体里产生的。

“你在发抖，”她反驳说，“你握着我的手像冰一样冷，我能感觉到。”

“你现在是不是和我想的一样？”

“恐怕是，”她努力克制，想要控制因为紧张而导致的颤抖，“他——他难道是——”

“我想他是，”他惊骇地承认，“现在已经太晚了。”

现在他们在一艘船上，在深水区航行，穿过两个世界之间的海洋。她的周围仍旧笼罩着永恒的黑暗，但感觉更广阔，更空旷，更偏远。空气中有盐和碘的味道。窗外有一种非常低声但持续的嘶嘶声，就像花园的洒水器在洒水。另一头，几乎没打开过几次的前门，透进一股橡胶通道般微咸的气味。时不时地会传来木工的嘎吱声，但并不十分频繁。另外，整个空间都在非常缓慢地左右摇摆。那是一种平缓而又令人安心的摇摆，一点也不突兀。很快，你就会习惯这种节奏，完全忘记事物还有另一种存在方式：完全固定，静止不动。目前一切都好。你让身体随之摆动，侧歪出去一些，又轻轻回来，就像坐在摇摆得非常舒缓的秋千上。

她身旁的艾伦，几乎寸步不离。层层保护使她觉得更安全，直到安全成为了一种绝对状态，而非相对状态。

但是他从不冒险。死亡的危险没有在船上发生，虽然这块浮铁正在离开一个世界，在这里，没有人能伤害他们；他不会冒险。他们已经走得太远，经历太多，再也无法承受失去他们仅有的这点东西了。

套间的门整晚都锁着，她睡在里面的房间，而他睡在外面的房间，墙上可以拉下来一张床。九点钟会有服务员来敲门，但是他们从来不被准许进房。他会等他们走开、仔细侦查后，再亲自把他们送来的早餐餐盘端进来，就像他在火车上做的那样。

十一点左右，又有人敲门。这次是一名女服务员。他们让她进来了；她是整艘船上唯一被允许进入的人员。但是她从来没有看见过玛蒂娜。他会在服务员进来之前让她躲进套间的浴室里。等服务员出去、外面的门锁上之后，她才会出来。在这期间，他会一直在浴室门前逗留，阻止任何人突然闯入。女服务员一定会发觉有一位女性在这间套间里和他共处；每天都有足够多的蛛丝马迹，但是她从来没有亲眼见到过她。她没法描述她的样子。更重要的是，她完全没有想过这位被藏起来的乘客是个瞎子，船上没有人知道。他在深沉的夜色下将她带上船，从那以后，只有他自己见到过她。

她甚至无法说服他离开房间；他不愿意到夹板上呼吸新鲜空气或是放松手脚。他片刻不离她。“不，”他固执地说，“直到——那天过去。”

她知道他说的是哪天。她不用别人告诉她。

他带来了一个小小的电池收音机，是在他们离开旧金山前买的。收音机被精巧地做成了行李的形状，它帮他们消磨了许多时光。

天气暖和起来，他们到了火奴鲁鲁。她醒来的时候船已经停了。她挺想念那舒缓的摇摆。走廊外传来一阵阵噔噔噔的踩踏声，人们正带着行李准备下船。过了大约一刻钟，周围又安静了下来。

船停在码头，有一种反常的停滞感，就好像——死亡。又或者，它等待某件事的发生。

他们比在海上航行的时候更加紧张，更加警惕。在这里被其他的船剐蹭是危险的。撞上伸出海面的码头是危险的。撞上桥梁也是危险的。

最终，他无法克制了："我不太舒服。"他承认道，"我上去一分钟四处看看。我受不了这样。我不走远，马上就回来。"他把枪留给了她，没有自己带着。

他关上身后的门，带走了钥匙。

好像他是去短途旅行一样。

很快，她听到他匆匆将钥匙插进锁眼，开门回来。

她感觉他很紧张。

"怎么了?"

"夏威夷警察，"他轻声说，"他们上船来了，逐个房间搜查，要把你找出来。卡梅伦一定是提醒了海岸线警方，加强了警备。"

"怎么办？我们被困在这里了。我能躲在哪儿呢?"

"你不能躲着。这样不行。我们的名字都在乘客名单上，一定会被点名的。"他苦恼地用手指捋着头发，倾听着门外的动静，"我们没什么时间了。他们已经搜查到上一层走廊的尽头了，正往下层搜过来。服务员把猫放了出来，我碰巧在那儿撞见了他。我一直大方地付他小费，他也很愿意透露。"

"要是他们看到我——"

"不，"他说，"他们不知道你的样子。卡梅伦显然认为我们乔装打扮过了。他们不知道你长什么样，服务员说他听见一个警官自己这样承认。他们只能凭借一点。他们一定觉得单凭那一点就足够了，是没有办法掩饰的。他们在找一个带着失明女性的男人。他们甚至不能肯定是在哪艘船上，可能是现在驶进来的任何一艘船上。他们已经搜查了过去二十四小时内进港的每一艘船。我们还有机会。”

他用拳头打进另一只手的掌心，像一个苦恼的棒球接球手。

“他们一定会见到你，但一定不能让他们知道你看不见。”

她站起来，忽然变得十分坚决。“他们一定不会知道!”

“你能做到吗?”他怀疑地问。

“为了你，”她说，“我能做任何事。为了和你在一起——为了不让他们把我从你身边夺走。快点！你要帮我。你看见他们了吗?说给我听听。”

“服务员把他们指给我看了，他们那时正在两扇门外往远处走。我粗略地打量了一下他们。”

“那么，告诉我更多东西。一定要准确，因为我们只有这一次机会。首先，他们有几个人?”

“他们有两个人，另外两个是他们的手下，那两个手下是不会进屋的。”

“会进来的两个呢?”

“其中一个是夏威夷人，深色皮肤，矮个子，很结实。另一个是撒克逊人，高挑匀称。我注意到他晒伤了，有些脱皮。”

她急促地吸了口气，向他伸出双手。“快告诉我他们的声音——我好分辨他们。”

“撒克逊人的声音像是木桶里发出的，很深沉，大概是这样——”他压了压嗓子，“另一个的声音比较尖，因为共鸣腔比较小。”

“快告诉我他们的穿着！”

“夏威夷人穿着非常干净的白色衣服。另一个穿灰色衣服，很皱，看起来出了很多汗，不太适应这里的炎热天气。”

“他用手帕擦脸吗？”

“他脖子上挂着一条。”

“你看见他擦脸的时候就清一下嗓子。只在第一次时这样，后面就不用了。他们戴什么领带？”

“夏威夷人的领带好像是鲜艳的绿色。另一个我没注意。”

“那就是不太显眼的颜色。他们抽烟吗？抽的是什么烟？”

“矮个子不抽烟。白人老兄走进头等舱前刚抽完一烟管的烟草，我看见他把烟斗塞进胸口的口袋里。”

“烟斗嘴儿露出来了吗？”

“露出来了。”

门外传来一阵模糊的低语声，像是好几个人同时在外面聚集着。

“知道这些，对你有帮助吗？”

“应该行，”她保证道，“我必须成功。帮我把所有东西都拿出来，放到梳妆台上，就是那个旅行箱里我从来没用过的所有化妆品。”

“你要怎么做？”

“化妆。这样我就能坐在一个地方不动，而且视线保持在一处，在镜子上。”她坐下。

有人在敲门。

“你这样能混过去吗?”他吸了口气，“如果你不小心用错了东西，或者在一个地方涂了太多东西?”

“我的指尖熟悉所有的瓶瓶罐罐和化妆笔。男人分不清这么多东西。女人也许会注意，但男人不会。”

敲门声又响起，这次更迫切。

“别害怕，亲爱的，”她小声说，“你只要注意自己的举止，我不会让你失望。别管我，就把我当成路易丝，或是别人。”她竟然在给他鼓励打气！她忽然提高了声调，用一种他很少甚至从没听过的尖锐的声音：“乔!”她大叫着，好像从远处的浴室里叫唤他一样，“有人敲门！能帮我看看是谁吗?”

门打开了。她深吸一口气，视线看向无法穿透的黑暗，然后仔细地用小指在上嘴唇轻拍，又舔了舔手指，继续拍打。

一个尖细的声音问道：“布罗伊尔先生?”

艾伦回答：“什么事?”

“抱歉打扰了。我们是火奴鲁鲁警局的。前来检查一下乘客。”

“请进。”艾伦说。一把椅子发出了轻轻的嘎吱声。又一把椅子发出更响的声音。

第二把椅子里传来了低沉的声音：“你们是乔瑟夫·布罗伊尔夫妇?”

“是的。”

“你们是在旧金山上的船?”

“是的。”

“你们的目的地是?”

“先到横滨，然后也许会去——”

忽然，出现了片刻停顿。他们用一种男性通常看待女性的方式观察着她。她拿起一小片月牙形的胶状物，就像半块隐形眼镜一样，小心地放到眼睫毛的下面，然后仔细地用黑色的小刷子在上面涂抹……

“来根烟吗?”

她没有给他们回答的时间。“不要给抽烟斗的人卷烟，乔，你只是在浪费时间而已。”

艾伦佩服地吸了口气。“你怎么知道他是抽烟斗的?”

“我从这里就能看见他胸前口袋里露出来的烟斗。”

对话停顿了一下，烟斗的主人一定是惊讶地低头看了看胸前的口袋。

她又忽然对着镜子里的人影说：“你刚来这里不久吧?”

一个低沉的声音说：“的确不久。您怎么知道的?”

“你的皮肤还没适应太阳。”

“真是观察入微啊，夫人。”

艾伦低声清了下嗓子。

她微微转过头，朝向第二把椅子的方向。“你倒是没在擦脖子，”她玩笑似的说，“看来你不像你的同事那样怕热。他为什么不像你一样穿白色衣裳?”

“因为看起来像一瓶牛奶!”另一个方向传来的低沉声音压低了音量，流露出不悦。

“从你的领带我就能判断出你是本地人。”她继续说道，“阳光的气候，阳光的领带。”

几乎就在她开口的同时，她听见他们俩站了起来，好像她的话触动了什么机关。“我们走吧！”一个对另一个说。语气有些提不起劲，仿佛其中一个人发现他们刚才完全是在浪费时间。

艾伦送他们出了门。“你们是在找什么人吗？”她听见他边关门边问他们。

“是的，一个失明的女性。我们奉命带她回去接受保护。”

“乔，”她用甜蜜的语气叫着他，声音从房间里面传出来，“告诉那位先生，他把笔记本上的皮筋落下了。”

脚步声靠近一把椅子，然后停下——“多谢，夫人。我看见了，在这里。”他们再次退出去，门关上，并上了锁。

艾伦马上跑回她身边，在她旁边单膝跪下，用指尖轻抚她的下巴。“你是怎么知道的？”他惊奇地问，“怎么知道的？”

“我听到他把皮筋从笔记本上抽下来。但是我没有听到第二次声音，所以我知道皮筋没有放回笔记本上。我大胆地猜测是因为皮筋掉到了椅子上或者是地板上，所以他没有注意到。这也是赌一把。他也许只是把皮筋塞进口袋，或是扣在了手上。不过我赌赢了。”

他的双手紧紧扣住了她的双手。

“太出色了！”他热烈地祝贺她。

那天晚些时候，他又取得了调查上的突破。她现在安全了，她现在有免疫力了——至少在他们所知的范围内来说——但是他还想确认一下。

“他们走了，”他回来的时候报告道，“十五分钟前，他们上岸了。一艘大型的总统游轮刚刚开过钻石山，他们收到无线电报告，说船上有个女人带着导盲犬。是我那个无所不知的服务员朋友告诉我的。她证明自己清白的时候，我们已经驶出港口好几英里了。他们抓不住我们。”

“真有趣啊，”他又说道，“他们留下了两个警察中的一个。我在回来的路上看见他。他在上层船舱的尽头处站着，很不显眼。”

那天傍晚五点，船又起航了。引擎摩擦转动的声音在平静的水域里总是更容易被察觉。伴随着声响，又渐渐能感到那舒缓的摇摆，一开始平稳得就像出站的火车。风送来新鲜的空气，码头上机器发出的响声渐渐远去。

他几乎是在轮船缓慢启动的同时，又完成一次快速的勘察。

“警察还站在那里吗？”他回来的时候她问道。

“我出去的时候他还在，”他说，“但我第二次折回来的时候就没看见他了。他一定是走了。我给你带了个夏威夷花环回来。他们给每个离开夏威夷的人都发了一个。因为你当时不在甲板上，所以没有拿到你的那个。”

轮船是在他出房门之前起航的，而不是之后。他们太高兴了，没有考虑到警察或许离开原先的位置去别处巡查了。他们以为他的职责就是留在船上等待轮船驶出其管辖范围，然后乘领航艇离开。

他们在乎的是：她安全了，得救了。她从保护中被保护、从拯救中被拯救了。

午夜的海面静如金属盘。他们俩在昏暗的光线里，头靠着头，分别伸出一只手臂搂住对方后背，紧张地等待着，一动不动，屏息，凝神。

他们把房间里的灯都关上。然而海面将窗外的月光反射了进来，金属般的光泽照在了墙上，滑过去，又消失。

两点很小的光源照亮了他们所在的位置，光源忽明忽暗，和海面反射的忽明忽暗的光亮并不相同。一个是红点，另一个是浅绿色的光斑。它们每次都同时移动，一个追随在另一个的上方。他一只手执烟，另一只手上戴着夜光的腕表，紧张不安地注视着海面。

岸边树林中两个孩子的对话打破了寂静。这两个孩子快要到达树林的边缘了。

“现在是什么时候了?”

“十一点五十八分。嘘，耐心些。”

红绿的亮光闪烁着。

“现在——到时候了吗?”

“还没有。十一点五十九分。还有一分钟。只剩一分钟了。屏住呼吸，不要说话。”

就像孩子们互相提醒。“你会把魔咒说破的。”

她举起手，掩住了他的嘴巴。他举手掩住了她的。

他们的心脏一下，一下，一下，跳了六十下。不是他的腕表，而是他们的心跳。他们的心跳和表盘上的指针节奏完美地同步进行着。

他的手从她嘴上移开，举起发亮的表。

“到了?”她小声问。

“到了!”一开始，他的声音很轻，然后用正常的音量又说了一遍。最后他大喊："到了！到了！到了！"

他们在黑暗中雀跃着。

"午夜十二点！现在六月一日！时间过了！他错过了！玛蒂！玛蒂你明白吗？你听到我说的话了吗？我们安全了！结束了！我们赢了！我们赢了！"

他满屋子跑着，到处摸来摸去，屋子里所有的灯都亮起来，每一盏灯都打开，把房间照得如同刺眼的白昼。

他们亲吻。他拿出一小桶冰，之前一直藏在沙发下面，等待庆祝他们——活到这一刻。他举起一瓶香槟。他们亲吻着对方。他拿出两个杯子。接吻。他扭动瓶塞。接吻。瓶塞喷了出来。泡沫漫到了他外套的袖子上。他们笑着，一遍又一遍地接吻，又笑着，又吻了起来。

他们高高举起酒杯碰杯。

"敬生命！"

"敬可爱的生命！"

他们把杯子扔向墙角，又倒满了两个杯子。她的眼眶中涌出泪水，却是喜悦的泪水，纯粹因为高兴。"我们正在开派对庆祝。只有你和我。活下来的人都会这么做的。"

"我们现在活下来了。"

"我知道，我知道。"她伸手去碰他，"和我跳舞吧。已经许多年没有……不管是什么舞步，不管有多难，我都能跟上。和我跳舞吧，就像活下来的人们一样。"

他打开手提收音机，调到短波，从很远的海岸边传来了沙沙的音乐声，声音渐强，稳定。收音机里传来喜悦的赞歌合唱。是《茶花女》里的华尔兹。

他拉着她，随意在房间里兴奋地旋转着。她散开的头发飞舞着，他脚步不停地边转边把半空的酒杯递给她。到下一个旋转，他拿起了自己的杯子。

他们重新开始祝酒，伴着华尔兹碰杯。

“敬生命！敬未来长久的岁月！”

“敬等待我们的、长久的生命！”

新生活开始了，世界重新开始了。没有上锁的门，没有密码，没有从门下塞进来的食物托盘。重生之日，他们走出了房间，一大早海面刚泛出晨光的时候就出去了。没有丝毫的不适，他们到处转悠，去别人都去的地方。点头，微笑，悠闲度日。当有人问起之前怎么没见过她，她就谎称自己晕船，一直在闹恶心。

他们到了最上层的夹板，去看日出洒满大海，阳光就像倒出了一整瓶辣椒酱。他看着，描绘给她听。他们在沙龙里用了早餐。他们占着甲板上的椅子，一整个早上都沐浴在阳光里。夹板上所有女人都在强烈的阳光下戴上了太阳镜，你看不出她跟别人有什么区别。

他们直到黄昏才回到房间里，为了共进晚餐穿戴整齐。他们将会坐在船长的桌子上，一切都安排好了；这可是件体面的事情。她没有随身携带任何晚礼服，但船上有服装店，那个下午他就给她买好了宴会礼服。衣服很合身。他们还没回到房间，衣服就送来了，正包装好、躺在床上等着她。

她像个孩子一样高兴，举起纸盒抱了起来。她不能在他面前打开；一定要穿好了才见他，在那之前不行。

“你出去等着，”她说，“在我完全准备好之前我不想让你见到。我想给你一个惊喜。”

“我上楼去酒吧那儿喝杯马提尼，”他同意，“这样行吗？”

“差不多半个小时之后回来见我。”

他轻轻地吻她的嘴唇。她的手背在身后，仍像个孩子一样，等着，听他离开。

她听到他在外面锁上了门，拔下钥匙。也许只是出于习惯。已经没有必要这么做了。不过小心行事也不错。

她开始准备。她打开盒子，拿掉包装纸。她取出裙子，铺在床上。他会送她花的。虽然他没有说，但是她知道这才是他上去的原因之一。船上有花店。栀子花或是兰花，都可以别在肩膀上。

她脱下外衣，换上长袜和鞋子，重新梳理头发。然后她穿上裙子。这不难做到，女店员已经帮她练习过了。两旁有收紧的拉链，要确认一下衬裙是否都拉好了。她可以用手指完成这些任务。这条裙子的领口开得有些低，除了两道蕾丝，就没有别的支撑物了。她需要些能盖住肩膀的东西，天暗之后，海上会变冷。等他们跳舞跳腻了，他们可能会去甲板上听音乐。

可惜她没有披肩或是方巾。不，等等。她知道有件东西能派上用场。

她用手指摸到了壁橱门，摸到了又冷又滑像冰面一样的镜子。手指动了动，找到六边形的把手。她拉开门，在里面摸索。她的手指一样样告诉她里面有什么衣服，直到她找到了想要的那件，挂在壁橱的最里头。那是件绸制的夹克，小得像是给侍童穿的。

她取下了衣服，拿掉衣服上的衣架，又把空衣架挂了回去，没在意挂在了哪里。

然后她关上了镶镜的橱门，但是没有一直按着门把手，所以门没有关到底，门上的搭扣没有扣上凹槽。门嵌进了门框（她推门的时候听见了咔哒声），但是没有完全关严。没关系。

她把夹克披到了肩上，调整了一下，这边拉拉，那边拉拉，就像一个看得见的女人会做的那样，直到她满意为止。这样可以了。很保暖，但又不厚重。

她又坐到了梳妆台前，做最后的修饰。她找到了古龙水，拔下塞子，在耳边轻轻点了点。

为晚宴而盛装打扮，很开心。轻快的感觉，很开心。他们现在能像其他人一样生活了。不再有恐惧，不再有躲藏。他们将在船长的桌子上用餐，席间喝酒谈笑。他们将跳舞。之后他们将在星光下的甲板上散步，在栏杆边停下。毫无畏惧，毫无畏惧。脚步声只是脚步声而已，你可以转身礼貌地点头，也可以无视，任凭你高兴。

毫无畏惧，毫无畏惧。

她刚才挂回去的衣架滑了下来，落到壁橱地板上，发出轻微的响声。

她知道那是什么响声，声音很清楚，但她连头都没转。衣架有时是会这样。有时是你没有挂好，有时是你移开手的时候甩得太猛。

她在想的事情是口红。该不该用口红？今晚是宴会。她知道自己这样打扮已经足够衬他了，但他们今晚将在公众面前亮相。

用口红更像是社交习俗，而不像以前那样仅仅是只改变唇色。她决定还是用口红。没人会相信，一个看不见的女人可以成功地涂好口红而不涂出嘴唇边缘。但是她过去成功过，她知道自己能做到。

细心地涂了一会儿，完成了。

她站了起来。现在没有其他事情可做了。除了等他。

她想起刚才听见的掉落的衣架。她走到壁橱那里，想要捡起来放回去，这是出于女性长久以来的本能，想要保持整洁，让物品各就各位。反正此刻她也没有别的事可做。

门嵌在门框里它该在的位置，就像她刚才关上的时候那样。她摸索到下面，在里面找到了躺在地板上的衣架，重新挂了回去。

然后她紧紧关上门，搭扣勾住了凹槽，门把手在她的用力下有些反冲，这是自然规律。

她重新往梳妆台的方向走——

门嵌在门框里它该在的位置，就像她刚才关上的时候那样。

但是她之前并没有完全关好。她往里推，然后放手。她听到了门摩擦门框的声音，她停住了。

黑暗在她的心里蔓延。所有的灯都灭了，一盏又一盏。忽然冷了下来，不知哪里来的风擦过她。她的脚没有动摇，她并没有表现出什么不安，但是在她的内心深处，黑暗渐渐吞噬了一切。她的手摸到了梳妆台前的长凳，然后她坐下去，重重地坐下去。

有人在这里。房间里有别人。不知道是什么人，此刻正与她共处一室。他不是从外面进来的，他一直在里面。打从一开始，就在壁橱里。现在他出来了，正在房间里。

但是在哪儿呢？在哪个方向？没有一丝声音。没有一丝线索。

她的嘴唇因为恐惧而颤抖。“艾伦。”她低喊。

在门边？外面的门还是里面的门？如果她能靠近门，足够近的话，艾伦随时都有可能打开门及时回来——

她又开始喷古龙水。喷得太多了。一滴液体从她耳朵下面沿着脖子滴了下来。没有一丝声音，没有一点线索。她低下头，刻意地保持着这个动作。她全神贯注地倾听。她调动了自己所有训练有素的感官，希望能听到一般人听不到的东西。

真精明，连一丝呼吸声都没有泄露。或者是被他控制到非常细微的程度，她听不见任何声响。但是在这房间里的某个地方，就在这方寸之间，有另一颗心脏在跳动。除了她，还有别人。

他站在哪里？在哪里？

如果他不动，不朝她的方向走去，她就得主动去找他了。被悬空的感觉是如此可怕，令她难以承受，无法这样被动地等下去。就是这种感觉。如果他不主动现身，她就必须主动去发现了。

她开始寻找。

就像金属屑会被磁极吸引。

就像鸟儿会被蛇诱捕。

她站起来，先是朝墙走去。她碰到墙，便沿着墙走，用她身体左侧、贴近心脏的地方靠着墙。她用手摸索着，逐渐前进，在墙上画着车轮般的圈。

她瞎掉的眼睛里饱含着泪水，渐渐滴落了下来，一滴又一滴，滑落她的脸颊。她的嘴唇不停地张开，用轻微的声音一遍又一遍喊着同样的字。“艾伦。艾伦。艾伦。”她不能尖叫。她的身子出了问题。她知道即使到了生命的尽头——如果有尽头的话，她也无法尖叫。恐惧像灼热的火焰，把她的声带烧毁了。

她有一种奇怪的感觉，好像自己正在慢慢死去，即使现在根本没有人触碰她，她也已经进入消散的通道了，过程已经开始了。

一排抽屉打破了墙体的连续性，里面放着艾伦的东西，她绕过阻碍，又靠回墙边。游泳，游泳，她在用手游泳，就像垂死的泳者知道自己永远也游不到岸边。

前面就是浴室的门，虽然她之前从没想过，但她忽然想到，如果她现在能飞速躲进浴室，然后关上门——

她的面前闪过一阵风，门嘎吱一声关上了。她伸出的手差一点就能碰到门。希望破灭了，只剩下恐惧的碎片，正在侵蚀着她的生命。钥匙转动，又被拔下了。她的手碰到门把手的时候，门把手上还有余温。那是另一只手碰触后留下的余温。

她的舌头动了动，润湿了她干裂的嘴唇。“艾伦。”她轻声喊着。

她的手臂完全伸展向前，试图找到他。他一定就在她周围半米之内，否则不可能以那样的方式关上浴室的门。

她前进的时候，他一定在后退。她抽搐的手指抓住的永远是空气。

像是死亡的舞步，舞伴之间保持着永恒的距离，永不碰触。死亡的萨拉班舞。

她一步一步沿着墙体向前走。她贴着墙角转弯，靠着另一面墙继续前进。

走到一半的时候，床挡住了去路，床头从墙边冒了出来。

她走到床边，双手伸到身前，像梦游一般，沿着床边走了过去。

就在这时，就在她从床头走向床尾的半路上，另外两只手从她对面伸过来，碰到了她的手。那双手抓住了她，将她的手臂弯起，把她拉了过去。动作轻柔，但是冷酷、坚定。她的身体转了过来，床躺在她的面前，拉力来自床的另一边。

就像游戏“伦敦大桥垮掉”的恐怖版，他们之间隔着床。

不知怎的，她不再害怕了，没有退缩，也没有僵直。那些东西都被她抛在了身后，远远地，留在了生命里。要感受恐惧，你至少得是一个活人，而她似乎已经预料到了死亡，知道无论如何挣扎都无法阻止或改变这死亡降临。

她的眼皮毫无生气地耷拉了下来。她知道艾伦不会及时赶回来了。那是她最后一刻的念头，然后，她眼前的黑暗变成了死亡的黑暗。

注射管终于让他沙哑的叫喊声安静下来，就在药力使他陷入沉睡之前，他抓住了船医的袖子，不停地拉扯，像是要把这袖子拽下来一样，他绝望地说：“但是他们告诉我——卡梅伦，那个警察告诉我——只要在三十一日那天我们加倍小心，他只关照了那一天。午夜过后，三十一日过去了——我不再紧盯着她，我放松了警惕——我是怎么被骗过的？到底哪里出了错？”

“我不明白你的意思，”留着胡子的船医温柔地说，“我知道昨天的确是三十一日，从前天午夜到昨天午夜。但是今天也是三十一日，从昨天午夜到即将到来的午夜，一整天都是。日期重叠了。因为我们往西越过了国际日期变更线，所以多出来一天。三十一日持续了四十八个小时。没人告诉你吗？你不知道吗？”

卡梅伦准备好迎接一场盛怒，一场火山爆发似的躁动、吼叫、闪电和雷鸣，办公室内家具的各种摔砸声。可是他面对的却是——被无视。仿佛别人看不见他的存在一样，仿佛他的上司眼睛出了什么问题。

他花了二十分钟，才鼓足勇气走近办公室的门。在那之前，他站在街对面的房子前不敢过街，他在楼前的阶梯上徘徊，不敢进楼，然后在大厅的冷水器边，喝水，打转，就是不想靠近这扇可怕的门。

最后他还是敲门了。

没有回应。

上司知道他应该回去汇报了，也听得出是他在敲门，第六感更让他清楚敲门的人是谁，但他没有回应。

卡梅伦知道上司就在里面，他听见上司在讲电话。

他等了一会儿，又敲了敲门。

没有回应。好像他是一只鬼。

他开门走了进去。

上司好端端地坐在那里，正浏览报告。

卡梅伦关上门，站着，等着。

有人进来，有人出去。上司对其他所有人都正常地说话，视力和听力没有问题。

卡梅伦清了清嗓子。

上司眼皮都不抬，他什么也听不见。

卡梅伦走到桌边，站在他的正前方。

上司打开了桌上的台灯。“这么早天就黑了。”他对自己咕哝。

最后卡梅伦绝望地请求：“长官，我就站在这里。我在等着和你说话。”

上司又读完一份报告。他四处翻找另一份，找到了，开始读。

“长官，”卡梅伦说，“你至少该听听我的说法。”

上司将手指伸进耳朵掏了掏，仿佛空气中有什么东西让他不舒服。

“出现了工作上的疏忽，火奴鲁鲁警方至少应该承担跟我同等的责任！我当时在旧金山，根本不在现场。船抵达横滨的时候，船长发电报给火奴鲁鲁当局，但已经太晚了。他们把消息转发给我。两个警官和一个警员都曾在当天九点登上那艘停靠在火奴鲁鲁的船去找她。一刻钟过后，又派去另一个警察，应该是加入他们的搜查。没有人阻止或者盘问那名后来出现的警察，他们以为这只是常规的警务。两个警官下船之后，他们只带走了一个警员。那名后来出现的警察在所有人的注视下，留下来站岗。事情发生得过于光明正大，没有人想到应该去核对事实。没有人看见他下船，但起航之后，再没有人在船上看见他，于是大家都以为他下船了。”

上司一个字都没有听进去。他在签署什么东西，那上头被他弄上了墨渍。他透过卡梅伦直接看墙上的钟，然后又低下了头。

“在火奴鲁鲁，他们雇了一个新的侍应生。我自己亲自去调查了一下，他的顶班合情合理。但是——问题就出在这里，长官——其他几个船上的工作人员都说，他后来似乎和他刚上船的时候样子很不一样，就像是两个人。没有人调查此事或者对此采取行动。船员名单上有个混血的夏威夷侍应生，这个混血的夏威夷侍应生正好能对上号，所以他们没有追究。他在横滨下船，后面也就无法跟进调查了。长官，那条船上发生了第二起谋杀案，一套警察制服被悄悄丢下船，就在火奴鲁鲁和国际日期变更线之间。我知道我解释得很混乱，但是我唯一能申辩的是——”

他绝望地将手放到了桌上。“长官，求您说些什么吧！想骂我也行！但是别让我干站在这里——”

“哈克尼斯！”上司尖声喊叫。

值班警司的脑袋探进来。

“哈克尼斯，你是怎么搞的？”上司大声呵斥他，“不要随便放人进来。这里是警察局，不是随便什么路人想进就能进来的地方。也不是陌生人可以进来的地方。你知道，一般公众禁止进入这里。你应该在走廊尽头的值班桌前尽好你的本分。现在麻烦你帮我清一下场，我还有很多文件要处理，不希望有外人在这里。”

卡梅伦深深低下了头，好像他从前从没见过自己的双脚，现在正拼命地研究它们。

“你听到长官说的了。”哈克尼斯歉意地说道，仿佛自己也不愿意这么做。

“我会回来的。”卡梅伦固执地低声说道，然后他转身走出去。

“哈克尼斯，”上司说，“有句老话说得好，他们一个个有去无回。”

信是加里森寄给卡梅伦的，最初的邮戳是塔尔萨，寄到卡梅伦所属的警署，然后又转去了旧金山，再转去火奴鲁鲁，转回旧金山，转回卡梅伦所属的警署，又转寄到卡梅伦的家庭住址，上面是他上司的笔迹：“地址错误！”

……去年七月你来这儿的时候没能帮上你的忙，虽然你在这儿待了足足十天。直接说重点吧。昨天晚上我和妻子从剧院出来坐进车子的时候，街角有个跌跌撞撞的醉汉从我们正前方扔了个酒瓶过来。我没来得及刹车，车胎被划破了。我七拐八弯地把车开去维修，花了将近三刻钟才修理完，我们才继续上路。

当时我们都很累，你能想象得到，然后我的妻子不快地说：“那种人太危险了！看看他往天上扔瓶子的样子！很有可能砸到谁的脑袋闹出人命！”

我说：“我以前有个朋友喜欢往飞机外面扔瓶子。”我接着告诉她，斯特里克兰和我一起在钓鱼俱乐部的时候，有一次他从飞机上往下扔瓶子。我正跟她说着，忽然意识到，这有可能就是你当时想知道的东西，但那时我没想起来。

也许现在这对你已经没用了。也许现在这已经是陈年旧事了，又或许根本不是你想得到的，但是从昨晚开始，我就一直想着这件事，没法不去想……

希望你收到这封信……

电报，卡梅伦致加里森：

这封信仍然非常重要。烦请你立刻回答如下问题。电报发给我本人，费用到付。第一：那天的日期是五月三十一日吗？第二：那次航程的目的地是哪里？第三：飞机何时起飞？第四：还记得瓶子是什么时候扔出去的吗？第五：你能估计一下飞行过程中飞机的平均时速吗？

电报，加里森致卡梅伦（发件人付款，而非到付）：

第一：很确定，那天是阵亡将士纪念日。他总是在那天把自己灌得烂醉。第二：森之星湖，靠近美加边境。第三：傍晚六点。很确定，因为我们事先约定好时间在机场碰头。第四：没法确定。记得当时有灯光亮起，但仍有些日光，所以应该是黄昏时分。第五：那是一架挺破的飞机。我想应该是每小时一百英里，但纯属猜测。

接下来，卡梅伦花了十分钟，甚至更短时间，铺开一张巨大的全州地图，上面标记了每个小村庄、十字路口，和几乎每个农场，他用一把直尺连接机场和湖区，沿途标出了飞机航行路线。然后他找出当年的年鉴，一九四一年年鉴，那上头告诉他，那一年、那一天、那个纬度附近，准确的日落时间和天黑时间。

他首先在出发点标上傍晚六点。然后每隔一百英里就做一个标记，这样他就能知道七点、八点、九点钟的时候飞机理论上到达的位置。然后他将每一段又分成两个三十分钟的距离。再分出十五分钟距离。直到他把航线分成每隔五分钟的小段距离。所有这些都是建立在飞机始终保持每小时一百英里匀速飞行的基础上。如果飞行员驾驶途中时快时慢，这假设就不成立了。但是他得先这么试试。

他在七点五十分与七点五十五分之间画了道弧线，表示日落时间。然后在天完全黑下来的时间段上又画了一道。在这两道弧线之间，像被括号括起来的那一小段，就是他的目标。

在那一小段上，地图上只有一个空心的圆圈，那是一个小镇。圆圈边标注着小镇的名字。旁边再也没有其他任何地方了。

就是那里。他现在知道“那里”就是那张快照拍摄的地方。最后时刻，在一连串生命来不及被救下之后，他终于找到那里了。

老妇人坐在床边的摇椅上，眼神飘向远方。她拨开蕾丝窗帘的边缘，这蕾丝窗帘曾经出现在很久以前拍摄的一张快照上。

“她死了，”她说，“是昨天还是很多年以前？我不知道，我不记得了。我对时间的感觉已经不太灵光了。我只知道自己孤零零的。我只知道她不在这儿了。”

“是的，是有那么一个男孩，她爱着那个男孩。她一生只认识这么一个男孩，也只想认识这一个男孩。是的，她想嫁给他。如果不能嫁给他，她就会去死，我想是这样的。”她停了一会儿，好像忽然想起什么，“她死了。”

她轻轻摇了摇头，又望向远方。

“她以前每晚八点都会和他见面。在药店旁边，在广场上。几乎每晚都跟他见面。偶尔雨下得太大，或是我生气的时候，我就不让她出去。她是个乖孩子，很听话。我不让她出去的时候，他就会来这儿，站在她的窗下吹口哨，她就会打开窗户和他说话。他们还是要见面。我就随他们去了。我能听见他们说话，但是我不阻止。

“他吹口哨的声音很滑稽，只是为了她吹。我好像依然能听见那口哨声。不响，不粗鲁，是一种礼貌的请求的声音，就像——就像走丢的小猫头鹰发出的声音。‘呖噜！呖噜！’像这样的声音。

“大概在一年前，发生了一件有意思的事情。有一天晚上，我又听见了那口哨声。在她的窗下，就像以前一样。我半夜醒来，躺在床上，口哨声一直持续着，让人迷惑，让人心碎。最后我起身走到她的房间里。我走到窗前打开窗。他就站在那里。我能清楚地看见他在楼下，站在月光里。他抬头看着我，我也低头看着他。他一直抬头看着，眼神中充满希望，闪耀着年轻的光芒。然后他摘下帽子，就像他们年少时那样，他说：‘能让多萝西出来吗？’他和从前一样，和很久很久以前一样。

“我忘记她已经死了。

“我对他说：‘今晚不行。太晚了。明天吧。’然后我冲他摆了摆手，叫他回去。你对喜欢你家女儿的小伙子都会那样做。你知道，要友善，但是很坚决。

“然后我关上窗，走回自己的房间。走到半路，我忽然绊了一跤，觉得自己要晕倒了。我看见她空落落的床架被防尘罩整个遮着，几年来一直都是这样。我跑回窗前，但是窗下已经没人了；我看不见他了，他已经走了。

“我是在做梦吗？还是他真的在那里？”

“我不知道，”过了一会儿，她说，“我不明白这种感情。它已经超出了我的理解能力。有时我觉得这也超出了他们的理解能力。我不知道他们是怎么形成这样的感情的。一个像我的多萝西那样单纯的姑娘。一个像强尼那样质朴的小伙子。”

那名侦探安静地站在那里，没有回答她。本来如此美好的事情是怎么变得如此丑恶的？本来没错的事情是怎么变成不可饶恕的？

那个坐在窗边摇椅上的老妇人，眼神依然飘向远方。

第七章　聚

这是小镇旅店里的一个破旧房间。这房间给人一九一六年的感觉，仿佛从那之后就没再翻修过。所有的木质家具，包括窗框，都蒙上了一层难看的茶色。墙纸里充进了气泡，空气漏进墙纸和石灰层之中，上面布满了褪色的红色花朵，它们就像爬在墙上的虫子，成堆地排列着。天花板的中央是灯架，灯泡上罩着钟形的玻璃圆罩。

屋子里有一个年轻女孩和一个年长的男人。他有一头灰白的头发，眼镜的镜片很厚，穿一件白色罩袍，盖住了他里面的衣服。她坐在一个有背灯的化妆镜前，她的脸就像被聚光灯打亮了一样。她在衣服外面穿了一件围裙，头发上扎着一块头巾，完全包住了她的头发。她周围散落着登台用的各种化妆品。其实他才是使用这些化妆品的人，而不是她。她坐着，双手合拢放在大腿上。地上有一个小支架，上面挂着一顶备用的假发。

他们面前的梳妆台上摆放着两件东西：一张泛黄褪色、几乎难以辨认的年轻姑娘的照片，一定是许多年前照的。那姑娘站在门廊的阶梯上，一脚踏着身后高出一级的台阶，对着阳光微笑。

照片摆放在他们的左手边。他们的右手边是同一张照片的放大版，但是那上面只有姑娘的脸，身体、台阶和背景都被修掉了。那是一张巨大的脸，比真实的尺寸还要大，画面被精心修复。沿着图片的边缘，竖列着一排排指导图一样的字。

头发在左边分出头路。十四寸波波头。

眉毛深三个色度。乔顿三号色。

双眼外围有三四点雀斑。

睫毛，无化妆。

脸颊，无化妆。

嘴唇，无化妆。

沙色外套，铜扣。

浅蓝色领巾，打开。

没有帽子，日常装。

低跟鞋。

男人正往女孩脸上抹肉色的软泥，在她的颧骨和下颚线上揉捏，改变她脸部的轮廓。他在某处抹掉了一点多余的泥，又在另一处加上一点。

他拿起一块大得像薄饼的粉扑，小心翼翼地四处轻拍，把光滑的软泥表面弄得亚光，让整张脸看起来自然和谐。然后他退后几步，比照了一下照片上的模样，他的视线在她的脸和照片之间来回游移。

“往这边转一点。”

“再往那边转一点。”

“往下看。”

“往上看。”

他点了点头。两张脸一模一样。她看着她自己的复制品。照片仿造了现实，现实又仿造了照片。

他小心取下她头上的头巾。原形暴露了，五个小时的工夫好像白费了。她的头发是截然不同的深色，几近黑色。

他从架子上取下假发。他先取下假发上某样看不见的东西。那是头发的样品，从某人的头上剪下来的，甚至有可能是从已经躺在棺材里、准备埋葬的身体上剪下来的。那是最后的纪念品。

他小心翼翼地在女孩的脑袋上调整着假发，然后复制品又回来了，两张脸又变得一模一样。

她站起来，取下了围裙。他从一个盒子里取出浅蓝色的领巾，又小心地把领巾以随性的风格披在她的颈后，比照着那张照片。然后他从一个大一些的盒子里取出了一件沙色的双排扣外套。这次他同样先取下边缘剪成齿状的布料样品，也许是从某件外套上剪下来的，那件外套在壁橱里挂了许多年，原主人已经过世不在了。

她穿上了外套。

照片里，一颗铜扣有些松了，挂在线头上。这个复制品也有颗铜扣松了，从线头上垂下来。

“解开，”他提醒她，“不要扣纽扣，一直保持敞开。即使风吹得你肚子凉，也得敞着。”

然后他走到门前，敲了敲门，好像他是在屋外，而不是屋内。

从外面的锁眼插进一把钥匙，一位老妇人被领了进来，后面站着一个男人。

“准备好了吗?”身后的人问道。

“准备好了，”那位化妆专家回答，“我已经使出浑身解数，只能这样了。”

女孩慢慢地转过身面对他们。

老妇人发出了一声压抑的尖叫。她用手捂住了嘴。

“多萝西!”

她退后，靠上身后和她一起进来的男人，想要遮住自己的脸。

“那是我的多萝西!”她啜泣着，“你们做了什么？她怎么会在这里——”

领她进来的男人轻轻拍着她的头和肩安慰着她。

“可以了，”他用安抚的语气说，“我知道这么做很残忍，但是没有其他办法。如果她能骗过你的眼睛，那么她也能骗过……”

男人正是卡梅伦。

他将她交给了门外等着的人，他们亲切地把她带走了。老妇人还在呜咽着，咕哝着，试图回头寻找她已经失去的亲人，那个很久之前就失去了的亲人。

化妆专家开始收拾他的东西，脱下罩袍，准备离开。

卡梅伦和他握了握手。“做得非常好。”

“我从来没为警察做过事。但是我为摄像机和镁光灯工作了二十年，我想她会成功的。”

卡梅伦希望如此；因为她将要演出的镜头没有机会重来。如果她不能一次性完美地完成，就没机会了。

门关上了，只剩下他们二人，他和这位年轻的女演员。她将只为一个人表演。

他拿出了一把点三二英寸口径的左轮手枪，放在梳妆台上。

她把枪拿起来，放进了手包，扣在特制的支架上，保持开枪状态，这样她就能直接把手伸进去开枪而不必把枪取出来。

“准备好了吗，实习警员 X 小姐?”

“是的，巡警先生。”

“你的任务开始了。”

他关上灯，在黑暗中逗留了一会儿。

他拉起原本扣在窗框上的遮光帘。

对面，穿过广场，有一个发光的标志，上面写着“吉缇”，其下写着“药店”。

从现在开始，每个晚上，在那个可怕的药店牛仔站过的地方，站着一个姑娘，等待她的恋人。她像是被人遗忘了，等着一个永远也不会来的男孩。她的眼神总是望着远处，心神不宁，充满忧伤，凝视着、祈求着、等待着一个永远不会到来的人。她耐心地站在原本积水的地方，孤独一人。她不和任何人的眼神接触，只寻找那双她期待的眼睛。

人群从她身边走过，一如往常。他们快活地笑着，聊着，密密麻麻，像蚂蚁一样。霓虹灯管装饰着电影招牌，有节奏地停顿，向周围散播光波的涟漪，排列图案，再消散。当光波停下来的时候，灯灭了，已经来不及看完图案列阵完整表演了。一个男人扛着一架活梯走过来，爬上去，把“加里·格兰特”换成了“贝蒂·戴维斯”，或是把“贝蒂·戴维斯”换成“加里·格兰特”。但是影院外面的人生大戏永远在上演。你手中的入场券，是你生命的呼吸。

他们看着她，比以前更仔细地看着她，她还是个年轻姑娘，年轻姑娘总是很吸引眼球。他们怀揣不同的心情看着她，他们的心情随他们的年龄和他们身边的伴侣而变化。身边有男孩的女孩看着她，比较着自己是不是也像她一样迷人，并且计算着身边男孩的脸转向她那边的时间。身边没有男孩的女孩用竞争的眼光看着她，想着是不是因为她，今晚她们才一无所获。身边有女孩的男孩看着她，希望自己不用走得那么匆忙。也有的时候，只是很少有这样的时候，人们一边扣紧伴侣的手臂一边想："我很满意；我不想改变。"人群中，年长的女性不屑地看着她，心想："我年轻的时候，姑娘都是待在家里等着对方上门的；她们才不会在外面的街角等待男伴呢。这就是她被甩的原因，一点都不矜持。"年长的男人则希望自己这一刻能返老还童。

只有身边没有女孩陪伴的年轻男孩停下脚步。

注视变成了微笑，微笑变成了放慢脚步，放慢脚步变成了完全停步。

她垂下了眼。

她的手提包翻盖打开了。在缝线旁边，通常镶着镜子的位置，藏了一张男孩的画像。那画像是一个出色的艺术家通过想象绘制出来的。

画像上的每一根线条，都可能夺人性命，也有可能令人心碎。

"他的眼睛很好看，我只能记住这个。那是一双浅褐色的眼睛，不是那种会眯起来的眼睛，而是大大地睁着，充满诚意。"锈色如此形容，她是莎伦的朋友，曾经和他约会过。

“他的嘴唇很薄，藏着一丝苦恼；他总是抿着嘴。”比尔·莫里西如此形容，他曾经朝他嘴上打过一拳。

“他的鼻子纤直挺拔，甚至有一些翘。有一次他感冒了，一直在擤鼻涕，所以我看得很仔细。”杰克·芒森的房东太太如此形容。

她垂下了眼，好像在卖弄风情。接着又抬起眼，然后又垂下。

她好像在施展某种含蓄的调情术，但是那些有心上前搭讪的人根本没有机会。

人群中，有人从身后撞上了他，用肩膀挤着他。“往前走，兄弟，”一个含糊的声音在他耳边响起，“你挡住路了。”那人和他分开之前，也许看见了他掌中代表警方权威的金属徽章。这就足够说明情况了；那个故意到处游荡的人继续走着自己的路。

她微微做了个手势，稍微解开了自己的领巾，好像是在放松。这意思其实是：否。如果她用相反的方式做手势，拉紧领巾，意思是：中。那样的话，立刻就会有人聚集过来，快速拔枪，一阵猛烈挣扎过后，甚至将会有人死亡。如此细微的动作将导致如此严重的后果。

夜深了，灯光逐渐熄灭，人群消失；人行道从镀金变成了铜绿。她的身影在黑夜里只剩下了一个轮廓。

广场的远处，一小簇火焰短暂地闪烁着，又熄灭，只是一个晚归的人擦了根火柴点烟。但是那就好像一个解散的信号，幽灵恋人转身走进黑暗，就像很久以前有一个人曾经做过的那样。

她站在那里，一动不动，那么渺小，双脚随意叉开。她驻足在镀金的人行道上。这双脚前面的队列里有十几双脚，接踵前行。无名的、无情的、陌生人的脚。他们什么也不告诉你，他们又告诉了你很多。

疲惫的消沉的脚，拖沓着；跳跃轻盈的脚，有快活的节奏；焦虑的脚，快步前进；犹豫的脚，不在乎往哪里去。有男人的巨大扁平的脚；有因为痛苦而弓起的脚；小镇的脚在移动。一连串跳动的脚，密密麻麻占满了人行道，偶尔才出现一道空隙。

忽然，一团纸落了下来，从一只看似纹丝不动的手上落下来。纸团没有乱滚，而是直直落下来，擦过她静立的脚边，落在距离她很近的地面上，好像是对准她的双脚扔下来的。

有人扔掉了某件东西。是这样吗？为什么正好扔在她站立的地方？（除非他们看也不看地扔下，正好就掉在那里。）为什么不是扔向路上的其他地方，在她之前或者之后？为什么不是扔向没人站的地方？

那团纸在地上躺了很久，一小团核桃大小的纸。

她把脚伸出去了，试探地碰了碰纸团，又把脚缩回去，退到了原来的地方。整个活动范围不过六英尺。没人注意到她的小动作。

如此悬而未决的时刻。

好蹊跷——为什么恰恰扔向她站的地方？

她的手忽然向下伸去，手掌一握，纸团不见了。

她在手包翻盖的掩饰下打开纸团。上面用铅笔写着几行字，字迹很潦草，就像把纸抵在砖墙上匆匆写下的。这是一条来自死神的信息，送给已经死去之人。

多萝西：

我从远处看见了你。我昨晚也看见了你，前晚也是。我连续三个晚上都看见你了。我不想让你白等，但是我有麻烦。直觉告诉我，不能直接上前找你。我也不知道为什么。我不能在那里和你说话，那里太明亮、太多人了。他们在追我。我从你身边走过时会给你留下这个。希望你能捡起来，如果你看了这字条，就慢慢离开那里，到黑暗的、没人的地方去。只有这样，我才能去见你。一旦你身边有任何人，我都不能过去。

强尼

她稍微摇摆了一下，如果不是近距离观察，根本看不出来。她一只手向后伸去，抵住药店的玻璃橱窗，让自己站得更稳。谁也看不见她的这些动作。她像是要退缩，虽然不明显。

片刻之后她又恢复了力量，她的手不再扶着玻璃，她又站直了，举起手，用同一只手将脖子周围的领巾拉紧了一些，好像她感到了寒意似的。事实上，不论这是否是警方事先约定好的信号，她在这一刻真的产生了这样的感觉。拉紧，再拉紧，直到领巾碰到了下巴。然后她放松手，像放开铅块一样，计领巾落下，那是她祈求帮助的唯一方式。

她转身慢慢地走开，非常非常地慢，像是在路上飘；她没有往周围看，她尤其没有往身后看。

有一阵子，她依然走在人群中，她得小心地穿行。其间，一个男人的手肘撞到了她，他提起帽檐无声地表示歉意。她完全没有注意到他的致歉，只是将领巾围得更紧，继续前进。

人群渐渐变得稀疏了，只剩三三两两的松散行人。她慢慢沿着小路走出广场，周围的灯光暗了下来。路边建筑物的墙上开始出现间隙，那些黑暗的小道可不好走。

街灯消失了，渐渐地，连街道本身也消失了，剩下的只有土气的小路，不再有人行道。之后，连房子也消失了，视线中只剩下空旷的平地。

她继续走着，等待有人让她停下。她冷漠地等待着她身后忽然响起的脚步声，等待着递次按到她肩膀上的手。同时，她的心里一直在无声地尖叫。

越来越多的阴影，越来越多的荒树，越来越深的暗夜。

她一直向前走。她没有回头。也许她害怕回头时将会看见的东西。

地面开始向上倾斜，她战栗了一下，发现自己走在通向墓地的上坡路上。

路的右手边是一片草地。她停下，转身踏上草地。月光下一片银白色，看得见周围的一切，很开阔，就好像站在一片草湖的中央，阻碍视线范围的只有你自己的身子。

她越往前走，草越高；她得挑其他的路走。草先是高到她的脚踝，最后高到她的膝盖。她依然没有回头看。她绝不回头。也许此时她已无法回头。恐惧让人无法动弹。

她快到草地的正中央了。她停下。她在草地正中央笔直地停下，就像一个记号。

她安静地转头，看向她来时的路。

空旷处，有什么黑色的东西正向她走来。很小的黑点。它从周围黑色的背景中跳脱出来，突兀显眼。它超脱地、径直地向她走来，像她之前一样，在被月色打上霜的草丛中行走。

想逃跑的冲动掠过了她全身，她颤抖着，抑制着。

“天哪!”她喊出了声。

没有人能帮她。

他知不知道她只是一个复制品？只是他已经死去的爱人的仿冒品？他是不是在广场那里就已经猜到了，所以前三个晚上都没有现身？她是不是从诱饵变成了猎物？警方把埋伏设在原来的地方，而不是这里。他将她彻底引出来了，在他们的眼皮底下将她带走了，走出了埋伏圈。在这里，他才是下埋伏的人，而不是警方。

她做错了什么？她用了什么错误的策略？她不知道自己错在哪里，她不明白。她只是做了该做的事情，持续做着他们几周、几个月来一直用心做的、不可重复的准备。又或者不是她做错了什么，只是因为他的直觉实在过于精确，所以没有被迷惑。在疯狂的状态下，人的直觉尤其准确；因为疯狂本身根本没有理由或逻辑可言。

那个靠近的黑色物体变得越来越大。现在，她能看清他的头、他的肩膀，和他走路时摆动的双手了。月光照到了他的脸上，照出了他的形状，小小的，因为他离她还有好几码远。月光照出了他纤长的眼睛，纤细的鼻子，纤薄的嘴。

那是一个男人。

不，是死神以男人的样子正在向她走来。是莎伦和玛德琳·德鲁误以为是男人的死神。

月光照出了她不想看到的细节；月光照亮了一切。月光在他的脸上投下了帽檐的阴影，照亮了他V领衬衫的领口。

他离她只有最后几码。他已经是真人版尺寸，和她一样大小了。他们的距离贴近得可以对话了。他没有说话，只是越走越近，艰难地穿过草丛。

她也没有说话。也许她一开口就会暴露自己，毁灭自己。他相信这幻象吗？还是错觉早就已经不在了？还是必须等到她出声，那错误的声音才会让一切完结？

她现在能看到他脸上的表情了。有一丝喜悦，又有一丝痛苦，混杂着，但是没有一丝一毫的威胁或是反常。那才是最终极的恐怖：他的外表丝毫没有变化，即使到现在，此时此刻。你不得不如此猜测，因为你无法知道。他的脸看起来更年轻，更纯真，而不是他这个年纪应该有的样子。那是泄漏了整件事的异乎寻常的唯一线索。

她无法对上他的眼神。她强迫自己不要躲开。

“多萝西。”他轻声说。

“强尼。”她低语着。

有什么东西从他的嗓子里破裂了。就像他身体里有个部分在哭泣，不是在他的脸上，而是在他的身体深处。“他们的姑娘——总是会等他们的。而我的姑娘——也等着我。”

他的手臂急切地抱住她。她僵住了。她的血液仿佛停止了流动。

他的声音更靠近她的耳边，更低沉，更高兴。并没有什么特别之处——只是一个年轻男人的声音。

“至少我还有你。我的姑娘——她等着我。”

他不停地重复着，声音越来越低，越来越慢。

“她等着我。”

“她等着——我。”

“她——等着。”

他的头忽然耷拉到她的肩膀上，好像他实在太累了，无法再支撑住。

“她等着我。”他叹气道，“感谢上帝。她等着我。”

越过他的肩头，惊恐之中的她，看见无形的蛇在草丛里四处蜿蜒前进。她只能看见波纹，却看不见引起波纹的物体。那些波纹忽然停下，然后又继续前进，走走停停。

蛇群朝着他们的方向聚拢，就像车轮的轮辐向轴心聚拢。

他依然站在那里，没有出声，没有动静，手臂抱着她，低着头，像是在平静地休息。

实习警察的脑子里闪过了一个奇怪的念头：“多残忍啊。为什么事情要这么残忍？为什么不能用其他的方式？”

她能听见他的心跳，像一只鸟儿扑打着翅膀，短暂地停下，只要一有动静，就会立刻飞走。

他的嘴唇凑了过来，探寻她的嘴唇。

草丛四周发出轻微的响声，像微风的手指擦过它们。有什么东西发出了沙沙声，好像塔夫绸在地上拖曳。然后有什么东西发出了咔哒声。也许是树枝。接着只剩下寂静。整片草地弥漫着寂静。太安静了。没有任何声音。

直觉。

他打开双臂，从侧面护住她，抱住她的腰。

他的身体忽然扭曲了一下。她向一侧倒下，跌进草里。他向另一边猛地低下身，快跑。像一个黑色的东西在快速移动。像人形的兔子。

四周站起了人，片刻前，他们并不存在。他们就像布丁表面的黑色葡萄干，忽然出现。

萤火虫在草地上方四处掠过，以一种近乎疯狂的路线，或者说根本就没有路线，每一只都随自己的方向飞舞着，前前后后。萤火虫组成闪电。每一双翅膀都扑打出刺眼的火花。

忽然，那只兔子停下了，然后在停下的地方倒了下去。一个洞留在了他消失的地方。像一个小酒窝。

萤火虫不再扑打翅膀，一束青烟缕缕升起，好像它们把自己烧尽了。

那些警觉地弯着腰的人们屏息爬向那个洞，非常小心，非常有策略，越来越近。

忽然，他发出了一声喊叫。“多萝西!”

人们还在继续靠近，收紧包围。

“多萝西!”他又喊了一声，声音微弱而又孤单，对着天上的星星呼喊。那是对爱情的呼唤，对死亡的呼唤。

他们发现他躺在草丛里，头扭着，无助地看向他们，就像兔子看向猎人那样。

他的眼神渐渐失去了光芒，向着星光灿烂的夜空飘去，像是在尽力想象，像是在凝望没人看得见的幽灵的脸。

爱情又何尝不是那无法得到的、伸手去抓的幻影？

他死去的时候，喊着她的名字。

“多萝西，快，”他低声说，“我们浪费了那么多时间——时间已经不多了——”

人们在他周围围成一圈，低头看他。

“他死了。”有人轻声地说。

卡梅伦点了点头。他的手伸出，在帽檐上停留了片刻。他没有摘下帽子，而是稍稍提起了一些。

“他们现在在一起了——他们最终还是相会了。”